हनुमत कौतुक

हनुमत कौतुक

सुंदरकांड : एक पुनर्पाठ

रामधनी द्विवेदी

विद्या विहार, नई दिल्ली

प्रकाशक : विद्या विहार
19, संत विहार (पहली मंजिल) गली नं. 2, अंसारी रोड, नई दिल्ली–110002
 / संस्करण : प्रथम, 2025 / पेपरबैक मूल्य : तीन सौ पचास रुपए
मुद्रक : आर–टेक ऑफसेट प्रिंटर्स, दिल्ली ISBN 978-93-89471-94-6

HANUMAT KAUTUK *by* Shri Ramdhani Dwivedi ₹ 350.00 (PB)
Published by **VIDYA VIHAR**
19, Sant Vihar (First Floor), Street No. 2, Ansari Road, New Delhi-110002

बाबू (पिताजी)

को

समर्पित

जिनका हनुमानजी पर अगाध विश्वास था
और मेरे हाथ में चोट लगने पर
शुरू किया गया हनुमान बाहुक का पाठ
जीवन के आखिरी दिन तक
करते रहे।

रामायण परिशीलन : सुमिरत सारद आवत धाईं

• आचार्य मिथिलेश नंदिनी शरण

रामायण सनातन धर्म का चिरंतन उद्गीथ है। इतिहास, भूगोल, संस्कृति, परंपरा, विश्वास और विधि-निषेध की श्रुति-अनुश्रुतियों से अन्वित-अनुगुंफित इसका राग भारत-भारती का प्राण बना हुआ है। मनुष्य को ईश्वरीय आभा से उद्दीप्त करने और ईश्वर को मानवीय मूल्य-मान में निरूपित करने वाले इस वाङ्मय की विशालता को 'शतकोटिप्रविस्तरम्' कहकर व्यक्त किया गया है। यह आदिकाव्य है, उत्तरवर्ती समस्त काव्य-परंपरा का स्रोत और उपजीव्य। विपुलता, प्राचीनता और प्रामाणिकता के गौरव से मंडित रामायण की बोधयात्रा मानव-जीवन को रूपाकार देने वाली प्राय: सभी अवधारणाओं को स्पष्ट रूप से पहचानने और परिष्कार देने में चरितार्थ होती है। अपनी जीवनपरक मूल्यवत्ता के कारण ही रामायण-वाङ्मय का विश्व भर में पर्याप्त अनुशीलन किया गया है। पाठानुसंधान से लेकर अर्थानुसंधान तक रामायण का व्यापक अध्ययन मनीषियों द्वारा हुआ है। भिन्न-भिन्न देश और भाषा के आकार में बृहत्तर विश्व में फैले इस महान् वाङ्मय ने विभिन्न संस्कृतियों में अपनी छाप छोड़ने के साथ ही वहाँ की भावानुभूतियों को आत्मसात् भी किया है। अनुवर्ती काव्य परंपराएँ, संस्कृत टीकाएँ, व्याख्याएँ और रामायण-आधारित लोकोद्बोधन की विविध विधाएँ रामायण-परंपरा की लोक-संपृक्ति के उदाहरण हैं।

प्रस्तुत कृति देश-काल के आयतन में प्रसृता श्रीरामायण-परंपरा का सजग अनुशीलन है। अपनी अध्यवसाय वृत्ति और सूक्ष्म दृष्टि से लेखक श्री रामधनी द्विवेदीजी ने श्रीराम कथा का विस्तार, उसमें निहित काव्य-सौंदर्य, सामाजिक मूल्यबोध तथा कथा-विस्तार में पाई जाने वाली विविधताओं को लक्ष्य करते हुए उनके मर्म उद्घाटित किए हैं। वरिष्ठ पत्रकार और अध्येता द्विवेदीजी ने इस रामायण-परिशीलन में अध्ययन, चिंतन-मनन एवं विवेचना शक्ति का भरपूर उपयोग किया है। निबंध-शैली में उपनिबद्ध इस पुस्तक के अनेक शीर्षकों को देखते हुए द्विवेदीजी के अनुसंधान, व्यापक अनुशीलन तथा अभिनिवेश का सहज परिचय प्राप्त होता है। 'महेंद्रगिरि कहाँ', 'वाल्मीकि की वर्णन कला', 'लंका में दो दूत' अथवा 'दो महत्त्वपूर्ण स्त्री पात्र' जैसे शीर्षक रामायण-अनुशीलन की परंपरा के साथ ही कृतिकार के आधुनिक भाव-बोध से भी समन्वित हैं। श्रीमद्‍वाल्मीकि रामायण इतिहास है। वह पंचम वेद है, जो लोकपितामह ब्रह्मा की अनुज्ञा पर शोक से श्लोक में परिणत हुआ है—'शोकः श्लोकत्वमागतः'। पीड़ा को, वेदना को, जो अवांछित और अमंगलकारी है, उसका तिरस्कार करने को ऋषि का तप क्षुब्ध होकर प्रकट हुआ है। ब्रह्माजी ने उसे अपनी प्रेरणा स्वीकार किया है—'मच्छन्दादेव तेब्रह्मन् प्रवृत्तेयं सरस्वती।' उस सात्त्विक क्षोभ को, आर्ष वेदना को ब्रह्मा ने मार्ग दिया है—'रामस्य चरितं कृत्स्नं कुरु त्वंऋषिसत्तम्।' श्रीराम चरित कहो, वही इस वेदना की चिकित्सा है, उसी से अमंगल की निवृत्ति है। यहाँ यह ध्यान रखना अपेक्षित है कि महर्षि वाल्मीकि पहले ही सर्वगुण-संपन्न, दिव्य चरित्र से युक्त मनुष्य की खोज कर रहे हैं। अशुद्ध हुए मन वाले मनुष्य का उद्धार करने का अनुष्ठान कर रहे हैं। देवर्षि नारद ने उनको श्रीराम का परिचय दिया है। कहा है कि आपके द्वारा वांछित समस्त गुण श्रीराम में विद्यमान हैं। इस प्रकार महर्षि वाल्मीकि का तपःपूत संकल्प, क्रौंच-वियोग का शोक, देवर्षि नारद का उपदेश और ब्रह्माजी का वरदान—ये सब मिलकर श्रीमद्रामायण की पीठिका रचते हैं। एक ऐसे काव्य की पीठिका, जिसे वेदावतार, आदिकाव्य और मनुष्यता के उत्थान का

ईश्वरीय प्रमाण स्वीकार किया गया। देवर्षि नारद ने महर्षि वाल्मीकि को मूल श्रीराम कथा सुनाते हुए इसको पढ़ने से चातुर्वर्ण्य के कल्याण को निर्दिष्ट किया है। अयोध्या को केंद्र में रखकर समस्तप्राय भारत के इतिहास-भूगोल को आत्मसात् करती हुई रामायण-कथा को प्रस्तुत अनुशीलन में अनेक आयामों से देखा-परखा गया है। पुस्तक के आरंभिक दो निबंधों में श्रीराम कथा की व्यापकता, विपुलता और विविधता को निरूपित करते हुए उसके देश-कालगत औचित्य तथा सांस्कृतिक विमर्श के साथ-साथ भाषा और काव्यगत वैशिष्ट्य पर भी चर्चा की गई है। इनमें वाल्मीकि रामायण और श्रीरामचरितमानस का तुलनात्मक अध्ययन करते हुए उनका स्वारस्य भी दर्शाया गया है। एक भौगोलिक समीक्षा के रूप में महेंद्रगिरि की पड़ताल करते हुए लेखक ने श्रीहनुमानजी के छलाँग लगाकर लंका जाने के मार्ग और उसके निश्चित स्थानों को पहचानने का प्रयास किया है। सौ योजन समुद्र की दूरी का मानचित्र, क्षेत्र-वर्णन में प्राप्त चिह्न और संभाव्य परिस्थितियों को दृष्टि में रखते हुए लेखक ने महेंद्रगिरि की स्थिति को स्पष्ट करने का प्रयास किया है।

श्रीराम की महिमा, रामायण के वैभव और लोक सिद्धि को सँभालते हुए लेखक ने इस कृति में मानवीय पक्षों और सामाजिक मूल्यों की भी उद्भावना की है। श्रीजानकीजी की अधीरता को देखते हुए श्रीहनुमानजी ने जब उनसे कहा कि मैं अपनी पीठ पर बिठाकर आपको अभी ले चलता हूँ तो श्रीजानकी ने इसको उचित नहीं समझा। श्रीरामचरितमानस की पंक्ति के आधार पर श्रीहनुमानजी श्रीरामजी की आज्ञा न होने के कारण ऐसा नहीं कर पा रहे। प्रस्तुत कृति में लेखक ने ऐसे प्रसंगों को चिह्नित किया है।

तुलसी के हनुमान अति आज्ञाकारी हैं। उन्हें सिर्फ सीता का पता लगाने का दायित्व सौंपा गया है, जिसका वह निर्वाह कर रहे हैं। जब सीताजी अधीर होती हैं तो वह कहते हैं—

'अबहिं मातु मैं जाउँ लवाई। प्रभु आयसु नहिं राम दोहाई॥'

वह कहते हैं कि मैं तो अभी आपको अपनी पीठ पर बैठाकर भगवान् के पास ले जा सकता हूँ, लेकिन इसकी मुझे आज्ञा नहीं है। इस तरह आज्ञाकारिता का संदेश भी वह युवकों को देना चाहते थे, जिससे युवक उच्छृंखल न हों।

श्रीमद्वाल्मीकि रामायण को लेखक ने गहरी रुचि के साथ देखा है। पुस्तक के निबंधों में यह पदे-पदे परिलक्षित होता है। 'वाल्मीकि की वर्णन-कला' शीर्षक निबंध में वस्तु-वर्णन को आधार बनाकर, उसमें प्राप्त विवरण, सूचनाओं और विवेक को रेखांकित किया गया है। लेखक ने स्पष्ट करते हुए कहा है कि वाल्मीकि और तुलसी का काव्य सौष्ठव अपनी-अपनी तरह का विशिष्ट है। किसी में कुछ विशेषता है तो किसी में कुछ। वाल्मीकि कुछ बातों को विस्तार से बताते हैं तो कुछ को तुलसी। वाल्मीकि ने जिस तरह से महेंद्रगिरि की वनस्पतियों और जीवों का वर्णन किया, लंका के वैभव और धन-संपदा, वहाँ के वास्तु को जिस गहराई से देखा और लिखा है, वह अपने में अतुलनीय है। तुलसी उन सबका वर्णन करते समय अधिक विस्तार नहीं करते, बस संकेत से बताते हुए आगे निकल जाते हैं। वाल्मीकि ने हनुमान के छलाँग लगाने के ठीक पहले की स्थितियों का जो वर्णन किया है, उसे कोई अति सूक्ष्म अन्वेषक ही लिख सकता है। महर्षि वाल्मीकि और गोस्वामी तुलसीदासजी का समीक्षात्मक निरूपण करते हुए भी लेखक ने सुंदर युक्तियों को सामने रखा है। एक प्रौढ़ पत्रकार की दृष्टि द्विवेदीजी में सर्वत्र विद्यमान है। अत्यंत रोचक प्रसंगों में भी उनकी विवेचना शिथिल नहीं होती। श्रीमद्रामायण और श्रीरामचरितमानस के प्रतिपादन का अंतर पहचानते हुए वे लिखते हैं—

'हनुमान के दाब से महेंद्र पर्वत की हलचल का अद्भुत वर्णन वह करते हैं। यह इसलिए है कि एक तो वह वनवासी थे और उन्होंने अपने आसपास की प्रकृति को खूब ध्यान से देखा था। दूसरे हम वाल्मीकि रामायण की मानें तो उन्हें ब्रह्मा से वरदान मिला था कि नारद द्वारा सुनाई गई संक्षिप्त रामकथा को वह विस्तार से लिखें और इसके ज्ञात-अज्ञात तथ्यों को जानने के लिए जब वह ध्यान लगाएँगे तो उन्हें सबकुछ स्पष्ट दिखेगा। अर्थात् सब कुछ

अपनी आँखों के सामने घटता हुआ देख सकेंगे। वह सिर्फ रचनाकार ही नहीं द्रष्टा भी थे। वह जो कुछ देख रहे थे, उसे लिखते जा रहे थे। वर्णन की सूक्ष्मता के पीछे यही कारण है।'

तुलसी ने रामकथा देखी नहीं, गुरु से सुनी, बार-बार सुनी। इसलिए उन्हें जो बताया गया, उस तरह लिखा, जिसमें उनका अध्ययन और जीवन व्यापार के अनुभव, यायावरी के समय देखा समाज भी शामिल था। वह उस समय की स्थितियों का विरोध करने के लिए एक समर्पित वर्ग तैयार करना चाहते थे। इसी से उसमें समर्पण और भक्ति-विश्वास की पराकाष्ठा है। इसे आसानी से पाया जा सकता है और इसमें वह सफल भी रहे। इसी से आज रामचरितमानस भारत और अन्यत्र भी सर्वस्वीकृत और सम्मान्य ग्रंथ है।

श्रीमद्वाल्मीकि रामायण और श्रीरामचरितमानस को केंद्र में रखकर अध्यात्म, कंब आदि रामायण, लोक-परंपराओं, विश्वासों और इतिहास-भूगोल की अवधारणाओं को सहेजते हुए, काव्य-परंपरा, साहित्य, शब्द-संपदा और संवेगों का अनुशीलन इस पुस्तक में किया गया है। अनेक ग्रंथों में वर्णित कथाओं की एकसूत्रता, उनके परस्पर भेद और उनकी युक्ति-तर्क प्रमाण-उद्धरणों के साथ द्विवेदीजी ने प्रस्तुत किए हैं। युगों में प्रवाहित रामकथा में मानव-चेतना के विकास-क्रम से आए परिवर्तन, अलग-अलग भाषा-संस्कृतियों में आकारित होता हुआ उसका स्वर और जीवन की चिंताओं को सहेजती, उनका उत्तर खोजती रामकथा की सर्वहितैषिणी वृत्ति के अनेक सुंदर दृश्य इस पुस्तक में बारंबार दृष्टिगत होते हैं। यह एक रामायण पाठ जैसा तो है ही, रामायण पाठ की प्रेरणा भी है, जिसे लेखक की सफलता के रूप में देखा जाना चाहिए। संस्कृत भाषा और आर्ष प्रतिपादन शैली से दूर होते गए लोक को सहज और सामाजिक निर्वचन के माध्यम से रामकथा के तत्त्वों से परिचित कराना एक महत्त्वपूर्ण कार्य है। यह परंपरा का पाठ है। कथाओं-टीकाओं, काव्य-विमर्शों और अर्थविस्तार की अनेक विधाओं में जो सतत होता आया साहित्यिक कार्य है, उसमें अपने युग की मनःस्थिति

के सापेक्ष अनुशीलन सदा प्रासंगिक बने रहते हैं। श्री रामधनी द्विवेदीजी ने उसी परंपरा को आगे बढ़ाया है। यह स्वाध्याय को, चिंतन-मनन को और इन सबके व्याज से रामायण वाङ्मय के पाठ को प्रोत्साहित करेगा, ऐसा मेरा मत है। श्रीमद्रामायण को यह वरदान प्राप्त है कि जब तक पर्वत विद्यमान रहेंगे, जब तक नदियाँ प्रवाहित रहेंगी, तब तक श्रीरामायण कथा लोक में प्रचारित रहेगी। श्रीरामकथा का यह कालजयी प्रचार उसके गाने वालों को यश-कीर्ति का प्रसाद देगा, यह मंगलाशासन भी इसमें निहित है। एक पत्रकार के रूप श्री रामधनी द्विवेदीजी का सुदीर्घ अनुभव है। इस साहित्यिक अनुशीलन में भी उनकी अनुभव-दृष्टि परिलक्षित हुई है। सारस्वत अभिरुचि के पाठकों के लिए यह कृति स्वागतयोग्य होगी, ऐसी सद्भावना।

—श्री महंत

सिद्धपीठ श्रीहनुमन्निवास, श्रीअयोध्याजी

rasikopasna@gmail.com

यह पुस्तक क्यों ?

बचपन से ही घर में रामचरितमानस का पाठ होता रहा है। इसलिए किशोरावस्था में मानस की चौपाइयाँ मन-मस्तिष्क तक अनायास पहुँचती रहीं। पिताजी नियमित अन्य ग्रंथों के साथ मानस पाठ करते। उन्हें एक से डेढ़ घंटे प्रतिदिन लगते इसमें। साल में दो नवरात्रों में नवाह्न पारायण और मलमास पड़ने पर मास पारायण जरूर करते। नौ दिनों और एक महीने में पूरे मानस का पाठ। हर मंगलवार को सुंदरकांड और दैनिक पाठ तो करते ही। इसके अतिरिक्त गीता, हनुमान चालीसा, शिव चालीसा, कवितावली, गीतावली और हनुमान बाहुक आदि ग्रंथों के दो पेज प्रतिदिन पढ़ते। मैं भी कुछ दिनों तक दैनिक और मंगलवार को सुंदरकांड का पाठ करता था। बाद में कई कारणों से यह छूट गया। पाँच दशक तक सक्रिय पत्रकारिता से अवकाश के बाद धार्मिक ग्रंथों के अध्ययन की ओर रुचि बढ़ी। उसका कारण एक घटना थी। एक अंग्रेजी अखबार में किसी विद्वान् का मानस की घटनाओं पर लेख छपा, जिसमें बताया गया था, वाल्मीकि रामायण के अनुसार लंका में पहुँचने पर हनुमानजी को विभीषण ने सीताजी को अशोक वाटिका में रखने की जानकारी दी। इसके खंडन में फेसबुक पर एक सज्जन की प्रतिक्रिया आई कि यह वाल्मीकि रामायण में नहीं, रामचरितमानस में है। यहीं से मन में जिज्ञासा हुई कि देखा जाए कि दोनों ग्रंथों की रामकथा में क्या अंतर है। तब तक मैंने वाल्मीकि रामायण नहीं पढ़ी थी। गीता प्रेस से प्रकाशित उसके दोनों खंड मँगाए। सबसे पहले उसका सुंदरकांड ही पढ़ा। वर्णन,

घटनाक्रम और विस्तार की दृष्टि से दोनों ग्रंथों में कई स्थानों पर अंतर दिखा। पढ़ते समय इनकी नोटिंग भी लेता रहा। फिर अचानक एक दिन मन में पूर्वी उत्तर प्रदेश में विवाह के अवसर पर गारी (गाली) गाने की परंपरा पर लेख लिखने का विचार आया। रामचरितमानस में गोस्वामी तुलसीदासजी ने राम विवाह प्रकरण में इस लोक-व्यवहार का वर्णन किया है। मन में आया कि देखूँ, वाल्मीकिजी इस पर क्या लिखते हैं। उनके पास राम विवाह के समय इस तरह का कोई वर्णन नहीं है। वह अन्य बातों को विस्तार से बताते हैं। मैंने इस पर फेसबुक पर एक पोस्ट लिखी तो उस पर आई प्रतिक्रियाओं से पता चला कि हिंदीभाषी लगभग सभी राज्यों में समधी या दूल्हे के ससुराल जाने पर इस तरह गारी गाने की परंपरा है। मैंने सोचा कि दोनों ग्रंथों का तुलनात्मक अध्ययन किया जाए। यह भी कि पहले सुंदरकांड को ही लिया जाए, क्योंकि यह हर हफ्ते अधिकतर सनातनी घरों में पढ़ा जाता है। सबसे पहले मानस के सुंदरकांड को पढ़कर उसका अर्थ समझा, फिर वाल्मीकि के सुंदरकांड को पढ़ा। संस्कृत में गति कम होने से हिंदी अनुवाद की मदद ली। बाद में गीता प्रेस संपादकीय विभाग (वाराणसी) के श्री शरद अग्रवाल ने अध्यात्म रामायण पढ़ने का सुझाव दिया और बताया कि रामचरितमानस का अधिकतर कथानक इसी ग्रंथ से लिया गया है। अध्यात्म रामायण भी पढ़ा।

इसी बीच कंब रामायण के बारे में जानकारी हुई। यह वाल्मीकि रामायण का तमिल में अनुवाद है। तमिल तो आती नहीं है। पता चला कि बिहार राष्ट्रभाषा परिषद् ने इसका अनुवाद वर्ष 1963 में प्रकाशित किया था, जिसका दूसरा संस्करण 1968 में छपा, लेकिन अब यह उपलब्ध नहीं है। तब तक कंब रामायण का अनुवाद न तो अंग्रेजी में और न ही किसी अन्य भारतीय भाषा में छपा था। तमिल से हिंदी में अनुवाद तमिल विद्वान् वी. राजगोपालन ने किया है, जो संस्कृत, तमिल, अंग्रेजी, हिंदी और उर्दू के विद्वान् हैं। कंब रामायण प्राचीन तमिल भाषा में है, जिसे शेन् तमिल कहते हैं, जो आधुनिक तमिल भाषा से किंचित् भिन्न है। इसमें दस हजार श्लोक हैं। मैंने परिषद् के कार्यालय में पता करने की काशिश की तो पता चला कि दो खंडों में प्रकाशित

यह ग्रंथ उपलब्ध नहीं है। संयोग से इसी बीच वर्ष 2023 के शुरू में दिल्ली में विश्व पुस्तक मेला लगा। कोरोना के कारण दो साल मेले का आयोजन नहीं हो सका था। वहाँ बिहार राजभाषा परिषद् के स्टॉल पर इसकी मात्र कुछ प्रतियाँ बड़ी जीर्ण अवस्था में उपलब्ध थीं। मेरे लिए यही बहुत था। मैंने इसका भी अध्ययन किया। जैसे मानस अध्यात्म रामायण पर आधारित है, उसी तरह कंब रामायण वाल्मीकीय रामायण पर आधारित है। अक्षरशः अनुवाद कोई नहीं है।

यह पुस्तक इन चार रामायणों पर आधारित है। रामायण तो अनेक हैं, लेकिन सबको पढ़ पाना और लिखना संभव नहीं था। इसी से अपने लेखन को सीमित किया। एक-एक विषय पर अलग-अलग अध्याय लिखने का विचार आया। उसी तरह लिखा भी है। लेकिन कहीं-कहीं सुधी पाठकों को दोहराव जैसा लग सकता है। प्रसंग आने पर ऐसा स्वाभाविक भी है कि कथा का पुनः संदर्भ दिया जाए। जैसे-जैसे लिखने लगा, नए-नए प्रसंग मन में आने लगे, लेकिन आकार विस्तार के भय से पूरी पुस्तक 14 अध्यायों में पूरी की। इसमें पूरा एक वर्ष लग गया। कुछ पेज लिखता तो उसमें कई बार संशोधन करने की जरूरत पड़ती। सबसे अधिक समय महेंद्रगिरि और वहाँ से हनुमानजी के समुद्र लाँघने की कथा में लगा। यह तय कर पाना कठिन लगा कि महेंद्रगिरि कहाँ था। वहाँ से लंका की दूरी भी निर्धारित कर पाना अपने में समस्या थी। कई जगहों पर विचार किया, लेकिन मन कहीं स्थिर नहीं हो पा रहा था। अंत में जो कुछ विचार कर सका, लिख दिया। यही बात समुद्र सोखने के लिए श्रीराम द्वारा धनुष पर चढ़ाए बाण को उत्तर दिशा में छोड़ने के प्रसंग में हुई। कुछ बातें मैंने अपनी तरह से विश्लेषित करने की कोशिश की है। मैंने क्या किया, प्रभु श्रीराम की प्रेरणा से, हनुमानजी की कृपा से जो हो सका, आपके सामने है। सब उन्होंने ही कराया। सबसे अंत का अध्याय दो महत्त्वपूर्ण स्त्री पात्र लिखने का विचार सबसे अंत में आया। लगा कि ये दो पात्र—त्रिजटा और मंदोदरी—छूटे जा रहे हैं। उन्हें याद न करना उनके साथ अन्याय होता।

यह रामकथा नहीं है। यह रामकथा के एक अंश की कथाओं का संकलन मात्र है। कथा का पुनर्पाठ है। इससे कहीं-कहीं मेरे विचार स्वत: आ गए हैं। किसी संत की कथा की आलोचना करना मेरा मंतव्य नहीं है। मैं बहुत ही छोटा व्यक्ति हूँ। मैं इन महान् कवियों की चरणरज भी नहीं हूँ। यदि अज्ञानतावश या प्रमादवश कहीं कुछ अन्यथा लिख गया हूँ तो सुधीजनों से अति विनम्रता से आग्रह है कि उसे क्षमा करेंगे।

यहाँ एक घटना का उल्लेख करना चाहूँगा। जिस दिन शाम को इस पुस्तक का अंतिम पेज लिखकर पूरा किया, उस दिन मंगलवार था। मैं थोड़ी देर के लिए फ्लैट से बाहर निकला और लौटकर आया तो लिफ्ट से निकलने के बाद देखा कि मेरे फ्लैट के सामने एक विशालकाय वानर बैठा है। मैं डर गया। मैंने सोचा कि कहीं यह हमला न कर दे और मेरे दरवाजा खोलने के साथ अंदर न चला जाए। यह मेरी पहली प्रतिक्रिया थी। लेकिन न जाने क्या सोचकर मैंने उसे हाथ जोड़े और कहा कि हनुमानजी, आपने दर्शन देकर धन्य किया। अब मुझे डर लग रहा है, आप जाएँ। वह चला गया। मैंने मन में सोचा, पुस्तक पूरी होने पर हनुमानजी ने दर्शन देकर कृतार्थ किया। यह बात मैंने अंदर आकर परिवार के लोगों को बताई तो वह भी आश्चर्य में पड़ गए। बेटे और बेटी ने भी कहा कि आपको हनुमानजी ने दर्शन दिए।

—रामधनी द्विवेदी
गाजियाबाद

कार्तिक पूर्णिमा
27 नवंबर, 2023
सायंकाल सात बजे

अनुक्रम

हरि कथा अनंता

श्रीराम कथा ऐसी अद्‌भुत कथा है, जिस पर अनेक भारतीय भाषाओं में अनेक विद्वानों द्वारा महाकाव्य लिखे गए। शायद ही कोई राज्य और भाषा बची हो, जिसमें रामायण कथा न लिखी गई हो। भारत में पाठांतर सहित कुल तीन सौ रामाख्यान हैं। बौद्ध और जैन ग्रंथों में भी रामकथा मिलती है, लेकिन उनमें कई भिन्नताएँ और नवीन स्थापनाएँ हैं। बौद्ध जातकों के साथ रामकथा जापान तक पहुँची और 12वीं शताब्दी में 'होबूत्शूशू' नामक रामकथा लिखी गई। जैन और बौद्ध ग्रंथों में रामकथा में मौलिक बदलाव तो किए ही गए, राम के नाम तक बदल दिए गए। कंबोडिया के ग्रंथ 'रामकेर्ति' में अलग रामकथा मिलती है। बँगला के 'कृतिवास रामायण' में श्रीराम द्वारा देवी आराधना का प्रसंग है, जो अन्य रामायण में नहीं है। निराला ने अपनी 'राम की शक्ति पूजा' में यहीं से कथानक लिया है। लेकिन इन सभी में संस्कृत में लिखा वाल्मीकि रामायण और अध्यात्म रामायण तथा लोकभाषा अवधी में लिखा रामचरितमानस सबसे महत्त्वपूर्ण हैं। वाल्मीकि रामायण को ही रामायण कहते हैं, जबकि तुलसीदास कृत रामचरितमानस को प्राय: मानस कहा जाता है। हर रामायण की श्रीराम कथा में थोड़ा-बहुत अंतर दिखता है। रामकथा है तो एक ही, लेकिन महाकाव्य के रचयिताओं ने अपने विवेक और कल्पना से, देश-काल के अनुरूप थोड़ा-बहुत बदलाव जरूर कर दिया है। महाभारत के रामोपाख्यान में भी रामकथा संक्षेप में है। उसका कथानक भी अन्य रामकथाओं की तरह ही है, लेकिन कहीं-कहीं

अंतर भी दिखता है। 'हरि अनंत हरि कथा अनंता, कहहिं सुनहिं बहु बिधि सब संता।' जितनी भी रामकथाएँ हैं, वे सभी किसी ने किसी को सुनाई है। जब एक सुनी हुई कथा कोई दूसरा सुनाता है तो उसमें अंतर आ जाना स्वाभाविक है। बाबा तुलसीदास भी कहते हैं—मैं पुनि निज गुर सन सुनी कथा सो सूकर खेत। अर्थात् वे पहले भी किसी से कथा सुन चुके हैं और अब अपने गुरु से सुन रहे हैं। पुनि से यही बोध होता है। यह भी कि उनके गुरु ने दोबारा उन्हें यह कथा सुनाई। यह बात आगे जाकर स्पष्ट होती है कि उन्होंने अपने गुरु से ही बार-बार यह कथा सुनी। भारतीय संस्कृति में श्रुति-परंपरा का बहुत महत्त्व है। जब लेखन कला का ज्ञान नहीं हुआ था तो गुरु से सुनकर ही शिष्य किसी बात को याद कर लिया करते थे और फिर वे अपने शिष्य को सुनाते थे, जिसे वह याद करता था और यह परंपरा आगे बढ़ती थी। श्रुति और स्मृति की परंपरा भारतीय संस्कृति की आधार है। इसी से श्रुतियाँ और स्मृतियाँ बनीं। श्रुति ज्ञान उसे कहते हैं, जो सुनकर प्राप्त हो। वेदों को भी श्रुति कहा जाता है। जब कोई भी सुनी हुई बात दूसरे को सुनाएगा तो उसमें निश्चित ही उसका काव्य कौशल, वक्तृता और कल्पनाशीलता भी जुड़ जाएगी। इससे पहले सुनी गई बातें, दूसरे रूप में, पहले से कुछ बदले हुए रूप में, कुछ नई सूचनाओं-विचारों के साथ साम़ने आती हैं। प्राचीन ग्रंथों के पाठभेद और प्रक्षिप्त अंशों के पीछे यही कारण मूल है। विभिन्न ग्रंथों में जो राम कथाओं की विविधता है, इसी कारण से है। इससे कभी-कभी तथ्यों में भी अंतर आ जाता है।

कहा जाता है कि रामकथा सबसे पहले भगवान् शिव ने पार्वतीजी को सुनाई, जिसे कागभुसुंडीजी ने भी सुन लिया। कागभुसुंडी ने यह कथा याज्ञवल्क्य को सुनाई। रामचरितमानस में ये सभी कथावाचक और श्रोता हैं। याज्ञवल्क्य भरद्वाज मुनि को रामकथा सुनाते हैं और कहते हैं कि यह वही कथा है, जो शिवजी ने पार्वती को सुनाई थी। यही कथा कागभुसुंडी गरुड़ को सुना रहे हैं और शिवजी तो पार्वती को सुना ही रहे हैं।

संभु कीन्ह यह चरित सुहावा। बहुरि कृपा कर उमहि सुनावा॥
सोई सिव कागभुसुंडहि दीन्हा। राम भगत अधिकारी चीन्हा॥
तेहि सन जागबलिक पुनि पावा। तिन्ह पुनि भरद्वाज प्रति गावा॥

यही कथा तुलसीदास जी ने सूकरक्षेत्र में अपने गुरुजी से सुनी।

मैं पुनि निज गुर सन सुनी कथा सो सूकर खेत।
समुझी नहीं तसि बालपन तब अति रहेऊं अचेत॥

वह तब बालक थे और कथा समझ नहीं पाए तो गुरु ने बार-बार यह कथा कही।

तदपि कही गुर बारहिं बारा॥ समुझि परी कछु मति अनुसारा॥

तुलसीदासजी कहते हैं—मैं भी पूरी रामकथा समझ नहीं पाया हूँ, जैसी बुद्धि थी, उतनी ही समझ सका। मैं वही कथा लिखने जा रहा हूँ। भाषा बद्ध करब मैं सोई—

मानस में कुछ चौपाइयाँ और सोरठे ऐसे हैं, जिनसे यह भ्रम होता है कि यह कथा पहले पार्वतीजी ने सुनी कि कागभुसुंडि ने।

सुनु सुभ कथा भवानि रामचरितमानस विमल।
कहा भुसुंडि बखानि सुना बिहग नायक गरुड़॥

अर्थात् वह पार्वतीजी को वह कथा सुना रहे हैं, जिसे कागभुसुंडि ने गरुड़ को सुनाई तो पार्वतीजी दूसरी स्रोता हुईं, पहली नहीं। तो रचि महेस निज मानस राखा वाली बात कैसे हुई। मानस के विद्वान् इसी ग्रंथ के कथनों से इसका हल निकालते हैं कि कागभुसुंडिजी को लोमश ऋषि के माध्यम से यह कथा पहले ही प्राप्त हो गई थी, जिसे समय पाकर शिवजी ने पार्वतीजी को सुनाया, लेकिन मानस में शिवजी पार्वती को और कागभुसुंडि गरुड़ को कथा सुनाते बहुविधि मिलते हैं। अध्यात्म रामायण में भगवान् शिव ही पूरी कथा पार्वती को सुनाते मिलते हैं। कहा जाता है कि यही मूल रामकथा है। इसमें सात कांड, 64 सर्ग और चार हजार दो सौ श्लोक हैं। वाल्मीकि रामायण में

नारदजी वाल्मीकि को कथा सुनाते हैं। जब क्रौंच वध के समय वाल्मीकि के मुँह से पहला श्लोक निकला तो वह रोमांचित हो गए। उनके आश्रम में ब्रह्माजी आए और उन्होंने बताया कि आप वह रामकथा लिखिए, जो नारदजी ने बताई है और इसके जो भी ज्ञात-अज्ञात कथानक आप जानना चाहेंगे, वह ध्यान लगाने पर पूरा-का-पूरा देख सकेंगे। इस तरह वह पूरा घटनाक्रम देखते हैं और विस्तार से रामकथा लिखते हैं। इसी से उनके वर्णन में अति सूक्ष्मता और वैविध्य है।

रामकथा की विविधता का संकेत तुलसीदास जी भी देते हैं।

नाना भांति राम अवतारा। रामायन सत कोटि अपारा॥
कलपभेद हरिचरित सुहाए। भांति अनेक मुनीसन्ह गाए॥
करिअ न संसय अस उर आनी। सुनिअ कथा सादर रति मानी॥

राम अनंत अनंत गुन। अमित कथा विस्तार॥
सुनि आचरजु न मानिहैं। जिन के विमल विचार॥

यह इस बात का प्रमाण है कि तुलसी बाबा के समय भी अनेक रामायणों का अस्तित्व था और वे इनके बारे में जानते थे। वे यह भी जानते थे कि इन सभी रामकथाओं में कुछ न कुछ अंतर है। वह कहते हैं कि मैं इस तरह सब संशय दूर कर रामकथा कहने जा रहा हूँ।

तुलसीदासजी की रामकथा बहुत सरल और सुग्राह्य है। वह न तो कठिन संस्कृत में है और न ही तब की प्रचलित हिंदी में, बल्कि अवधी में है, जो आम लोग बोलते हैं। सबकी समझ में आने वाली भाषा में होने के कारण ही तुलसी की रामकथा का इतना प्रचार-प्रसार हुआ कि वह जन-जन तक पहुँची। यदि रामकथा आज भारत के कोने-कोने में पहुँची है तो उसका श्रेय तुलसीदासजी को ही है। वाल्मीकि और अध्यात्म रामायण की कथा अधिक विस्तृत और गंभीर होने के बाद भी इस कारण से अधिक लोकप्रिय नहीं हुई, क्योंकि वह संस्कृत में थी जो जन साधारण की भाषा नहीं थी। 'अध्यात्म रामायण' अलग से कोई रचना न होकर ब्रह्मांड पुराण का अंश है, जिसे

वेदव्यास ने रचा है। विद्वानों का कहना है कि तुलसीदासजी ने वाल्मीकि और अध्यात्म रामायण की कथा को ही अपने मानस का आधार बनाया है, लेकिन इसमें बहुत कुछ उनका अपना भी है और नया भी। लेकिन वह अध्यात्म रामायण पर अधिक निर्भर दिखते हैं। कही-कहीं तो मानस अध्यात्म रामायण का अवधी में अनुवाद सा लगता है।

आज रामचरितमानस पाठ लगभग हर घर में होता है। नियमित नहीं तो सुंदरकांड का पाठ ही किया जाता है। इतना भी नहीं तो हनुमान चालीसा का ही पाठ होता है। (हालाँकि एक मान्यता यह भी है कि हनुमान चालीसा लिखने वाले तुलसी मानस के रचयिता तुलसी से अलग, लेकिन समकालीन थे) कोई ऐसा सनातनी नहीं होगा, जिसे रामचरितमानस की कुछ चौपाइयों याद न हों। कुछ नहीं तो इतना तो वह कहता ही है कि—*होइहै सोई जो राम रुचि राखा¨ ।*

यह सब बाबा तुलसी की देन है। वह न होते तो हम राम को कैसे और कितना जानते, यह कहना कठिन है। इसी से बेनी कवि ने कहा है—

भारी भवसागर उतारतो कवन पार, जो पै यह रामायन तुलसी न गावतो।
भारतीय सनातन समाज तुलसी के इस योगदान का सदा ऋणी रहेगा।

□

रामकथा की विविधता

तुलसीकृत रामचरितमानस में अधिकतर कथा अध्यात्म और वाल्मीकि रामायण से ही ली गई है। लेकिन फिर भी अनेक जगहों पर तुलसी ने प्रयोग किया है और घटनाओं का अपने ढंग से वर्णन किया है। किसी घटना का विस्तार वाल्मीकि ने तो किसी का तुलसी ने किया है। इसके पीछे उनका अपना मंतव्य है। दोनों राम के भक्त हैं और उनके चरित को जन सामान्य तक पहुँचाने के लिए यह कथा लिख रहे हैं। वाल्मीकि को राम का समकालीन माना जाता है। उन्हीं के आश्रम में परित्याग के बाद सीता रहीं और वहीं लव-कुश का जन्म हुआ। उन्होंने राम के पुत्रों लव और कुश को शिक्षित, प्रशिक्षित और दीक्षित करने के बाद यह कथा बताई और उसका गायन सिखाया। कथा ऐसी है कि लव-कुश भगवान् से पहली बार जब मिले तो रामकथा ही गा रहे थे। वाल्मीकि की राम कथा में राम उस ईश्वरत्व को नहीं प्राप्त दिखते, जो तुलसी की रामकथा में उन्हें मिला है। वाल्मीकि के राम राजा राम हैं तो तुलसी के राम दशरथ के पुत्र के रूप में परमब्रह्म हैं। वाल्मीकि के राम इक्ष्वाकु वंश के महाप्रतापी राजा दशरथ के महावीर पुत्र रूप में सामने आते हैं, तो तुलसी के राम—तात राम नहिं नर भूपाला। भुवनेश्वर कालहु कर काला। ब्रह्म अनामय अज भगवंता। व्यापक अजित अनादि अनंता हैं। पूरे मानस में राम को ब्रह्म बताने वाले न जाने कितने प्रसंग हैं। तुलसी श्रीराम को ब्रह्म के अतिरिक्त किसी अन्य रूप में देख ही नहीं सकते थे। दोनों रामकथाएँ पढ़ते समय यह अंतर स्पष्ट सामने आता है।

वाल्मीकि वनवासी हैं। वह जगह-जगह पर वनस्पतियों, फूलों, वृक्षों और प्रकृति का विशद वर्णन करते हैं, जिससे ज्ञात होता है कि उन्हें इनकी कितनी सूक्ष्म जानकारी है। इसी तरह अन्य वर्णनों में भी वह कहीं भी चूकते नहीं हैं। वह इतनी सूक्ष्मता से किसी चीज का वर्णन करते हैं कि आश्चर्य होता है कि वनवासी ऋषि इन सब चीजों को कैसे जानता है। लंका में रावण के रास कक्ष का वर्णन हो या पाकशाला और मधुशाला के वर्णन का, उनकी दृष्टि से कुछ नहीं छूटता। राजप्रसादों के अलंकरण और रत्नों की साज-सज्जा को बताते समय वह इतनी सूक्ष्मता तक जाते हैं कि सभी लोग उस सूक्ष्म स्तर तक नहीं जा सकते। कोई भी वर्णन हो, वह उसके रेशे-रेशे को अलग कर देते हैं। उन्हें अपने समय के भूगोल और समाज की बहुत सूक्ष्म जानकारी है। रामायण में कई ऐसी चीजों का वर्णन है, जिन्हें बिना देखे उनके बारे में लिखा ही नहीं जा सकता। जब गहनता से हम रामायण का अध्ययन करते हैं तो ये सभी बातें सामने आती हैं। वाल्मीकि की दृष्टि इतनी पैनी है कि जीवन, समाज, राजनीति की कोई भी बात कहीं छूटती नहीं है। उनका वर्णन सूक्ष्म से सूक्ष्म भाव और वस्तु को भी पकड़ता है। यह कैसे संभव हुआ, इसका उत्तर वाल्मीकि रामायण में ही दे दिया गया है। वाल्मीकि को नारदजी ने रामकथा सुनाई जो संक्षेप में थी, लेकिन ब्रह्माजी ने जब उन्हें रामकथा लिखने का निर्देश दिया तो यह वरदान भी दिया कि इस कथा के ज्ञात-अज्ञात अंशों को तुम ध्यान लगाकर देखोगे तो सब विस्तार से दिख जाएगा।

रहस्यं च प्रकाशं च यद् वृतं तस्य धीमतः।
रामस्य सहसौमित्रे राक्षसानां च सर्वशः॥
वैदेह्याश्चैव यद् वृतं प्रकाशं यदि वा रहः।
तच्चाप्यविदितं सर्वं विदितं ते भविष्यति॥

(वा. बाल. 2, 33, 34)

इसलिए वाल्मीकि लिखते समय ध्यान लगाते हैं और पूरा घटनाक्रम चलचित्र की तरह उनके सामने आने लगता है और उसे वह लिपिबद्ध करते रहते हैं।

संस्कृत के कवियों के बारे में कहा जाता है कि—

उपमा कालिदासस्य भारवैअर्थगौरवम्।
दण्डिनः पदलालित्यं माघे सन्ति त्रयोगुणः॥

लेकिन आप वाल्मीकि रामायण पढ़ें तो लगता है कि कालिदास तो आदिकवि के आगे कहीं टिकते ही नहीं। उपमाओं का इतना भंडार है उनके पास कि आप चकित हो जाते हैं। इसी से कालिदास 'रघुवंश' में उन्हें याद करते हुए कहते हैं—*कविः कुशेध्याहरणाय यातः निषादविद्धाण्डजदर्शनोत्थः श्लोकत्वमापद्यत यस्य शोकः।*

कोई कवि या विद्वान् ऐसा नहीं होगा, जिसने आदिकवि का कहीं-न-कहीं उल्लेख न किया हो। बाबा तुलसी तो बार-बार उन्हें याद करते हैं—'बंदऊं मुनि पद कंज रामायण जिन निरमयउ'। 'जान आदिकबि नाम प्रतापू'। 'बालमीक भए ब्रह्म समाना' आदि कहते हुए नहीं थकते और बालकांड में प्रारंभ में वंदना करते समय हनुमानजी के पहले उनकी वंदना करते हैं—कवीश्वरकपीश्वरौ। मानस के अलावा अन्य रचनाओं में भी वह आदर से उन्हें याद करते हैं।

वाल्मीकि रामायण की जितनी टीकाएँ हुई हैं, उतनी शायद ही किसी ग्रंथ की हुई हों। अधिकतर प्राचीन टीकाएँ संस्कृत में हैं। अन्य भारतीय भाषाओं में भी इसकी टीका है। इसके अलावा फ्रेंच और अंग्रेजी में भी इस ग्रंथ की टीका है। गीता प्रेस ने इसे हिंदी अर्थ के साथ उपलब्ध कराकर हिंदी भाषियों का बड़ा उपकार किया है। अधिकतर प्राचीन आर्ष ग्रंथ इसलिए जन साधारण की पहुँच से दूर हो जाते हैं कि वे संस्कृत में तो होते ही हैं, उनकी व्याख्या और टीका भी संस्कृत में ही होती है। उपनिषदों के साथ भी यही है। हमारे आचार्यों ने सभी टीकाएँ संस्कृत में कीं। इसका कारण यह भी है कि उनमें अधिकतर अहिंदी भाषी प्रदेशों के थे और हिंदी ठीक से नहीं जानते थे। हिंदी का अनुवाद लोगों को इन ग्रंथों को समझने में बहुत सहायता करता है। बाबा तुलसीदास ने अवधी में रामचरितमानस की

रचना कर हिंदी भाषियों का तो उपकार किया ही, राम कथा को घर-घर पहुँचाने का अलौकिक वंदनीय कार्य किया है। उन्होंने मूल कथा वाल्मीकि या अध्यात्म रामायण से ही ली है। कुछ कथानक तो पूरी तरह वाल्मीकि के तो कुछ अध्यात्म के हैं। भाव और शब्द तक इन्हीं ग्रंथों के हैं, लेकिन कहीं-कहीं काफी अंतर है, कुछ अतिरिक्त के साथ, कथा को और सुगम और ग्राह्य बनाने के लिए।

रामायण और रामचरितमानस का खंड विभाजन भी एक सा है। सिर्फ रामायण के युद्धकांड की जगह तुलसी बाबा ने लंकाकांड कर दिया है, शेष बालकांड, अयोध्याकांड, अरण्यकांड, किष्किंधाकांड, सुंदरकांड और उत्तरकांड के नाम एक से हैं। दोनों में एक अंतर यह है कि रामचरितमानस के हर कांड की शुरुआत वंदना श्लोकों से होती है, लेकिन रामायण में वाल्मीकि सीधे प्रसंग पर आ जाते हैं।

रामचरितमानस में सभी तरह के छंदों का प्रयोग है। श्लोकों के अतिरिक्त चौपाई, दोहा, सोरठा, छंद आदि का प्रयोग किया गया है। छंद भी भिन्न-भिन्न मात्राओं के हैं। इनमें अलग-अलग प्रयोग किए गए हैं। सभी गेय हैं। सबसे बड़ा कांड बालकांड है, जिसमें 361 दोहे हैं। इसके बाद अयोध्याकांड में 326 दोहे, अरण्यकांड में 46, किष्किंधाकांड में 30, सुंदरकांड में 60, लंकाकांड में 121 और उत्तरकांड में 130 दोहे हैं। विद्वानों की गणना के अनुसार तुलसीदास ने 25 हजार से अधिक शब्दों का प्रयोग मानस में किया है। इतने अधिक शब्दों का प्रयोग विश्व में किसी भी विद्वान् ने एक ग्रंथ में नहीं किया है। इनमें भी एक हजार से अधिक शब्द ऐसे हैं, जो हिंदी के इतर भाषाओं के हैं। हिंदी, प्राकृत और संस्कृत का कोई छंद नहीं बचा है, जिसमें तुलसीदास ने रचना न की हो। मानस के अतिरिक्त उनके अन्य ग्रंथों में भी इन छंदों का सौंदर्य देखा जा सकता है।

वाल्मीकि रामायण में कांडों के प्रारंभ में मानस जैसी मंगलाचरण की परंपरा नहीं है। सीधे घटनाक्रम का वर्णन शुरू हो जाता है। सिर्फ बालकांड में

नारद वाल्मीकि संवाद है, जिसमें रामकथा के महत्त्व और रामायण लिखने की पृष्ठभूमि को बताया गया है। रामायण में दो पंक्तियों के श्लोक ही अधिक हैं। कुछ सर्ग में चार पंक्तियों के भी श्लोक हैं। रामचरितमानस में पाठ की सुविधा के लिए मासपारायण और नवाह्न पारायण जैसे विभाजन हैं। वाल्मीकि ने ऐसा कोई विभाजन या पारायण जैसी बात नहीं की। लेकिन इसके भी पारायण की विधि गीताप्रेस के ग्रंथ में बताई गई है। प्रारंभ में श्री स्कंद पुराण के उत्तर खंड में नारद और सनत्कुमार के बीच रामायण के महत्त्व को बताने वाला पाँच अध्याय का 'रामायाण माहात्म्य' है। इसमें भी साल में तीन बार माघ, चैत्र और कार्तिक में नौ दिन के नवाह्न पारायण में रामायण कथा सुनने के महत्त्व को बताया गया है। बालकांड का प्रारंभ भी नारदजी द्वारा वाल्मीकि को संक्षेप में रामचरित्र सुनाने से हुआ है। इसके बाद क्रौंचवध की प्रख्यात घटना का उल्लेख है, जिससे वाल्मीकि में काव्य-भाव प्रस्फुटित हुआ और पहला श्लोक उनके मुँह से निकला—

मा निषाद प्रतिष्ठां त्वमगमः शाश्वती समाः।
यत् क्रौंचमिथुनादेकमवधीः काममोहितम्॥

(बा. 2, 15)

इसमें आठ-आठ अक्षर (बराबर) हैं। इसे वीणा के लय पर गाया भी जा सकता है। यह श्लोक छंद रूप में है। इसी छंद में पूरा वाल्मीकि रामायण है, जो मधुर, द्रुत, मध्य, विलंबित आदि गतियों में अन्वित, षड्ज आदि सातों स्वरों, वीणा बजाकर स्वर और ताल के साथ गाया जा सकता है। इसमें श्रृंगार, करुण, हास्य, रौद्र, भयानक और वीर आदि सभी रस हैं। (नाद वाद्य में आठ मात्राओं का कहरवा ताल होता है, जो इस तरह के श्लोकों के गायन के लिए उपयुक्त माना जाता है। इसके दोगुन मात्रा का त्रिताल है, जिसमें भी इसे गाया जा सकता है।) इस रामायण में 24 हजार श्लोक, पाँच सौ सर्ग और सात कांड हैं। लव और कुश इसे पूर्ण मार्ग विधान (शास्त्रीय विधान) में गाया करते थे।

रामायण के हर कांड में कई सर्ग हैं। ये सर्ग अध्याय कहे जा सकते हैं, जो 20–25 श्लोकों के हैं तो लगभग दो सौ श्लोकों के भी। एक बात यह भी है कि रामायण के कांड मानस की तुलना में बड़े हैं। रामचरितमानस के सबसे छोटे कांड किष्किंधाकांड में मात्र 30 दोहे हैं, जबकि रामायण का यह कांड 67 सर्ग में है, जिसमें सैकड़ों श्लोक हैं। वाल्मीकि लगभग हर कथ्य का विस्तार करते हैं, तुलसीदास कहीं-कहीं संक्षेपण भी कर देते हैं, जैसे—वाल्मीकि ने सुंदरकांड में हनुमानजी के समुद्र को उछलकर हवा मार्ग से पार करने का वर्णन इतना विशद और सूक्ष्मता से किया है कि आश्चर्य होता है उनके ज्ञान को देखकर। इसी तरह इस कांड के अन्य वर्णन भी हैं। तुलसी बाबा ने इसे तीन दोहों में सीमित कर दिया। इसी तरह लंका के वैभव का वर्णन वह एक छंद में कर देते हैं, जबकि वाल्मीकि कई सर्ग में इसे बताते हैं। लेकिन मानस में सीता स्वयंवर में विवाह उपरांत कई वर्णन अद्‌भुत हैं। ऐसे वर्णन वाल्मीकि में नहीं हैं। तुलसी ने अपने समय के समाज में जो देखा, उसे भी वे मानस में अंतर्निहित कर लेते हैं। लोक का कोई व्यापार उनसे अछूता नहीं बचता। जैसे—जब राजा दशरथ जनकपुरी में भगवान् के विवाह के उपरांत भोजन करने बैठते हैं तो जनकपुरी की महिलाएँ गारी गाती हैं। देखें—

पंच कवल करि जेवन लागे। गारि गानि सुनि अति अनुरागे॥
जेवहिं देहिं मधुर धुनि गारी। लै लै नाम पुरुष अरु नारी॥
समय सुहावनि गारि बिराजा। हंसति राउ सुनि सहित समाजा॥

राजा दशरथ गारी सुनकर प्रसन्न हो रहे हैं। वह रस लेकर भोजन कर रहे हैं और अपने साथ बैठे परिजनों के साथ उसका आनंद ले रहे हैं। तुलसी बाबा भगवान् के विवाह में इतने मगन हैं कि एक-एक लोक व्यवहार की बात करते हैं। इतना सूक्ष्म वर्णन शायद ही किसी कवि ने किसी घटना का किया हो। वह पुष्पवाटिका प्रसंग से दशरथ के अवधपुरी पहुँचने तक का वर्णन 58 दोहों में करते हैं। बालकांड के दोहा नंबर 285 से 343 तक यही

वर्णन है। एक-एक चौपाई आपको उस नैसर्गिक आंनद तक पहुँचा देगी और लगेगा कि आप खुद भगवान् के विवाह के दृष्टा हैं। वाल्मीकि रामायण में ऐसा नहीं मिलता। वहाँ भगवान् के विवाह का प्रसंग अधिक विस्तार नहीं पाता है। हाँ, वहाँ राजा दशरथ और जनक की वंशावली का विस्तार जरूर है। वसिष्ठ और सतानंद क्रमशः दशरथ और जनक के पूर्वजों की जानकारी शाखोच्चार में देते हैं। सनातन भारतीय विवाह पद्धति में शाखोच्चार की परंपरा है। वर और वधू के पक्ष के पुरोहित दोनों परिवारों के पूर्वजों का नाम लेकर उन्हें आशीर्वाद देते हैं। लेकिन वाल्मीकि रामायण में यह बहुत विस्तार से है और दशरथ तथा जनक की पूरी वंशावली ही दी गई है। वहाँ विवाह की लौकिक पंरपराओं का उल्लेख नहीं मिलता। यदि शाखोच्चार को हटा दिया जाए तो विवाह को बहुत विस्तार से नहीं बताया गया है।

रामचरितमानस में तुलसी बाबा के इतने सूक्ष्म विस्तार में जाने का अर्थ यह है कि वह लोक मानस, परंपरा और व्यवहार को बहुत गहराई तक देखते-समझते हैं। वह वनवासी नहीं, लोकवासी हैं। इसलिए वह भगवान् राम के विवाह का इतना सुंदर वर्णन कर पाते हैं। यह कहा जा सकता है कि वाल्मीकि के रामायण में प्रकृति, भूगोल, इतिहास अधिक है, जबकि तुलसी के मानस में समाज अधिक है। वह लोक के कवि लगते हैं। इसी से कुछ विद्वान् उन्हें लोकवादी भी मानते हैं।

□

सुंदर में भी सुंदर सुंदरकांड

वाल्मीकि रामायण और तुलसी के रामचरितमानस, अध्यात्म रामायण और कंब रामायण सब में सात कांड हैं। बालकांड, अयोध्याकांड, अरण्यकांड, किष्किंधाकांड, सुंदरकांड, लंकाकांड (युद्धकांड) और उत्तरकांड। बालकांड में भगवान् श्रीराम के अवतरण और बाल-लीलाओं का वर्णन है। अयोध्याकांड में उनकी किशोरकाल की घटनाएँ हैं और विवाह प्रसंग हैं। अरण्यकांड में वन गमन के बाद का वर्णन है। किष्किंधाकांड में सुग्रीव से मैत्री है। सुंदरकांड में सीता का पता लगाना और लंकादहन है। लंकाकांड या युद्धकांड में रावण से युद्ध का प्रसंग है तो उत्तरकांड में अयोध्या आगमन और बाद की घटनाएँ हैं। भगवान् की लीला में जहाँ का और जैसा प्रसंग है, कांडों का नामकरण भी उसी के अनुरूप है, लेकिन सुंदरकांड का नामकरण यह क्यों किया गया, यह बात स्पष्ट नहीं होती। सभी राम कथाओं में जिस कांड में सीता का पता लगता है और लंका दहन होता है, सुंदरकांड नाम ही दिया गया है। कुछ कथा व्यास कहते हैं कि हनुमानजी ने जिस अशोक वाटिका में सीताजी को देखा, वह सुंदर नामक पर्वत पर था, इसलिए इसका नाम सुंदरकांड रखा गया। लेकिन वाल्मीकिजी या तुलसी बाबा ने कहीं भी 'सुंदर' नामक पर्वत का उल्लेख नहीं किया है। वह यह तो बताते हैं, अशोक वाटिका एक पहाड़ की उपत्यका में थी और बहुत ही सुंदर थी, नाना तरह के फल-फूल और तरह-तरह के पौधे और वृक्ष थे, सरोवर थे, कूप थे। वह अलौकिक सुंदर थी, लेकिन वह सुंदर नामक पर्वत पर थी,

यह कहीं नहीं कहा है। हनुमान के बल-पौरुष और सीता का पता लगाने की कथा इस कांड में है। सीता वियोग में श्रीराम क्लांत मन हैं। सीता के बारे में सूचना उन्हें संजीवनी की तरह मिलती है। इससे भगवान् राम, लक्ष्मण, सुग्रीव, हनुमान आदि सबकी चिंता दूर होती है, सब लोग प्रसन्न होते हैं। लंका को श्रीराम और उनके सेवकों की शक्ति का अनुभव होता है। हनुमानजी रावण का मानमर्दन करते हैं और पूरी लंका को जलाकर राख कर देते हैं। समुद्र पर पुल बनने जैसा चमत्कार होता है, विभीषण का राजतिलक होता है। रावण के लिए यह सब असुंदर हुआ, लेकिन श्रीराम और उनके सखाओं के लिए सुंदर हुआ, इसलिए सुंदरकांड नाम दिया गया। यहीं उनके—'निसिचर हीन करहुं महि' का प्रण पूरा होने की शुरुआत हुई तो इसे सुंदर होना ही था। तुलसी बाबा और महाकवियों ने तो नामकरण में यहाँ अध्यात्म और वाल्मीकिजी की अनुसरण ही किया है।

इसका सुंदरकांड नाम रखने के पीछे मुझे एक कारण और लगता है। इसमें वह सबकुछ है, जो हममें चाहिए। इसमें हनुमान की भक्ति है तो उनका बल, पौरुष, चातुर्य, विचारशीलता है, अपने स्वामी के प्रति समर्पण और उनका काम पूरा करने की चिंता है, उनके यश की चिंता है, काम के प्रति गंभीरता और लगनशीलता है, अपने पर विश्वास है। इसमें सीता का आदर्श है, उनका पातिव्रत है, उनके मन की दृढ़ता है। श्रीराम के बल पर विश्वास है। हनुमान पर विश्वास है। रावण के घर में भी विभीषण जैसा नीतिज्ञ है, जो मार्गच्युत होने की स्थिति में रावण को धर्म की बात बताता है। मंदोदरी जैसी आदर्श पत्नी है, जो रावण को बार-बार गलत रास्ते पर जाने से रोकने की कोशिश करती है और श्रीराम क्या हैं, यह बताती है। उसमें हनुमान के प्रति राम की कृतज्ञता है, उनके ऋण की स्वीकारोक्ति है, हर हाल में शरणागत की रक्षा का संकल्प और उसपर विश्वास है। सुग्रीव की मैत्री का बल है, दुष्ट के साथ दुष्टता का संदेश है, पहले विनय बाद में दृढ़ता और शक्ति प्रयोग है। सबसे बड़ी बात श्रीराम की कृपा और वानरों के प्रयास-कौशल से अलंघ्य सागर पर सेतु बनता है। मात्र पाँच दिन में यह पुल बनाकर विश्व को बताया

गया कि सामूहिक प्रयास और कौशल से कुछ भी असंभव नहीं है। इसमें सबसे प्रमुख बात यह है, जो आज भी समीचीन है कि हर हाल में युद्ध और उसके विनाश को टाला जा सके। इसके लिए हर संभव प्रयास किया जाता है। हनुमानजी रावण से सीता को लौटाने की ही बात करते हैं, विभीषण भी यही कहते हैं, यही मंदोदरी की भी सलाह है, लक्ष्मण शुक के हाथ भेजे पत्र में भी यही कहते हैं, और तो और रावण का गुप्तचर शुक भी यही कहता है तथा अंतिम दूत अंगद भी यही संदेश देने जाता है। सब रास्ते बंद होने, रावण के अपनी जिद पर अड़े होने, अहंकार में डूबे होने, किसी की बात न मानने पर ही युद्ध का होता है। समाज को, किसी देश को, किसी जाति-कुल को विनाश से बचाने की हर संभव कोशिश है यहाँ।

इतना सब है तो भला सुंदर नाम क्यों न पड़े।

□

कथानक का अंतर

वाल्मीकि और तुलसी के सुंदरकांड में विस्तार की दृष्टि से वाल्मीकि के पास बहुत सामग्री है। हालाँकि वह हर बात इतने विस्तृत तरीके से बताते हैं कि अनेक जगह दोहराव भी हो जाता है। लंका में अशोक वाटिका में जब हनुमान द्वारा विध्वंस की सूचना पाकर राक्षस योद्धा आते हैं तो वह अपना परिचय दो बार छह श्लोकों में देते हैं। दोनों में बस दो शब्दों का अंतर है, शेष पूरे श्लोकों की पुनरावृत्ति हुई है। इसी तरह जांबवान और श्रीराम को लंका में सीता के दर्शन और लंकादहन की जानकारी देते समय भी घटनाक्रम की पुनरावृत्ति हुई है। ये प्रसंग तो घटित हुए लेकिन बार-बार एक ही बात दोहराने से ग्रंथ का आकार बढ़ा, लेकिन नई चीज सामने नहीं आई। यह किसी प्रबंध काव्य के लिए अच्छा नहीं कहा जा सकता। तुलसी बाबा इस तरह नहीं करते। वे सिर्फ कुछ संवादों को ही विस्तार देते हैं, लेकिन पुनरावृत्ति जैसी बात नहीं होती।

रामायण के सुंदरकांड में 68 सर्ग हैं, जिनमें 2,900 श्लोक हैं। सबसे छोटा सर्ग 29वाँ है, जिसमें मात्र आठ श्लोक हैं, अन्यथा 15 से कम किसी सर्ग में नहीं हैं। सबसे बड़ा सर्ग प्रथम सर्ग है, जिसमें 213 श्लोक हैं। वहीं रामचरितमानस के सुंदरकांड में मंगलाचरण के तीन श्लोकों के अलावा एक सोरठा, तीन छंद, 510 चौपाई और 63 दोहे हैं। दोहा नंबर 39, 49 और 56 में दो-दो दोहे हैं। तुलसीदास जिस घटनाक्रम को 32 दोहों (हनुमान के लंका से लौटकर सुग्रीव और श्रीराम के मिलने तक) में वर्णन करते हैं, उसके लिए

वाल्मीकि 68 सर्ग की रचना करते हैं।

दोनों ग्रंथों में हनुमानजी के छलाँग लगाने से ही कांड का प्रारंभ होता है। कुछ लोग मानस के सुंदरकांड का पाठ किष्किंधाकांड के आखिरी दोहे से शुरू करते हैं। जब सीता का कहीं पता नहीं चलता और अंगद के नेतृत्व में निकले दल के सब लोग निराश होकर बैठे हैं और संपाती से उनकी भेंट होती है। वह सब प्रकरण जानकर बताते हैं कि सीताजी को रावण हरण कर लंका ले गया है, जो यहाँ से सौ योजन पर है और बीच में अलंघ्य समुद्र है। जो कोई इसे लाँघकर लंका जा सके तो सीता का पता लग सकता है। समस्या थी कि सागर को लाँघकर लंका जाए कौन। सभी अपनी-अपनी क्षमता बताते हैं, लेकिन कोई यह नहीं कहता कि मैं वहाँ जाकर लौट भी सकता हूँ। सबके मन में निराशा व्याप्त थी। लेकिन हनुमान कुछ नहीं बोलते हैं। इस पर जांबवान हनुमानजी को उनके बल की जानकारी देते हैं और कहते हैं कि पृथ्वी पर कोई ऐसा काम नहीं है, जो आप नहीं कर सकें और आपका जन्म ही रामकाज के लिए हुआ है। इस पर हनुमान चैतन्य होते हैं और उनसे पूछते हैं कि बताइए, मैं क्या करूँ—क्या समुद्र को पी जाऊँ, रावण को उसके सहयोगियों के साथ मार डालूँ या त्रिकूट पर्वत को ही उखाड़कर उठा लाऊँ। जांबवान कहते हैं, नहीं, आप जाइए और सिर्फ सीताजी का पता लगाकर आइए—सीतहि देखि कहहु सुधि आई—अन्य दोनों रामायण में भी ऐसी ही जानकारी है। इससे छलाँग लगाने का संदर्भ जुड़ जाता है।

मुख्य कथानक तो तुलसीदास ने वाल्मीकि और अध्यात्म रामायण से ही लिया है, लेकिन वह उनसे कुछ छूट भी लेते हैं। वह कुछ प्रसंगों को अपने अनुसार बदलते हैं, कुछ जोड़ते हैं और कुछ छोड़ देते हैं। इसी से कुछ घटनाक्रम दोनों जगह अलग-अलग हैं। तुलसी की कथा अध्यात्म के अधिक निकट है, लेकिन वहाँ भी संपाती के प्रसंग का विस्तार है, जिसे तुलसी बाबा सीमित कर देते हैं। मैनाक का आश्रय देने का प्रस्ताव वाल्मीकि विस्तार से बताते हैं। यहीं यह भी जानकारी मिलती है कि मैनाक हनुमानजी के पिता पवन

का ऋणी है, क्योंकि उन्होंने उसे इंद्र के कोप से बचाया था। मैनाक बताते हैं कि सत्ययुग में पर्वत सपक्ष थे। उनके मनमाने तरीके से इधर-उधर उड़ने से लोगों को बड़ी असुविधा होती थी और वे हमेशा भयभीत रहते थे कि कहीं पर्वत उनके ऊपर न गिर पड़ें। लोगों की पुकार पर इंद्र ने पर्वतों के पंख अपने वज्र से काट डाले। जब मैनाक का पंख काटने को उद्यत हुए तो पवन ने उसे ढकेलकर समुद्र में गिरा दिया। इंद्र ने समझा कि उसका भी पंख कट गया, लेकिन वह बच गया था और इच्छानुसार समुद्र में ऊपर नीचे हो सकता था। वह पवन के उपकार को नहीं भूला था, इसी से हनुमान की थकान दूर करने के लिए समुद्र की सलाह पर जल से ऊपर आया था। यह प्रसंग वाल्मीकि के पास अतिरिक्त है। अध्यात्म में भी मैनाक की कथा कुछ अधिक है। मानस में बस मैनाक के जल के ऊपर आने और हनुमान के उसे स्पर्श कर आगे बढ़ जाने की ही बात है। तुलसीदास बताते हैं कि लंका में घुसने के बाद जब हनुमान सीताजी को ढूँढ़ रहे थे तो एक सुंदर घर देखा, जिसके पास तुलसी के पौधे लगे थे और उस पर रामायुध (धनुष-बाण) अंकित था। यह विभीषण का घर था। यहाँ हनुमान ब्राह्मण का वेश धारण कर विभीषण से मिलते हैं। विभीषण ही उन्हें सीता के अशोक वन में रहने और उनसे मिलने का तरीका बताते हैं—जुगुति विभीषन सकल सुनाई। वाल्मीकिजी के पास यह प्रसंग नहीं है। विभीषण का नाम बस त्रिजटा के सपने में आता है और हनुमान के पकड़ने पर जब रावण उनकी हत्या का आदेश देता है तो विभीषण—दूत अवध्य होता है, इस नीति की जानकारी रावण को देकर उसे हनुमान का वध करने से रोकते हैं। वाल्मीकि के अनुसार हनुमानजी ने स्वत: सीताजी का पता अशोक वाटिका में लगाया। इसमें उन्हें दो दिन लग गए। लेकिन अध्यात्म में तो लंकिनी ही हनुमानजी से मार खाने के बाद उनको सीता का पता बता देती है।

तन्मध्येअशोक वनिका दिव्यपादसङ्कुला।
तत्रास्ते जानकी घोरराक्षिसीभि:सुरक्षिता।

(अध्या., सुं, 1, 55, 56)

इसी तरह हनुमानजी तुलसी बाबा के अनुसार मच्छर का रूप धारण कर लंका में प्रवेश करते हैं—मसक समान रूप कपि धरी—जबकि वाल्मीकि के अनुसार उन्होंने बिल्ली की तरह छोटा रूप धरा—

सूर्य चास्तं गते रात्रौ देहं संक्षिप्य मारुतिः।
वृषदंशकमात्रोअथ बभूवाद्‍भुत दर्शनः॥

यहाँ संस्कृत कोश में वृषदंशक को विडाल, मार्जार (बिल्ली) ही बताया गया है। कुल मिलाकर हनुमान छोटे आकार में लंका में प्रवेश करते हैं। छोटे आकार का आशय यह हुआ कि गोपनीय तरीके, छिपते-छिपाते, अपने को सबकी नजर से बचाते हुए लंका में गए, जिससे कोई उनको देख न सके। वह श्रीराम का सबसे बड़ा काम करने जा रहे हैं और यदि अपने मूल आकार तथा स्वरूप में जाते तो राक्षसों की दृष्टि में आ जाते और काम बिगड़ जाता। इसलिए उन्होंने छोटा आकार ग्रहण किया। दूसरा अर्थ यह भी है कि जब आप किसी बड़े काम को करने जाते हैं, किसी बड़े लक्ष्य को पाने का प्रयास करते हैं तो आपको विनम्र होना चाहिए। अपने को छोटा मानकर चलना चाहिए, बस अपने बल और सामर्थ्य पर विश्वास करना चाहिए। ध्यान अपने मुख्य लक्ष्य पर केंद्रित करना चाहिए।

सीता की खोज में हनुमान पूरी लंका छान मारते हैं। एक-एक महल देखते हैं। वाल्मीकि उसका अद्‍भुत वर्णन करते हैं। लेकिन कहीं सीताजी नहीं दिखतीं। रावण के महल में मंदोदरी को सोते देख उन्हें एक बार लगा कि वही सीता हैं और वह खुशी व्यक्त करने लगे, लेकिन फिर पुनर्विचार करने लगे कि सीताजी अपहर्ता के महल में इस तरह शृंगार कर आराम से तो सो नहीं सकतीं। अतः यह सीता नहीं हैं। इतना लंबा प्रसंग तुलसीदास नहीं बताते। मानस और अध्यात्म रामायण के अनुसार हनुमानजी को सीता का पता पहले ही चल गया और सीधे वहाँ पहुँचे। मानस में तो तुलसीदास कुछ देर तक महलों में सीताजी की तलाश कराते हैं, लेकिन फिर उन्होंने विभीषण से भेंट करा दी। मानस में विभीषण को अनन्य रामभक्त के रूप

में दिखाया गया है, इसलिए हनुमान से उनकी इस तरह भेंट कराना तुलसी को जरूरी लगा।

अशोक वाटिका में तुलसीदास के हनुमान पहले मुद्रिका गिराते हैं और उसे देखकर सीताजी के चकित होने पर राम कथा सुनाते हैं। वाल्मीकि पहले कथा सुनवाते हैं, फिर यह प्रमाणित करने के लिए वह सही कह रहे हैं, मुद्रिका देते हैं। क्योंकि सब कुछ बार-बार सुनने के बाद भी सीता उन पर विश्वास नहीं कर पा रही थीं कि वह कोई राक्षस ही न हो, जो वेश बदलकर सामने आया हो। वह रावण भी हो सकता है, जिसने उन्हें धोखा देने के लिए यह रूप धारण किया हो। वह रावण के इस गुण का परिणाम भोग चुकी हैं। उसने साधु का वेश धारण करके ही उनका अपहरण किया था, इसलिए अधिक सतर्क रहती हैं।

इसी तरह हनुमानजी के सीताजी से पहचान चिह्न के रूप में चूड़ामणि माँगने की बात दोनों जगह पर है, लेकिन वाल्मीकि ने बताया है कि हनुमान सीताजी से मिलने के बाद ही चूड़ामणि प्राप्त करते हैं, जबकि तुलसीदास लंका दहन के बाद वापस लौटने के पहले यह माँगते हैं। तुलसीदासजी लिखते हैं कि—चूड़ामणि उतार तब दयऊ—अर्थात् सीताजी इसे पहने हुए थीं, जबकि वाल्मीकि बताते हैं कि उन्होंने इसे छिपाकर अपने वस्त्र में बाँधकर रखा था और उसे खोल कर दिया—

ततो वस्त्रगतं मुक्ता दिव्यं चूडामणिमं शुभम्।

(वा., सुं., 38, 66)

हनुमानजी इसे लेकर अपनी अंगुली में पहन लेते हैं, क्योंकि छोटे आकार में होने के बाद भी वह उनकी बाँह में नहीं आ सकी। इससे उनके आकार का भी संकेत मिलता है।

यहीं सीता हनुमान को दो घटनाएँ और बताती हैं, जिन्हें सिर्फ भगवान् श्रीराम और सीताजी ही जानती थीं। यह इसलिए कि श्रीराम को यह पूरी तरह विश्वास हो जाए कि हनुमान सीता से मिलकर और उनसे बात कर आए हैं।

ये घटनाएँ जयंत के चोंच मारने और उसको एक नयन करने की और एक बार माथे का चंदन मिट जाने पर भगवान् द्वारा उसे मनःशिला से पुनः बनाने की हैं। ये दोनों घटनाएँ वाल्मीकि पूरे विस्तार से बताते हैं। तुलसीदास इसे एक चौपाई में ही कह देते हैं। अरण्यकांड में इस घटना को विस्तार से बताया गया है। माथे का चंदन मिटने पर पुनः बनाने वाली बात तुलसी के पास नहीं है।

हनुमानजी ने पूरी लंका जला डाली—उलटि पलटि लंका सब जारी—अर्थात् कहीं कुछ बिना जले नहीं रहा। लेकिन एक घर बच जाता है और वह घर है विभीषण का।

तुलसीदास लिखते हैं—

जारा नगर निमिष एक माहीं। एक बिभीषन कर गृह नाहीं॥
ताकर दूत अनल जिन्ह सिरिजा। जरा न सो तेहि कारन गिरिजा॥

जब पूरी लंका जल गई और विभीषण का घर नहीं जला तो उसका कारण बताना चाहिए था और तुलसीदास ने बताया भी। वाल्मीकि ने भी यह प्रसंग लिखा है—

वर्जयित्वा महातेजा विभीषणगृहं प्रति।
क्रममाणः क्रमेणैव ददाह हरिपुंङ्गवः॥

(सुं., 54,16)

अर्थात् विभीषण का घर छोड़कर हनुमान ने अन्य राक्षसों के साथ कुंभकर्ण का भी घर जला डाला। वाल्मीकि रावण के कई सेनापतियों के नाम भी देते हैं, जिनके घर जलाए गए। चूँकि हनुमान त्रिजटा के मुँह से विभीषण का नाम सुन चुके थे और रावण के दरबार में उन्हें उचित मार्ग बताते तथा सही राय देते देखा था, इसलिए उन्होंने जान-बूझकर उनके घर में आग नहीं लगाई। अध्यात्म में भी विभीषण का घर छोड़कर सभी भवनों को भस्म करने की बात है।

विभीषणगृहं त्यक्त्वा सर्वं भस्मीकृतं पुरम्।

(अध्या., सुं., 4, 43)

तीनों ग्रंथों में अंतर का कारण है। तुलसी विभीषण को भगवान् का भक्त मानते हैं और बताते हैं कि इसी से उनका घर नहीं जला—ताकर दूत अनल जिन्ह सिरिजा। भगवान् ने आग भी बनाई है और विभीषण उनके भक्त (दूत) हैं तो उनका घर कैसे जल सकता है। अन्य ग्रंथों में हनुमान के जान-बूझकर उनका घर छोड़ने की बात है।

यहाँ लोगों के मन में यह प्रश्न उठना स्वाभाविक है कि जब हनुमानजी की पूँछ में आग लगी थी, उससे उनको भी जल जाना चाहिए था, लेकिन ऐसा नहीं हुआ—क्यों? वाल्मीकि इसका कारण बताते हैं। जब उनकी पूँछ में आग लगाकर जुलूस निकाला जा रहा था तो कुछ राक्षसियों ने आकर सीता को सूचना दी कि जिस लाल मुँह वाले बंदर से आप बात कर रही थीं, उसकी पूँछ में आग लगाकर पूरे नगर में घुमाया जा रहा है।

यस्त्वया कृतसंवादः सीते ताम्रमुखः कपिः।
लांङ्गूलेन प्रदीप्तेन स एक परिणीयते॥

(वा., सुं., 53, 24)

सीता इससे चिंतित होती हैं। वह अग्निदेव से प्रार्थना करती हैं और कहती हैं कि मुझमें पातिव्रत का थोड़ा भी बल हो तो तुम हनुमान के लिए शीतल हो जाओ। वह बार-बार अग्निदेव से यह प्रार्थना करती हैं, जिससे वह शांत भाव से जलने लगे। अपने पुत्र को संकट में देखकर पवन भी पूँछ में लगी आग के आसपास बर्फीली हवा के रूप में चलने लगे। हनुमान को यह सब पता नहीं है। उनका जुलूस निकल रहा है। राक्षस उन्हें बाँधे हुए हैं। लेकिन सोचते हैं कि आग मेरी पूँछ को क्यों नहीं जला रही है—कस्मान्न मां दहति पावकः। फिर उन्हें लगता है कि निश्चय ही भगवती सीता की दया, श्रीराम के तेज, मेरे पिता की मैत्री के कारण अग्निदेव मुझे नहीं जला रहे हैं।

अध्यात्म रामायण में यही बात है। सीताजी की प्रार्थना से तथा वायु का प्रिय मित्र होने के कारण अग्नि ने हनुमानजी की पूँछ नहीं जलाई। उनके लिए शीतल हो गए। यह भी लिखा गया कि जिनके स्मरण मात्र से समस्त पापों से

छूटकर तुरंत ही तापत्रयरूपी अग्नि को पार कर जाते हैं, उन श्री रघुनाथजी के दूत को यह प्राकृत अग्नि भला कैसे ताप पहुँचा सकती है।

तस्यैव किं रघुवरस्य विशिष्ट दूतः।
सन्तप्यते कथमसौ प्रकृतानलेन॥

(अध्या., सुं., 4, 47)

मानस में विभीषण का घर न जलने की बात तो है, लेकिन हनुमान की पूँछ न जलने का प्रसंग नहीं है। हाँ, यह जरूर है कि—हरि प्रेरित तेहि अवसर चले मरुत उनचास। इन उनचास प्रकार के मरुतों में शीतल वायु भी रही होगी। कुछ ग्रंथों में इन 49 तरह की वायु का विस्तार से वर्णन है।

हनुमानजी ने सोचा कि राक्षसों के बंधन में रहना उचित नहीं है और गर्जना करते हुए बंधन को तुड़ाकर आकार छोटा कर उछले और पुनः विशाल आकार धारण कर लिया। अर्थात् बंधन से निकलते, उछलने और महल के कंगूरों पर चढ़ने के बीच उन्होंने क्षणमात्र में दो बार अपना आकार बदला।

मानस में सीता को सोच-विचार करने के लिए रावण एक मास का ही समय देता है और तब तक बात न मानने पर वध करने की धमकी देता है—

मास दिवस महुं कहा न माना। तौ मैं मारिब काढ़ि कृपाना॥

वाल्मीकि दो माह का समय देने की बात करते हैं—

द्वौमासौ रक्षितव्यौ मे योऽवधिस्ते मया कृतः।

....

ऊर्ध्वं द्वाभ्यां तु मासाभ्यां भर्तारं मामनिच्छतीम्।

(वा., सुं., 22, 8, 9)

यह बात सीताजी हनुमान से बार-बार कहती हैं कि राक्षस ने दो महीने का समय दिया है, लेकिन मैं एक महीने से अधिक नहीं जी पाऊँगी। यह बात आगे भी कई बार आई है। सीता, श्रीराम को संदेश देते समय भी हनुमानजी से यह बताने के लिए कहती हैं कि राक्षस ने दो महीने का समय दिया है, लेकिन

मैं एक महीने से अधिक नहीं जी पाऊँगी। इसलिए उनसे कहिएगा कि शीघ्र आएँ और मुझे यहाँ से मुक्त कराएँ।

अध्यात्म रामायण में भी दो महीने का समय देने की बात है। वहाँ भी यह बात कई बार आई है।

द्विमासाभ्यंतरे सीता यदि मे वशगा भवेत्।
यदि मासद्वयादूर्ध्वे मच्छया नाभिनन्दति।

(अध्या., सुं., 2, 41, 42)

आगे भी सीता हनुमान से कहती हैं कि मैं दो महीने ही जी पाऊँगी।

मासद्वयावधि प्राणाः स्थास्यन्ति मम सत्तम।

(अध्या., सुं., 3, 40)

कंब रामायण के कथानक में वाल्मीकि का ही अनुसरण है, इसलिए यहाँ भी दो महीने का समय देने की बात कही गई है।

□

हनुमान का समुद्र लंघन

जांबवान के उद्बोधन और सलाह के बाद हनुमान की शक्ति जगती है और वह बताते हैं कि मैं क्या-क्या कर सकता हूँ। वह जांबवान से कहते हैं कि वह मुझे बताएँ कि मुझे क्या करना चाहिए। इस पर जांबवान कहते हैं कि आप सिर्फ सीताजी का पता लगाइए और उसकी सूचना प्रभु श्रीराम को दीजिए, क्योंकि इतना ही करने के लिए हमें कहा गया है। तुलसीदासजी के अनुसार हनुमान अपने साथी वानरों को तब तक प्रतीक्षा करने के लिए कहते हैं, जब तक वह सीता का पता लगाकर लौट नहीं आते, भले ही इसके लिए उन्हें दुख उठाना पड़े। वाल्मीकि के हनुमानजी आश्वस्त हैं कि वह सीता का पता लगा ही लेंगे, क्योंकि वह कहते हैं कि उनके मन में जरा भी भ्रम नहीं है और उन्हें बहुत हर्ष हो रहा है, इसलिए काम होने में जरा भी संदेह नहीं है। यह शगुन-संकेत है कि जिस काम को करने में मन में कोई दुविधा न हो, मन प्रफुल्लित हो तो वह काम अवश्यमेव होता है। समुद्र पार करना है। अज्ञात स्थल में दुर्दमनीय राक्षसों के बीच जनकनंदिनी का पता लगाना है, काम कठिन है, लेकिन पवनपुत्र को जरा भी भ्रम नहीं है। वह प्रसन्नचित्त हैं और काम पूर्ण कर लेने के प्रति आश्वस्त भी। वह सबको प्रणाम करके लंका प्रस्थान करते हैं।

तुलसीदास शीघ्र से शीघ्र सीता के बारे में जानकारी देना चाहते हैं, इसलिए चार चौपाई में ही हनुमानजी को प्रस्थान करा देते हैं। समुद्र मैनाक से कहते हैं—जाओ, हनुमान को आराम का अवसर दो, जिससे उनकी थकान

दूर हो जाए। लेकिन वह मैनाक का स्पर्श करके आगे बढ़ जाते हैं—राम काज कीन्हें बिनु मोहि कहाँ बिश्राम—किंतु वाल्मीकि को कोई जल्दी नहीं है। समुद्र पार करना इतना छोटा काम भी नहीं कि वह चट-पट करा दिया जाए। वह पूरे घटनाक्रम को स्थिर होकर सजगता से देखते हैं और छोटी-से-छोटी बात भी बताते चलते हैं। अद्‍भुत वर्णन है उस समय का वाल्मीकि के पास। वह ध्यानयोग से सब देख रहे हैं और पाठकों को बताते चल रहे हैं। देखें—

हनुमानजी ने सूर्य, पवन, ब्रह्मा और भूतों (देवयोनियों) को हाथ जोड़कर प्रणाम किया और उस पार जाने का विचार किया। उन्होंने अपने पिता पवन देव को प्रणाम किया और शरीर बढ़ाने लगे। उनका आकार बहुत बढ़ गया। उन्होंने अपनी भुजाओं और चरणों से पर्वत को दबाया, जिससे वह काँप गया और दो घड़ी तक डगमगाता रहा, जिससे फूल वाले वृक्षों के सभी फूल झड़ गए और ऐसा लगने लगा कि पह पर्वत फूलों का हो। हनुमानजी के दबाव से महेंद्रगिरि में जल के स्रोत फूट पड़े, जो कई रंग के थे। पर्वत की बड़ी-बड़ी शिलाएँ गिरने लगीं, गुफाओं में रहने वाले जीव चिल्लाने लगे। पर्वत पर रहने वाले नाग पर्वत-शिलाओं को ही डसने लगे, जिससे उनमें आग लग गई। पर्वत पर रहने वाले तपस्वी और विद्याधर अपनी पत्नियों सहित आकाश में चले गए और नीचे की ओर भयभीत होकर देखने लगे। तपस्वियों ने कहा कि हनुमानजी समुद्र को पार करना चाहते हैं—

एष पर्वतसंकाशो हनुमान मारुतात्मजः।
तितीर्षति महावेगः समुद्रं वरुणालयम्॥
रामार्थं वानरार्थं च चिकीर्षन् कर्म दुष्करम्।
समुद्रस्य परं पारं दुष्प्रापं प्राप्तमिच्छति॥

(वा., सुं., 1, 29, 30)

अब उनके वायुमार्ग में उड़ने की प्रक्रिया देखें। जिस तरह वह पर्वत पर पैर और हाथ जमाकर उड़ने के लिए तैयार हैं, वह आज के धावकों का स्मरण कराता है, जो रेस के पहले जमीन पर हाथ रखकर और पैर से पैड को

दबाकर सीटी बजने का इंतजार करते हैं। इससे ऊर्जा पैरों में केंद्रित हो जाती है और पूरे शरीर को एक उछाल मिलता है। हनुमान तो वायुमार्ग से जाने के लिए तैयार थे। इसीलिए वह पर्वत शिखर पर पैर जमाकर छलाँग लगाने के लिए उद्यत होते हैं। शरीर में ऊर्जा भरने के लिए तेज स्वर निकालने का भी महत्त्व होता है। आज भी एथलीट ऐसा ही करते हैं। हमले के पहले आक्रामक आवाज निकालने से शत्रु भयभीत होता है और शरीर में ऊर्जा का संचरण तेज होता है। हनुमान ने अपने रोएँ झाड़े और मेघ के समान गर्जना की—

ननाद च महानादं सुमहानिव तोयदः।

(वा., सुं., 1, 32)

उड़ने के तत्काल पहले की क्रिया देखिए। उन्होंने अपनी पूँछ को आकाश में फेंका, जैसे गरुड़ सर्प को फेंकते हैं। उन्होंने अपनी विशाल भुजाओं को पर्वत पर जमाया, अपने शरीर को सिकोड़कर समेटा और पैरों को भी समेट लिया। भुजाओं व गरदन को भी सिकोड़ लिया और आकाश मार्ग की ओर देखते हुए प्राण को हृदय में रोका। अब वह वानरों से कहते हैं कि मैं राघव के बाण की तरह उड़कर लंका पहुँचूँगा। वहाँ सीताजी नहीं मिलीं तो मैं इसी वेग से स्वर्गलोक चला जाऊँगा। स्वर्ग में भी वह नही मिलीं तो मैं रावण को बाँध लाऊँगा। मैं सीता के साथ (या उनकी सूचना लेकर) लौटूँगा, अथवा रावण सहित लंका को ही उखाड़ लाऊँगा। और ऐसा कहकर उन्होंने छलाँग लगाई।

तुलसीदासजी इसे यों बताते हैं।

सिंधु तीर एक भूधर सुंदर। कौतुक कूदि चढ़ेउ ता ऊपर॥
बार-बार रघुबीर संभारी। तरकेउ पवन तनय बलभारी॥
जेहि गिरि चरन देइ हनुमंता। चलेउ सो गा पाताल तुरंता॥
जिमि अमोघ रघुपति कर बाना। एही भांति चलेउ हनुमाना॥

अब जरा वाल्मीकि को देखिए। वह हनुमानजी के छलाँग लगाने और मैनाक के मिलने तक का बहुत ही आकर्षक चित्रण करते हैं। जब हनुमानजी

उछले तो उनके वेग से महेंद्रगिरि पर उगे पेड़ और फूलों से लदी वनस्पतियाँ वायु दाब के कारण उनके साथ उड़ीं।

समुत्पतति वेगात् तु वेगात् ते नगरोहिण:।
संहृत्य विटपान् सर्वान् समुत्पेतु: समन्तत:॥

(वा., सुं., 1, 45)

हनुमानजी के साथ ये पुष्पाच्छादित वृक्ष भी उनके साथ उड़े, जैसे विदेश जा रहे अपने बंधु–बांधवों को छोड़ने उनके स्वजन जाते हैं। कल्पना कीजिए, हनुमानजी उड़ रहे हैं और उनके साथ वृक्ष तथा उनकी शाखाएँ भी हैं। भारी वृक्ष थोड़ी देर उड़ने के बाद समुद्र में गिर गए। हनुमानजी के शरीर पर गिरे इन वृक्षों के फूल पर्वत पर जुगनुओं की तरह लग रहे थे। वृक्षों के जो फूल समुद्र में गिरे थे, उससे समुद्र तारों से भरा आकाश सा लगता था।

वाल्मीकि उड़ते हुए हनुमान के शरीर की गजब की उपमा देते हैं। उनके हाथ मानो किसी पर्वत शिखर से निकले पाँच फनों वाले सर्प हों। आँखों में ऐसी बिजली की चमक पैदा हो रही है, मानो पर्वत पर दो दावानल दहक रहे हों। उनका लाल मुँह और नासिका संध्याकाल की लालीयुक्त सूर्य की तरह सुशोभित हो रही है। उनकी उठी हुई टेढ़ी पूँछ इंद्र की ध्वजा की तरह लग रही थी। उनके कमर के नीचे का भाग बहुत लाल था। ऊपर हनुमानजी उड़ रहे हैं, नीचे उनकी परछाईं जल में पड़ी विशाल नाव की तरह लग रही थी। उनकी गति इतनी तेज थी कि उनके शरीर से उठे वायुदाब के कारण समुद्र में उत्ताल तरंगें उठने लगी थीं। यह भौतिक शास्त्र का नियम है कि यदि कोई बड़ी वस्तु, जैसे वायुयान आदि समुद्र तल के निकट उड़ान भरता है तो उससे ऐसा वायु दाब पैदा होता है, जिससे जल के बीच स्थान बन जाता है और ऊँची लहरें पैदा हो सकती हैं। ऐसा ही इस समय भी हो रहा था।

यं यं देशं समुद्रस्य जगाम स महाकपि।
स तु तस्यानवेगेन सोन्माद इव लक्ष्यते॥

(वा., सुं., 1, 68)

कपिवातश्च बलवान् मेघवातश्च निर्गतः।
सागरं भीमनिर्ह्रदं कम्पयामासतुर्भृशम्॥

(वा., सुं., 1, 70)

समुद्र पर कपिकेसरी की जो छाया पड़ रही थी, वह दस योजन चौड़ी और तीस योजन लंबी थी। वह आकाश में बिना अवलंबन के पर्वत की तरह लग रहे थे। वह बादलों में छिपते निकलते आगे बढ़ रहे थे तो ऐसा लग रहा था जैसे चंद्रमा बादलों में कभी छिप रहा है और कभी बाहर आ रहा है। उन्हें आगे बढ़ते देख ऋषि-मुनि, देवता, गंधर्व सब उनकी स्तुति करने लगे, उनके ऊपर फूलों की वर्षा करने लगे।

वास्तव में ब्रह्मा के आशीर्वाद से वाल्मीकि यह सब घटित होते देखते हैं, इसी से वह एक-एक पल का सूक्ष्म वर्णन करने में समर्थ हैं। वाल्मीकि ने हनुमानजी के समुद्र पार करने का अलौकिक चित्र खींचा है। पढ़ते समय सब सजीव सा लगता है। हनुमानजी की दैवी शक्ति का अनुभव होता है। तुलसी के हनुमान में भी देवत्व है, लेकिन वह सीता का पता लगाने के लिए व्याकुल हैं, इसलिए अन्य पक्षों पर ध्यान नहीं देते। जिस बात को वाल्मीकि दर्जनों श्लोकों में कहते हैं, तुलसी उसे दो चौपाइयों में कह देते हैं। मैनाक प्रसंग को तो एक चौपाई और एक दोहे में ही समेट देते हैं, जबकि वाल्मीकि जी पूरी कथा बताते हैं। हाँ, सुरसा और सिंहनी प्रसंग को तुलसीदास भी थोड़ा विस्तार जरूर देते हैं। ये हनुमानजी के मार्ग की बाधाएँ हैं, जिन्हें वह अपने बल और चातुर्य से दूर करते हैं। सुरसा तो उनके बल का आकलन करने के लिए ही आई थी। देवताओं ने ही उसे भेजा था। हनुमान भी उसे मातु कहकर संबोधित करते हैं।

'सत्य कहहुं मोहि जान दे माई'। वाल्मीकि के हनुमान सुरसा को माँ तो नहीं कहते हाँ, दक्षकुमारी कहकर उसे नमस्कार जरूर करते हैं—दाक्षायणि नमोस्तुते।

और इस तरह सभी बाधाओं को पार करते हुए सौ योजन के अंत में समुद्र के पार लंका के निकट पहुँचते हैं।

प्राप्तभूयिष्ठपारस्तु सर्वतः परिलोकयन्।
योजनानां शतस्यान्ते वनराजीं ददर्श सः॥

(वा, सुं, 1, 203)

कंब रामायण में वाल्मीकि की तरह यह घटना विस्तार पाती है, लेकिन अध्यात्म में तुलसी की तरह संक्षेपण है। कंब भी उसी तरह हनुमानजी की उड़ने की गति और प्रक्रिया बताते हैं, जैसे वाल्मीकि।

समुद्र पार कर जाने के बाद वह यह सोचकर कि मुझे उड़ते और मेरा विशालकाय शरीर देखकर राक्षस सशंकित हो जाएँगे और वे मेरा भेद जानना चाहेंगे, वह पुनः अपने मूल रूप में आ गए—ततः शरीरं संक्षिप्य''। यह हनुमान के चातुर्य और विवेक का प्रमाण है कि कब, कहाँ, कैसे आचरण करना चाहिए।

□

महेंद्रगिरि कहाँ

यहाँ यह विचारणीय है कि वह कौन सा स्थान था जहाँ से हनुमानजी लंका के लिए छलाँग भरी थी। सभी ग्रंथों में महेंद्रगिरि का नाम तो आता है कि उसी की तलहटी में पहुँचकर लंका जाने की तैयारी हुई और उसी पर से उन्होंने छलाँग लगाई। लेकिन यह स्पष्ट नहीं होता कि यह महेंद्रगिरि कहाँ था। जनवरी 2022 में जब मैं कन्याकुमारी की यात्रा पर था तो हमारे कैब ड्राइवर ने सुचींद्रम जाते समय एक पहाड़ दिखाते हुए बताया था कि यहीं से हनुमानजी ने लंका के लिए छलाँग लगाई थी। उसने यह भी बताया कि यहीं एक पहाड़ से वह संजीवनी बूटी भी लेकर गए थे। इस पर्वत का नाम उसने 'मरुतवाल मलई' बताया था। उसने सुचींद्रम के निकट एक पहाड़ दिखाया, जिसका कुछ हिस्सा अनोखे ढंग से कटा था और वहीं हनुमान का छोटा मंदिर था, जहाँ पहुँचने का मार्ग बहुत कठिन है। कन्याकुमारी के पास सुचींद्रम कस्बे में हनुमानजी की बहुत मान्यता है और उनके कई मंदिर है। वहाँ उन्हें मारुति कहा जाता है। मरुतवाल मलई कई किलोमीटर तक फैली पर्वतमाला का हिस्सा है, जिसकी ऊँचाई 800 फुट तक है और इस पर से देखने पर भारतीय उपमहाद्वीप का अंग्रेजी के वी आकार का हिस्सा दिखता है जहाँ तीनों सागर—हिंद महासागर, अरब सागर और बंगाल की खाड़ी का मिलन स्थल है। (तमिलनाडु के जिस पहाड़ की बात उसने बताई थी, वहाँ कई तरह की वनौषधियाँ पाई जाती हैं।) वहाँ मिलने वाली हर वनस्पति का औषधीय उपयोग होता है। इसी से वहाँ से संजीवनी लेकर जाने की बात कही जाती है।

एक तर्क यह भी है कि यह लंका से निकट है और रात भर में ही आना-जाना संभव हो सकता है, क्योंकि हनुमान एक बार यहाँ से छलाँग लगाकर लंका जा ही चुके हैं और उन्हें अपने बल का अनुमान हो गया है। हम यहाँ उनके छलाँग लगाने की जगह के बारे में विचार करेंगे। वाल्मीकि, अध्यात्म और कंब रामायण तथा रामचरितमानस में सौ योजन समुद्र लाँघकर लंका पहुँचने की बात कई बार कही गई है। यह सौ योजन कितनी दूरी हुई, आइए देखते हैं।

एक योजन = चार कोस अर्थात् आठ मील

सौ योजन = 800 मील

एक मील = एक दशमलव 609 किलोमीटर

सौ योजन = 800 गुणे 1.609 = 1287.2 कि.मी.

कन्याकुमारी से रामेश्वरम् की दूरी 310 कि.मी. के लगभग है और वहाँ से श्रीलंका की मुख्य भूमि 270 कि.मी. है। यदि दूरी के हिसाब से देखा जाए तो यह बात समीचीन नहीं लगती कि वह कन्याकुमारी से ही छलाँग लगाए थे।

अब देखें कि महेंद्रगिरि कहाँ था। आजकल इसे पूर्वी घाट में पहचाना गया है। पूर्वी घाट ओडिशा से आंध्र प्रदेश तक फैला है। महेंद्रगिरि नामक पर्वत ओडिशा के गजपति जिले के रायगढ़ ब्लॉक में स्थित है और ओडिशा का दूसरा सबसे ऊँचा पर्वत है। इस पर छह सौ तरह की औषधीय वनस्पतियाँ पाई जाती हैं। महेंद्रगिरि उस दंडकारण्य का छोर है, जहाँ भगवान् राम ने अपने वनवास के समय अधिक समय व्यतीत किया और यहीं कई राक्षसों का वध किया था। दंडकारण्य वर्तमान में म.प्र. से शुरू होकर छत्तीसगढ़, ओडिशा, तेलंगाना, आंध्र और महाराष्ट्र तक फैला है। अर्थात् यह विंध्याचल से शुरू होकर गोदावरी तक है। रामायण काल में यहाँ रावण का राज था और वहाँ की राक्षस जनजाति का प्रभुत्व था तथा वे बहुत बलशाली और प्रभावी थे। इसका राजा दंडक नाम का था। कहा जाता है कि दंडक शब्द दंड से बना है। यहाँ दंडित राक्षस रहा करते थे। यह भी पौराणिक कथा आती है कि इक्ष्वांकु के सौ पुत्रों में सबसे छोटा उद्दंड था और इसी से उसका नाम भी दंड रखा गया।

उसे उन्होंने शुक्राचार्य के पास पढ़ने के लिए भेजा गया। उसने शुक्राचार्य की बेटी के साथ दुष्कर्म किया, जिससे उन्होंने क्रोधित होकर उसे श्राप दिया कि तेरा राज राख हो जाएगा। दंड का राज इसी क्षेत्र में था। वह सब राख हो गया और कालांतर में यहीं घना वन पैदा हुआ, जिसका नाम दंडकारण्य रखा गया। इसमें कई ऋषि-मुनि भी रहते थे और तपस्या करते थे, लेकिन राक्षस उनमें विघ्न डालते रहते थे। भगवान् राम ने कई राक्षसों का वध कर उन्हें इससे मुक्ति दिलाई थी।

दंडकारण्य राम वन गमन पथ का प्रमुख हिस्सा है। यहाँ भगवान् लगभग दस साल वनवास के समय रहे। यहीं सीता का हरण भी हुआ और यहीं राम की सुग्रीव से मुलाकात और मैत्री हुई। उनकी खोज का अभियान भी शुरू हुआ। इसलिए महेंद्रगिरि यहीं होना चाहिए। और यहीं से हनुमानजी ने छलाँग लगाई होगी।

यहाँ के महेंद्रगिरि से लंका की वायुयीय दूरी 1,200 किलोमीटर के लगभग है। यह गणना सौ योजन के निकट है। इसलिए यदि दूरी और नाम को ध्यान में रखा जाए तो यह लगता है कि यहीं से हनुमानजी ने छलाँग लगाई थी।

लेकिन इसके विपरीत भी एक तथ्य है। समुद्र की सलाह पर श्रीराम ने नल और नील की मदद से जो पुल बनाया, वह भी सौ योजन का था। वाल्मीकि ने तो युद्धकांड में बताया है कि नल आदि ने समुद्र पर जो पुल बाँधा, वह भी सौ योजन लंबा और दस योजन चौड़ा था। वह बताते हैं कि यह पुल पाँच दिन में बना। पहले दिन 14 योजन, दूसरे दिन 20 योजन, तीसरे दिन 21 योजन, चौथे दिन 22 योजन और पाँचवें दिन 23 योजन पुल बनाया। युद्धकांड के 22वें सर्ग में श्लोक संख्या 53 से 78 तक पुल निर्माण की विस्तृत जानकारी है। अध्यात्म रामायण में भी इसी तरह पाँच दिन में पुल बनाने की बात है। किस दिन कितना लंबा पुल बना, यह भी वाल्मीकि की ही तरह है। किंतु कंब रामायण में पुल निर्माण की प्रक्रिया का तो बहुत विस्तार से वर्णन है, लेकिन कितने दिन में बना, यह नहीं बताया गया। हाँ, यह जरूर

है कि कंबन लिखते हैं, तीसरे पहर पुल लंका तक बन गया। यह तीसरा पहर उसी दिन हुआ कि कई दिन बाद, यह स्पष्ट नहीं है। वैसे पुल निर्माण का अद्‌भुत वर्णन कंबन भी करते हैं।

अभी तक यह निर्विवाद रूप से माना जाता है कि श्रीराम ने जो पुल बनाया था, वह रामेश्वरम् के धनुषकोडि में बना था। यहाँ पुल जैसे निर्माण और उथला समुद्र भी अभी तक है। धनुषकोडि में पहले आबादी थी, लेकिन धनुषकोडि रामेश्वरम् से लगभग 16 कि.मी. दूर है और देश का आखिरी छोर है। कभी यहाँ कुछ लोग रहते थे, जिनमें अधिकतर मछेरे ही थे, लेकिन 1964 में समुद्री तूफान ने इसे नष्ट कर दिया। अब यहाँ कोई नहीं रहता। बस कुछ झोंपड़ियों मछेरों की हैं, जो दिन में मछली मारते हैं, लेकिन शाम को सभी अपने घर चले जाते हैं। शाम के बाद यहाँ किसी को रहने की अनुमति नहीं है। इसी से इसे 'भुतहा गाँव' कहा जाता है। ये ही छोटी-मोटी दूकान भी करते हैं। यहाँ से श्रीलंका का निकटतम छोर 24 कि.मी. दूर है। देखने की कोशिश करेंगे तो कुछ नहीं दिखेगा। क्या ऐसा नहीं हो सकता कि श्रीराम के आगमन के समय धनुषकोडि या रामेश्वरम् के पास कोई पर्वत हो, जिसका नाम भी महेंद्र हो। कालांतर में उसका अस्तित्व समाप्त हो गया हो। तुलसीदास की पंक्ति देखें—

जेहिं गिरि चरन देइ हनुमंता। चलेउ सो गा पाताल तुरंता।

समुद्र में ऐसे पर्वत या टापू बीच-बीच में निकलते रहते हैं, जो बाद में पानी के नीचे भी चले जाते हैं। मैनाक का संदर्भ देखें, जिसके बारे में कहा गया है कि वह सपक्ष था और जब चाहता पानी के ऊपर आ जाता और जब चाहता नीचे चला जाता। राम सेतु उपग्रह से देखने पर स्पष्ट रूप से उसी तरह दिखता है जैसा वाल्मीकि ने पुल के बारे में बताया है कि यह आकाश में छायापथ की तरह दिखता था।

स नलेन कृतः सेतुः सागरे मकरालये।
शुशुभे सुभगः श्रीमान् स्वातीपथ इवांबरे॥

(वा., यु., 22, 74)

सौ योजन यदि महेंद्रगिरि से दूर लंका थी तो रामेश्वरम् से तो यह बहुत निकट है। रामेश्वरम् से लंका के मध्य की वर्तमान दूरी तो 270 कि.मी. ही है, जो 168 मील अर्थात् 21 योजन के आसपास ही है। ओडिशा के महेंद्रगिरि से पुल बनने के कोई संकेत नहीं दिखते। समुद्र में पुल तो वर्तमान रामेश्वरम् के पास ही बना होगा। लंका के इतिहास में भी इस पुल का उल्लेख आता है। रामेश्वरम् में दक्षिण के चोल शासकों के साथ ही जाफना (श्रीलंका) के शासकों का भी शासन रहा है। वे अपने को 'सेतुकवलन' कहते थे, जिसका अर्थ होता है—सेतु के संरक्षक। उनके सिक्कों पर सेतु (रामसेतु) का अंकन मिलता है। बाद में कुछ दिनों यहाँ दिल्ली सल्तनत के अलाउद्दीन खिलजी का भी शासन रहा, जिसके सेनापति ने यहाँ मसजिद भी बनवाई। बाद में यह पुनः पांड्य वंश के शासन में आया और विजयनगरम् राजवंश ने इसका विकास किया। रामेश्वरम् मंदिर उनके ही समय का बना हुआ है। इससे रामेश्वरम् और लंका के बीच ऐतिहासिक संबंधों का भी पता चलता है। रामसेतु तो यहीं बना था। बस इसकी लंबाई और महेंद्रगिरि की स्थिति से थोड़ा भ्रम होता है। यदि रामेश्वरम् के पास ही कोई पर्वत शिखर रहा हो, जिसका नाम भी महेंद्रगिरि हो तो समस्या सुलझ जाएगी। इस पर और गहन शोध करने की आवश्यकता है। यहाँ यह ध्यान देने की बात है कि रामेश्वरम् खुद एक द्वीप है। जो मुख्य भूमि से दो-तीन किलोमीटर दूर है। भगवान् राम जब रामेश्वरम् पहुँचे (उस समय तक यह नाम भी नहीं था) तो रामेश्वरम् और मुख्य भूमि के बीच कहीं भी समुद की चर्चा नहीं आती है। वह सीधे समुद्र तट तक पहुँचते हैं, अर्थात् उनके समय यह द्वीप न होकर मुख्य भूमि से जुड़ा था, जो अब उथले समुद्र से अलग हो गया है और सड़क पुल या रेल पुल से वहाँ जाना होता है। यदि यह बदलाव आया है तो हो सकता हो कि कोई महेंद्रगिरि भी रहा हो, जो भूगर्भिक कारणों से गायब हो गया हो।

महेंद्रगिरि और लंका के बीच की इस दूरी के भ्रम को दूर करने के लिए विद्वानों ने कई तरह के तर्क रखे हैं। कुछ दिनों पहले मैंने जगद्गुरु

श्रीरामभद्राचार्य का प्रवचन यूट्यूब पर सुना, जिसमें वह वर्तमान श्रीलंका को नहीं, ऑस्ट्रेलिया को लंका मानते हैं। इसकी दूरी रामेश्वरम् से लगभग उतनी ही पड़ती है, जितनी सौ योजन की गणना से आती है। लेकिन कई तथ्य हैं, जो इस कथन की पुष्टि में बाधक हैं। सिर्फ दूरी के आधार पर किसी स्थान को पौराणिक नहीं बताया जा सकता। श्रीलंका में रामकथा से जुड़े आज भी कई स्थल हैं, जिनके नाम रामकथा के पात्रों पर हैं। वहाँ के लोगों का रंग आदि भी रामायण के वर्णन से मिलता है, जबकि ऑस्ट्रेलिया में तो सभी श्वेत रंग के ही पाए जाते हैं, वहाँ के मूल निवासी भी। स्वामी करपात्रीजी महाराज ने सेशेल्स को लंका माना था। कुछ लोग मालदीव को कहते हैं। इनकी भारत भूमि से दूरी को देखते हुए ही ऐसा कहा गया। लेकिन अन्य कोई तर्क नहीं दिए गए। इसलिए इनको प्रामाणिक नहीं माना जा सकता।

यदि शत योजन का सही अर्थ पता चल जाए तो इस गुत्थी का हल संभव है। मुझे लगता है कि उन दिनों किसी भी अधिक दूरी को शत योजन कह दिया जाता था। सभी ग्रंथकार महाकवियों ने इस छूट का लाभ उठाया। वाल्मीकि के अनुसार सुग्रीव जब अंगद के नेतृत्व में खोजी दल को दक्षिण की ओर भेजते हैं तो वहाँ का भूगोल भी बताते हैं। इसमें विदर्भ, ऋष्टिक, माहिषक देश, वंग, कलिंग, कौशिक, आंध्र, पुंड्र, चोल, पांड्य और केरल आदि का स्पष्ट नाम आता है। ये सभी कर्क रेखा के दक्षिण के देश हैं। इसमें महानदी, कावेरी नदियों, मलय के उल्लेख के साथ महेंद्रगिरि पर्वत का भी उल्लेख है, जिसकी स्थिति समुद्र में बताई गई है। लंका की स्थिति इसी पर्वत से सौ योजन दूर कही गई है। वाल्मीकि इसके प्राकृतिक सौंदर्य का वर्णन बहुत विस्तार से करते हैं। सुग्रीव लंका के आगे की भौगोलिक स्थिति बताते हैं और यह भी कहते हैं कि कहाँ तक जाना है और कहाँ नहीं। सुग्रीव यह भी बताते हैं कि रावण लंका में ही रहता है और वही हमारा वध्य है। यदि वहाँ सीता न मिलें तो आगे जाना। लंका के निकट ही अंगारिका नामक राक्षसी की बात भी सुग्रीव ने बताई, जो छाया पकड़कर जीवों को खाती थी। वह महेंद्रगिरि और लंका के बीच ही थी। यह सब

वर्णन बताते हैं कि आज की लंका ही वह लंका थी, लेकिन दूरी का पेंच फिर आ जाता है।

वाल्मीकीय, कंब, अध्यात्म रामायण और रामचरितमानस में जहाँ भी अधिक दूरी को बताने की जरूरत हुई, सत (शत) योजन ही लिखा गया है। कुछ संदर्भ देखें—मारीच को जब श्रीराम ने बाण मारा तो वह सत योजन पर जाकर सिंधु के निकट गिरा। वह रावण को यह बात उस समय बताता है, जब वह उससे कपट मृग बनने का सुझाव देता है।

मुनि मख राखन गयउ कुमारा।
बिनु फर सर रघुपति मोहि मारा॥
सत योजन आयहुं छन माहीं।
तिन्ह सन बयरु किए भल नाहीं॥

वाल्मीकि में रावण सीता को लंका का विस्तार भी शत योजन बताता है। मारीच समुद्र के तट पर जहाँ रहता था, वहाँ एक बरगद का पेड़ था, जिसकी शाखाएँ भी सौ योजन तक फैली थीं। सुरसा सौ योजन तक अपना मुँह फैलाती है—सत जोजन तेहि आनन कीन्हा। (अध्यात्म रामायण में पचास योजन ही) सेतु भी सौ योजन लंबा बना और समुद्र में कुछ जलजीव भी सौ योजन तक विशाल आकार के थे। संपाती सौ योजन तक देखने की क्षमता रखता था। अन्यत्र भी अधिकतर दूरी मापने का पैमाना योजन तो कहीं-कहीं कोस (क्रोश) भी लिखा है। जब सेतु बँध गया और राम सेना पार जाने लगी तो ऐसे मकर और समुद्री जीव पानी के ऊपर आ गए, जो सौ योजन के थे और बहुत से वानर वीर उन्हीं की पीठ पर कूदते हुए लंका पहुँच गए, क्योंकि इतने सैनिक थे कि सेतु पर अँट नहीं रहे थे। इसलिए यदि यह मान लिया जाए कि सौ योजन, अर्थात् बहुत दूर तो इस समस्या का हल मिल सकता है। इससे यह प्रमाणित हो सकता है कि महेंद्र पर्वत रामेश्वरम् या आसपास ही कहीं था। यह भी हो सकता है कि भौगोलिक परिवर्तन के कारण वह समुद्र में चला गया हो, क्योंकि समुद्र से पर्वतों के बाहर निकलने

और समाने की बात कई बार कही गई है और भूगर्भीय परिवर्तनों के कारण ऐसा संभव भी है। द्वीप भी इसी तरह बनते हैं और फिर कई समुद्र में डूब भी जाते हैं। कुल मिलाकर रामेश्वरम् के पास ही महेंद्रगिरि के होने के संकेत अधिक मिलते हैं। यह भी हो सकता है कि उस समय महेंद्र नाम के कई पर्वत हों, जिनमें एक रामेश्वरम् के पास हो।

□

लंका में हनुमान

लंका के तट पर हनुमान पहुँचते हैं। अपने शरीर को छोटा करते हैं। मसक समान रूप कपि धरी, लंकहि चलेउ सुमिरि नरहरी। तद्रूपमतिसंक्षिप्य हनुमान प्रकृतौ स्थित: (वाल्मीकि) अर्थात् जिस आकार को धारण कर उन्होंने समुद्र लंघन किया था, उसे छोटा कर अपने वास्तविक स्वरूप में आए—प्रकृतौ स्थित:। इसके बाद वह पूरी लंका को विहंगम दृष्टि से देखने के लिए त्रिकूट पर चढ़ते हैं। गिरि पर चढ़ि लंका तेहिं देखी, कहि न जाइ अति दुर्ग विसेखी। त्रिकूटस्य तटे लंका स्थितं ददर्श ह। (वाल्मीकि) लंका त्रिकूट पर बसी थी। त्रिकूट से आशय तीन पर्वतों या पर्वत शिखरों से है। वाल्मीकि त्रिकूटस्य तटे कहते हैं, तट का अर्थ किनारा होता है। नदी के तट से यही आशय निकलता है। पर्वत के तट से आशय तलहटी हो सकता है, या फिर पर्वत की घाटी भी। पर्वत से ठीक सटा हुआ भी। पर्वतीय क्षेत्र में प्राय: बस्तियाँ घाटी में होती हैं, लेकिन लंका सामरिक देश था। रावण लड़ाइयाँ लड़ता रहता था, इसलिए उसे अपने नगर की सुरक्षा की अधिक चिंता थी। उसने हो सकता है कि पर्वत की ऊँचाई पर ही लंका को बसाया हो, जिससे वह सुरक्षित रह सके।

वाल्मीकि लिखते हैं—स नगाग्रे स्थितां लङ्का ददर्श पवनात्मज:। नगाग्रे का अर्थ पर्वत का अगला हिस्सा, अर्थात् घाटी या शिखर का ही अनुमान किया जा सकता है। हनुमान लंका देख रहे हैं, गिरि पर चढ़कर, अर्थात् वह ऊँचाई पर हैं और नीचे लंका है। यह भी हो सकता है कि वह जिस गिरि शिखर पर हैं, उसके अलग किसी दूसरे शिखर पर लंका बसी है। अब भी लंका में

पर्वत शिखरों पर किले और बस्तियाँ मिलती हैं। अखबारों में छपी खबरों के अनुसार अभी हाल में श्रीलंका के दांबुला स्थित सिगरिया (सिंहगिरि) में शैल दुर्ग मिला है। यहाँ राजमहल के अवशेष हैं। इसके चारों ओर घना जंगल और जलस्रोत हैं। इसकी ऊँचाई 590 फीट है। यूनेस्को ने इसे दुनिया का आठवाँ अजूबा माना है। कहा जाता है कि 477 से 495 ईस्वी के बीच राजा कश्यप ने इसे अपनी राजधानी बनाया था। यहाँ दीवारों को भित्ति चित्रों से सजाया गया है, जिसमें तरह-तरह की कलाकृतियाँ हैं। इसका महल सिंहमुख की तरह है।

इससे पता चलता है कि लंका में पर्वत शिखरों पर किले आदि बनाने की पुरानी परंपरा है। वैसे भारत सहित पूरी दुनिया में किले और दुर्ग ऊँचाई पर ही बनते हैं, जिससे शत्रु की हर हलचल पर नजर रखी जा सके। लेकिन श्रीलंका का यह दुर्ग बहुत ही दुर्गम ऊँचाई पर है।

वाल्मीकि के हनुमानजी त्रिकूट पर चढ़कर लंका को देखते हैं। लंका का वैभव देख वह चकित रह जाते हैं। लंका कोई सामान्य नगरी नहीं थी। इसे विश्वकर्मा ने अपनी कल्पना से सर्वश्रेष्ठ बनाया था। बाद में रावण के ससुर मय दानव ने इसका पुनर्निर्माण किया। हनुमान उसका शिल्प देख विस्मित रह जाते हैं। उसका प्रवेश द्वार कैलास पर्वत पर बनी अलकापुरी के प्रवेश द्वार की तरह ऊँचा था और आकाश तक पहुँचता था। तुलसी बाबा भी लंका के वैभव का वर्णन पूरी 12 लाइन के छंद में करते हैं, लेकिन वाल्मीकि बहुत विस्तार से बताते हैं। यह इतना दुर्गम है, इतनी कड़ी चौकसी है कि हनुमान सोचते हैं कि यदि वानर यहाँ आ भी गए तो कैसे रावण पर विजय पाएँगे। श्रीराम भी यहाँ आकर क्या करेंगे। क्योंकि वहाँ तक तो केवल अंगद, नील, सुग्रीव और खुद वह ही पहुँच सकते हैं। लेकिन ऐसा नकारात्मक भाव आते ही वह सोचते हैं कि पहले देख तो लूँ ठीक से कि लंका है कैसी। इसमें कैसे सीताजी का पता लगेगा। वह विचार करते हैं कि ऐसा रूप धरूँ कि किसी की नजर में न आऊँ, नहीं तो काम बिगड़ जाएगा। अपने असली रूप में तो मैं पहचान में आ जाऊँगा और मारा जाऊँगा। वह सूर्यास्त की प्रतीक्षा करने लगे और बिल्ली

के आकार का रूप धारण कर प्रदोष वेला में रमणीय पुरी में घुसे। लेकिन वह बच नहीं सके। प्रवेशद्वार पर ही लंका स्वयं लंकिनी का रूप धारण कर मिली और हनुमानजी को ललकारा। उसे मारकर वह नगर में प्रवेश करते हैं। लंकिनी प्रकरण दोनों ग्रंथों में एक तरह ही है। लेकिन अध्यात्म रामायण में कुछ अलग कथा है। लंकिनी ही हनुमान को सीता का पता बताती है कि वह अशोक वाटिका में हैं। रावण ने उन्हें वहीं रखा है। इस तरह वह हनुमानजी को रामदूत समझकर उनका काम आसान कर देती है।

तन्मध्येअशोकवनिका दिव्यपादपसङ्कुला।
अस्ति तस्यां महावृक्षः शिंशपा नाम मध्यगः॥
तत्रास्ते जानकी घोरराक्षिसीभिः सुरक्षिता।
(अध्या., सुं., 1, 55-56)

जबकि मानस में विभीषण सीता का पता बताते हैं और वाल्मीकि रामायण में खुद हनुमान बहुत तलाशने पर उन्हें वहाँ पाते हैं। एक चीज और ध्यान देने की है। प्रायः कहा जाता है और तुलसी ने भी कहा है कि सीता को अशोक वन में अशोक वृक्ष के नीचे रखा गया था। लेकिन अध्यात्म में शिंशपा कहा गया है, जिसका आशय शीशम से है। अन्यत्र भी शीशम नाम कई बार आया है।

लंका में हनुमान उसका वैभव देखकर दंग रह जाते हैं। तुलसीदासजी को लंका का वैभव बहुत चकित नहीं करता। वह अति संक्षेप में इसका वर्णन करते हैं, क्योंकि वह यह भी जानते हैं कि यह सब नष्ट होने वाला है—

कनक कोट विचित्र मनि कृत सुंदरायतना घना।
चहुहट्ट हट्ट सुबट्ट बीथीं चारु पुर बहु बिधि बना।

× × × ×

यहि लाग तुलसीदास इन्ह की कथा कछु है एक है कही।
रघुबीर सर तीरथ सरीरन्हि त्यागि गति पैहहिं सही।

प्रकृति वर्णन में वाल्मीकि की कोई तुलना नहीं है, लेकिन राजमहलों का वैभव-वर्णन करने में भी वह पीछे नहीं हैं। लंका का वैभव देखकर उनका कवि मन उसे बताने के लिए बेचैन हो उठता है। वह लंका के सौंदर्य, उसके वास्तु और धन-संपदा का वर्णन करने में कहीं भी कंजूसी नहीं दिखाते। तुलसी और वाल्मीकि दोनों बताते हैं कि हनुमानजी पर्वत शिखर पर चढ़कर लंका देख रहे हैं। इसके पहले उन्होंने वन श्रेणियों में विचरते हुए वहाँ की वन-संपदा भी देखी, फिर पर्वत के अग्र भाग में बसी लंका देखी। लंका के मार्ग, चौराहे आदि सब दिख रहे हैं तो साफ है, वह ऊँचाई पर हैं और नीचे शहर को पूरी तरह एक ही दृष्टि में देख पा रहे हैं।

लंका सोने की चहारदीवारी से घिरी हुई है। तुलसी और वाल्मीकि दोनों इसे बताते हैं।

कनक कोट विचित्र मनि कृत सुंदरायतना घना।
काञ्चनेनावृतं रम्यां प्राकारेण महापुरीम्।

वाल्मीकि के अनुसार लंका के मार्ग चौड़े हैं, जो पूरे नगर में फैले हैं। मकान श्वेत रंग से पुते हैं। अट्टालिकाएँ सैकड़ों की संख्या में हैं, जिनमें पताकाएँ लगी हुई हैं। नगर के बाहरी प्रवेश द्वार भी सोने के बने थे। उत्तर द्वार तो आकाश में रेखा खींचता सा लगता था। उसकी सुरक्षा देखकर हनुमान सोचने लगे कि यदि वानर यहाँ आ भी जाएँ तो इसे जीतना संभव नहीं होगा—नहिं युद्धेन वै लङ्का शक्या जेतुं सुरैरपि। सभी वानर यहाँ पहुँच भी नहीं सकते सिर्फ मैं, नील, अंगद और सुग्रीव ही यहाँ पहुँच सकते हैं। यह निराशजनक भाव आते ही उन्होंने मन को झटका दिया और सोचा, पहले सीताजी का पता लगाऊँ, फिर सोचूँगा कि क्या किया जा सकता है।

और वह गंभीर विचार करते हैं कि राक्षसों से बचते हुए कैसे लंका में प्रवेश करूँ, जिससे अपना लक्ष्य भी पूरा करूँ और भगवान् का काम भी न बिगड़े। दूत को अविवेकी नहीं होना चाहिए अन्यथा वह सारा काम चौपट कर देता है। बहुत सोचने के बाद उन्होंने आकार छोटा कर रात में प्रवेश करने का

निर्णय किया। इससे हर घर-घर जाकर सीता का पता लगाने में सुविधा होगी। प्रदोष काल में उन्होंने बिल्ली के आकार का शरीर धारण कर नगर में प्रवेश करने का विचार किया। पर्वत के शिखर से देखने और निकट जाकर देखने में अंतर होता है। अब वह और गहनता और सूक्ष्मता से नगर का घर-घर देख रहे हैं। वाल्मीकि फिर लंका का सौंदर्य और वैभव बताते हैं। लंका में सतमंजिले महलों की कतारें बनी थीं, जो सोने के बंदनवारों और जालियों से सजाए गए थे। इतने में चंद्रमा उदय हुए और लंका और सुंदर लगने लगी, लेकिन इससे हनुमानजी का काम भी सुगम हो गया, उनके प्रकाश में। लंका की सुरक्षा व्यवस्था का वर्णन भी वाल्मीकि बहुत विस्तार से करते हैं, जो अलकापुरी की तरह शक्तिशाली सेनाओं से सुरक्षित थी। हनुमान उछलकर परकोटे पर चढ़ जाते हैं और फिर नगर को देखने लगते हैं। यहीं उनकी मुलाकात लंकिनी से हुई, जो लंका की अधिष्ठात्री देवी थी। तुलसीदास की लंकिनी और हनुमानजी में बातचीत कम होती है, सीधे युद्ध, जबकि वाल्मीकि की लंकिनी हनुमानजी से उनके आने का प्रयोजन पूछने के साथ ही अपने बारे में भी बताती है और हनुमानजी उसे बहकाते हुए कहते हैं कि मैं सुंदर लंका को अंदर से देखने के प्रयोजन से आया हूँ और लंका को देखने के बाद चला जाऊँगा। उनके इतना कहने पर लंकिनी ने उन्हें एक थप्पड़ मारा, जिससे कुपित हो उन्होंने बाएँ हाथ से एक मुक्का लंकिनी को मारा। उन्हें गुस्सा तो आया लेकिन महिला समझकर उसे हल्का ही प्रहार किया, जिससे वह पृथ्वी पर गिर पड़ी। आगे की कथा दोनों में एक सी ही है। अध्यात्म में यह लंकिनी ही सीता कहाँ रखी गई हैं, यह बता देती है। लेकिन यदि वह उसके बताई जगह हनुमान सीधे पहुँच जाते तो लंका का वैभव कैसे पता चलता, इसीलिए वाल्मीकि रात भर उन्हें पूरी लंका में घुमाते हैं और लंका का नख-शिख वर्णन करते हैं। तुलसी उन्हें थोड़ा ही घुमाने के बाद विभीषण से मिला देते हैं।

वाल्मीकि का वर्णन देखिए। लंका में अंदर प्रवेश करते ही हनुमान उसके सौंदर्य पर मुग्ध हो जाते हैं। सभी महलों से नृत्य-संगीत की ध्वनि आ रही है। कोई महल कमल के आकार का है तो कोई स्वस्तिक के आकार का

तो कोई वर्धमान संज्ञक है। यहाँ वाल्मीकि का वास्तु ज्ञान भी स्पष्ट दिखता है। वाराहमिहिर ने भी अपनी संहिता में तरह-तरह के भवनों का उल्लेख किया है, जिनमें इन भवनों का नाम भी आता है। हनुमान ने वहाँ, जहाँ अप्सराओं के समान सुंदर रमणियों को देखा, वहीं अत्यंत कुरूप और तरह-तरह के रूप धरे राक्षसों और राक्षसियों को भी। वहीं लोग तपस्या करते भी दिखे तो तरह-तरह के आयुध लिए राक्षस भी दिखे। यहाँ कई तरह के आयुधों का भी उल्लेख है, जैसे धनुष, खड्ग, शतघ्नी (सौ लोगों को मारने में समर्थ आयुध), मूसल, वज्र, गुलेल, पट्टिस, पाश आदि। कुछ आयुधों के नाम अन्यत्र भी मिले हैं, जैसे शूल, मुद्गर, शक्ति, तोमर आदि। रावण का अंतःपुर भी इसी तरह के आयुध लिए राक्षसों से सुरक्षित था। राक्षसियाँ भी इसी तरह के अस्त्र-शस्त्र लिए हुए थीं। रावण का महल त्रिकूट के एक अलग शिखर पर बना था।

हनुमानजी ने रावण के अंतःपुर में सीताजी को ढूँढ़ा, लेकिन न पाकर निराश हुए। सभी मकानों में या तो पत्नियाँ अपने पति के साथ सो रही थीं या लोग नृत्य-संगीत और मधुपान में संलग्न थे। मदिरा पीकर लोग उन्मत्त हो रहे थे। यह सब देखने के बाद सीता को कहीं नहीं देख हनुमानजी चिंतित हुए। वह और तेजी से नगर में उन्हें ढूँढ़ने लगे। वह रावण के महल में गए। वहाँ भी वह कई घरों में झाँककर देख रहे थे, लेकिन सीता कहीं नहीं दिखीं। वह रावण के सेनानियों और परिजनों के घर में भी गए। वाल्मीकि ने यहाँ सभी के नाम भी गिनाए हैं। राक्षसों की समृद्धि देख वह चकित रह जाते हैं। यहाँ वाल्मीकि विभीषण के घर में भी जाने की बात लिखते हैं, लेकिन बस संदर्भ मात्र के रूप में ही, क्योंकि जब हनुमान सबके घरों में जा रहे हैं तो वहीं विभीषण का भी घर है। वाल्मीकि उसे अन्य से अलग नहीं बताते, जैसा तुलसीदास कहते हैं—हरि मंदिर तहं भिन्न बनावा।

पुष्पक विमान

रावण के महल में ही हनुमान ने पुष्पक विमान देखा। इसे वाल्मीकि ने मेघ के समान ऊँचा और अत्यंत उत्तम भवन की तरह बताया है, जो सुवर्ण की

तरह कांति वाला था। आगे लिखते हैं कि हंसों द्वारा आकाश में ढोए जाते हुए विमान की तरह जान पड़ता था। अंत में इसे विमान भी कहते हैं।

ददर्श युक्तीकृतचारुमेघचित्रं विमानं बहुरत्नचित्रम्।

वह नाना तरह के पुष्पों से सज्जित था, शायद इसी से उसका नाम पुष्पक विमान पड़ा। तरह-तरह के पुष्पों से सजा वह विमान रत्नों से भी अलंकृत था। उसकी आधारभूमि सोने से बनाई गई थी और कृत्रिम पर्वत-मालाओं की तरह सजाई गई थीं। वह विमान एक भवन की तरह ही था, जिसमें पुष्पों से सुसज्जित पोखर भी थे। उसमें रत्नों से आकशचारी पक्षी बनाए गए थे, इस विमान को देखकर हनुमानजी बहुत विस्मित हुए। वह बार-बार उसे देखते हैं। उसमें जो विशेषताएँ थीं, वे देवताओं के विमानों में भी नहीं थीं। वह मन मे विचार करने पर ही उस स्थान पर पहुँच जाता था। अनेक प्रकार की विशिष्ट निर्माण कलाओं से उस विमान की रचना हुई थी और कई स्थानों से प्राप्त विशिष्टताएँ उसमें शामिल की गई थीं। वह वायु की गति से उड़ता था और मन का अनुसरण कर चलने वाला तथा दूसरों के लिए दुर्लभ था। लगता है कि वाल्मीकि पुष्पक विमान की विशेषताएँ बताते समय कुछ लिखना भूल गए, अतः सबसे छोटे सर्ग में जिसमें मात्र सात श्लोक हैं पुनः उसकी विशेषताएँ बताते हैं। अगले सर्ग (सर्ग नवम) में, पुनः बताते हैं कि रावण के विशाल महल में ही वह स्थापित था। निकट पहुँचने पर हनुमानजी ने उसे फिर देखा। वह बताते हैं कि यह विमान विश्वकर्माजी ने ब्रह्मा के लिए बनाया था। कुबेर ने तपस्या करके ब्रह्माजी से उसे पाया था और रावण ने कुबेर को परास्त कर इसे अपने अधिकार में ले लिया था। हनुमानजी उसे देख उस पर चढ़ जाते हैं। यहाँ फिर वाल्मीकि उसकी विशिष्टता बताते हैं। इस विमान की एक विशेषता युद्धकांड में पता चलती है। जब श्रीराम और लक्ष्मण के युद्ध में बेहोश हो जाने की सूचना रावण को मिलती है तो वह सीता को उन्हें देखने के लिए वहाँ इसी पुष्पक विमान से भेजता है। दोनों भाइयों को बेहोश देख, उन्हें मृत मान सीता जब रुदन करती हैं तो उनके साथ गई त्रिजटा

समझाती है कि आप रोएँ नहीं। ये लोग युद्ध में लगे घावों से बस क्लांत हैं, मृत नहीं। यदि ये मृत होते तो पुष्पक आपको धारण नहीं करता, अर्थात् विधवा स्त्रियों को पुष्पक लेकर नहीं चलता था। वह उन्हें अस्वीकार कर देता था और उड़ता ही नहीं था।

सीता का पता लगाते हुए हनुमानजी रावण के महल में पहुँचे। यह बहुत बड़ा था। इसकी लंबाई एक योजन की और चौड़ाई आधा योजन की थी। इसमें कई अट्टालिकाएँ थीं। चार और तीन दाँत वाले हाथी चारों ओर से इसकी रक्षा में नियुक्त थे।

(इस तरह के हाथियों का उल्लेख अन्यत्र नहीं मिलता। अभी तक दो दाँत वाले हाथी ही देखने को मिलते हैं। भले ही दाँत छोटे या बड़े हों। लुप्त हो चुके मैमॉथ के भी दो ही दाँत होने की बात सामने आई है। यह अलग बात है कि उनके ये दाँत बहुत बड़े होते थे। अखबारों में छपी खबर के अनुसार हाल में मेक्सिको के उत्तर-पश्चिम प्रांत के एक बड़े फॉर्म में पुरातत्त्वविदों ने ऐसे हथियार पाए हैं, जिनमें हाथी की हड्डियों का इस्तेमाल किया गया है। ये हड्डियाँ हाथी की तरह के जीव की मानी जाती हैं, जिसका आकार मैमॉथ से छोटा होता था, लेकिन उसके पास चार नुकीले दाँत (टस्क) होते थे। इसे गॉमपोथर कहते हैं। ये अवशेष 13 से 14 हजार साल पहले के माने जाते हैं। हो सकता हो कि उस समय लंका के जंगलों में इस तरह के चार और तीन दाँत वाले हाथी पाए जाते हों। चार से तीन और बाद में दो दाँत वाले हाथियों का विकास हुआ। जंगलों में रहने वाले हाथियों को बड़े और नुकीले दाँतों की अधिक जरूरत पड़ती थी, इसलिए उनका अस्तित्व था। पालतू बनाने के बाद उनके दाँतों की उपयोगिता कम हो गई, जिससे दाँत छोटे और कमजोर होने लगे। आजकल कुछ हाथी बिना दाँत के भी पाए जाते हैं। यह सब विकास की प्रक्रिया के अंतर्गत होने वाले परिवर्तन हैं।)

वाल्मीकि बताते हैं कि रावण का महल विशाल तो था ही, उसे तरह-तरह के रत्नों, मणियों और सोने की कलाकृतियों से सजाया भी गया था।

विशाल महल में रावण की हवेली अलग थी। वह उसे बहुत प्रिय थी। उसकी सीढ़ियाँ मणियों की बनी थीं और सोने की खिड़कियाँ थीं। फर्श स्फटिक मणि के बने थे। मोती, हीरे, मूँगे, चाँदी और सोने की कलाकृतियों से उसे सजाया गया था। खंभे भी मणियों के बने थे। हनुमान उसे देखकर सोचने लगे कि यही स्वर्गलोक है या इंद्र की पुरी यही है अथवा परमसिद्ध ब्रह्मलोक यही है। वहाँ उन्होंने सहस्रों सुंदरियों को देखा, जो मधुपान से मदमत्त थीं और निद्रा के वशीभूत होकर गाढ़ी नींद में सो गई थीं। यहाँ विस्तार से उन सुंदरियों के सौंदर्य का वर्णन है। जितना सूक्ष्म और गहन वर्णन यहाँ किया गया है, वह अतुलनीय है। यह रावण का रंगमहल था तो सब चीजें उसी के अनुरूप थीं। रावण की पत्नियों में राजर्षियों, ब्रह्मर्षियों, दैत्यों, गंधर्वों और राक्षसों की कन्याएँ थीं, जो काम के वशीभूत होकर रावण की पत्नियाँ बन गई थीं। लेकिन वहाँ कोई ऐसी स्त्री नहीं थी, जिसे उसकी इच्छा के विरुद्ध बलात् हर लाया गया हो।

वहीं पर हनुमान रावण को सोते हुए देखते हैं। वह मदिरा पान कर सो रहा था और ऐसा लगता था, मानो वृक्ष, वन और लता-गुल्मों से सुसज्ज मंदराचल सो रहा हो। वह ऐसी साँस ले रहा था मानो सर्प फुफकार रहा हो। हनुमानजी दूर हटकर उसे देखने लगे। उसकी दो भुजाओं के सौंदर्य को आदिकवि 16 श्लोकों में बताते हैं कि वे कैसी लग रही थीं। उन पर इंद्र के वज्र के आघात के चिह्न दिख रहे थे और भगवान् विष्णु के सुदर्शन चक्र से भी वह कभी क्षत-विक्षत हो चुकी थीं। उसके विशाल मुँह से सुगंधित साँस निकल रही थी। यहाँ ध्यान देने की बात है कि रावण के दो हाथ और एक सिर की ही बात वाल्मीकि ने की है। इससे प्रतीत होता है रावण सामान्यतः ऐसा ही दिखता था। विशेष अवसरों पर वह बीस हाथ और दस सिर कर लेता था। रावण के सिर और भुजाओं को लेकर अलग-अलग व्याख्या की जा सकती है। बीस हाथ दस योद्धाओं की ताकत और दस सिर उसके महान् ज्ञान के प्रतीक भी तो हो सकते हैं। पौराणिक कथाओं को शब्दशः न देखकर संकेत और प्रतीक को समझना चाहिए।

रावण की पत्नियाँ उसी के आसपास सो रही थीं। जो जिस अवस्था में थी, उसी स्थिति में सो गई थी। यहाँ भी आदिकवि का सूक्ष्म अवलोकन और उपमा का सौंदर्य देखने को मिलता है। यहाँ कई तरह के वाद्य यंत्रों का भी उल्लेख मिलता है जैसे—वीणा, मड्डुक, पटह, विपंची (एक तरह की वीणा), मृदंग, पणव, डिंडिम आडंबर आदि।

यहीं पर एक अलग शैया पर हनुमान ने मंदोदरी को सोते देखा। उन्होंने अनुमान किया ये ही सीता हैं। वह प्रसन्न हो गए और उसे व्यक्त करने लगे। लेकिन बाद में हनुमान ने जब विचार किया तो उन्हें लगा कि यह सीता नहीं हो सकतीं। तुलसीदास यह सब कुछ एक चौपाई में कह देते हैं।

सयन किए देखा कपि तेही। मंदिर महुं न दीखि वैदेही॥

वाल्मीकि इतनी आसानी से यह बात नहीं कहते। मंदोदरी को देख फिर हनुमान ने सोचा कि सीताजी श्रीराम से विछुड़ी हुई हैं, इस दशा में वह न तो सो सकती हैं, न शृंगार कर सकती हैं, न अलंकार धारण कर सकती हैं, मदिरा पान का तो कोई प्रश्न ही नहीं है। वह किसी दूसरे पुरुष के पास नहीं जा सकती हैं, भले ही वह देवताओं का ही ईश्वर क्यों न हो। अतः ये सीता नहीं हैं और वह फिर उनकी तलाश करने लगे।

उन्होंने रावण की पानभूमि (मदिरालय) देखा, जिसमें तरह-तरह की मदिरा और मांस रखे हुए थे। यहाँ जितने पशुओं का मांस बताया गया है, उससे लगता है कि उन सभी पशुओं का मांस उन दिनों खाया जाता था। तुलसी तो यह भी कहते हैं कि राक्षस मानव मांस भी खाते थे—कहुं महिष मानुष धेनु खर अज खल निसाचर भक्षहीं। वाल्मीकि लिखते हैं—मृगों, भैंसे, सूअर, मोर, मुर्गे, गेंडा, साही, हिरन, कृकल (एक तरह का पक्षी), बकरे, खरगोश, एकशल्य नामक मत्स्य, भेड़े आदि के मांस वहाँ पकाकर रखे हुए थे। उन्होंने अनेक तरह की सुराओं का भी नाम लिखा है। जैसे राग और खांडव (अंगूर और अनार के रस में मिश्री और मधु से तैयार पेय) जैसे पेय के साथ ही कदंब वृक्ष से निकलने वाली प्राकृतिक सुरा और कृत्रिम सुराएँ,

जैसे—शर्करासव, पुष्पासव, फलासव आदि भी रावण के रंगमहल में रखे हुए थे। इन मदिरा से भरे सोने और स्फटिक तथा अन्य मणियों से बने पात्र भी रखे हैं। हनुमान सीता की खोज करते हुए यह सब देखते हैं, जहाँ स्त्रियाँ बेसुध होकर थकी हुई सो रही हैं।

अचानक उन्हें याद आता है कि इस तरह दूसरी स्त्रियों को सोते हुए देखना तो पाप है। इससे तो धर्म का विनाश हो जाएगा। मैंने अब तक पराई स्त्रियों को नहीं देखा था, लेकिन रावण के कृत्य के कारण ही मुझे यह सब देखना पड़ा। लेकिन चूँकि मेरे मन में विकार नहीं पैदा हुआ, इसलिए मेरा यह कृत्य धर्म का लोप करने वाला नहीं हो सकता। संपूर्ण इंद्रियों को शुभ और अशुभ कार्य करने की प्रेरणा देने वाला मन ही है और मेरा मन पूर्णतः स्थिर है, इसलिए मैं धर्मच्युत नहीं हुआ। सीता को स्त्रियों में ही तो ढूँढ़ना होगा। इसके बाद उन्होंने अन्यत्र देखने का विचार किया।

उन्होंने अन्यत्र भी बहुत ढूँढ़ा, लेकिन सीताजी कहीं नहीं दिखीं तो उन्हें अनिष्ट की आशंका हुई। निश्चित ही वह जीवित नहीं हैं, अन्यथा कहीं दिखती क्यों नहीं? लगता है, रावण ने उन्हें मार दिया है। हो सकता है, भयंकर राक्षसियों को देखकर भय से सीता के प्राण निकल गए हों। अब वह डरते हैं कि मैं जिस काम के लिए आया था, वह तो पूरा ही नहीं हुआ। कैसे सुग्रीव के पास जाऊँगा। वह निष्फल होने पर बहुत कठोर दंड देते हैं। जांबवान और अंगद पूछेंगे तो क्या उत्तर दूँगा। थोड़ी देर हताश होने के बाद वह पुनः सोचने लगे कि उत्साह बनाए रखने से कार्य सिद्ध होता है, अतः अब दोगुने उत्साह से उन स्थानों पर देखूँगा, जहाँ अभी तक नहीं जा सका था। अब वह कोने-कोने में सीता को देखने लगे। उन्हें बहुत कुछ दिखा, लेकिन कहीं भी सीता नहीं दिखीं तो वह पुनः चिंतित और शोकाकुल हो गए।

अब सीता को लेकर वह पुनः चिंतित होने लगे। मैंने हर जगह देखा, लंका का कोना-कोना देखा, रावण के महल में हर जगह तलाश किया, लेकिन वह कहीं नहीं दिखीं। गृध्रराज संपाती ने सीता को रावण के महल

में ही बताया था, फिर वह कहाँ चली गईं। कहीं आकाशमार्ग से लाते समय रावण के हाथ से छूटकर गिर न गई हों। या कहीं समुद्र को देखकर उनका हृदय फट न गया हो। या कहीं रावण के बंधन में दम घुटने से उनका अंत न हो गया हो। कहीं छटपटाहट में वह समुद्र में ही न गिर गई हों। यह भी हो सकता है कि रावण और उसकी पत्नियों ने उन्हें खा न लिया हो। कहीं भगवान् और अयोध्या को याद करते हुए ही उन्होंने प्राण त्याग न दिए हों। कहीं उन्हें गुप्त गृह में छिपाकर न रखा गया हो या पिंजरे में बंद कर दिया हो।

यदि कहीं ऐसा हुआ होगा तो मैं कैसे श्रीराम और सुग्रीव को यह सूचना दूँगा। इसे बताना और न बताना, दोनों कठिन हैं। मैं कैसे क्या करूँ। मैं यदि सीता की सूचना लिए बिना लौट जाता हूँ तो मेरे पुरुषार्थ का क्या होगा। मेरा समुद्र लंघन, लंका में प्रवेश, उसे घर-घर देखना सब व्यर्थ हो जाएगा। किष्किंधा पहुँचने पर मुझसे सुग्रीव और दूसरे वानर तथा श्रीराम क्या कहेंगे। श्रीराम तो यह कठोर बात सुन कर प्राण ही त्याग देंगे। उनके न रहने पर लक्ष्मण कैसे जीवित रहेंगे। इन दोनों भाइयों का समाचार सुनकर भरत भी प्राण त्याग देंगे और शत्रुघ्न भी जीवित नहीं बचेंगे। माताएँ भी कैसे जीवित बचेंगी। यही हाल सुग्रीव और अंगद का होगा। उनका हाल देख सभी वानर भी अपने प्राण त्याग देंगे। कोई पर्वतों से गिरकर, कोई विष पीकर, कोई फाँसी लगाकर, कोई छुरा मारकर प्राण दे देंगे।

इसलिए मैं बिना सीता का पता लगाए तो नहीं लौटूँगा। इसी तरह का वर्णन कंबन के पास भी है। वह भी रावण के रंगमहल का बहुविधि वर्णन करते हैं। कहीं-कहीं वह अपनी कल्पना भी जोड़ देते हैं। जैसे वाल्मीकि का रावण यहाँ एक सिर और दो भुजा वाला है, लेकिन कंबन रावण को दस सिर और बीस भुजाओं वाला बताते हैं। हनुमान जब मंदोदरी को देखते हैं तो पहले उन्हें सीता का भ्रम होता है, लेकिन वह सोचते हैं, यह तो मानुषी नहीं दिखती, जबकि जनकनंदिनी तो मानुषी हैं। वह मंदोदरी में कुछ ऐसे लक्षण देखते हैं,

जिनसे लगता है कि उस पर भयानक विपत्ति आने वाली हो। लगता है कि उसके पति मरने वाले हैं।

तुलसी के हनुमान के पास इतना समय नहीं है कि लंका में घर-घर जाकर सीता का पता लगाएँ। उन्हें सीधे विभीषण मिल जाते हैं और सीता का पता बता देते हैं कि वह कहाँ हैं और कैसे उनके पास जाया जा सकता है। मानस में तुलसीदास कहते हैं—

पुनि सब कथा बिभीषन कही। जेहि बिधि जनकसुता तहं रही॥
तब हनुमंत कहा सुनु भ्राता। देखी चहउं जानकी माता॥
जुगुति बिभीषन सकल सुनाई। चलेउ पवनसुत बिदा कराई॥

तुलसी ने यह प्रसंग स्वयं रचा। सीता का पता तो लगना ही था, वह चाहे लंकिनी बताए, विभीषण या हनुमान खुद पता लगाएँ। यहाँ वह विभीषण को रामभक्त के रूप में पहले ही स्थापित कर देना चाहते हैं, जो अपने भवन पर रामायुध अंकित कराते हैं। धनुष-बाण कोई नए आयुध नहीं थे। लेकिन वे कभी अंकित नहीं किए जाते थे। इसे प्रतीक के रूप में श्रीराम के प्रतिनिधि के रूप में अंकित किया गया था। लंका में सीधे श्रीराम का नाम तो नहीं लिखा जा सकता था, इसलिए प्रतीक के रूप में उनके आयुध को ही अंकित किया विभीषण ने। यही रामायुध राक्षसों और रावण के विनाश का कारण बना। 'निसिचरहीन करहुं महि' का संकल्प पूरा होता है, इसी आयुध से।

तुलसी के हनुमान में कातरता नहीं है। वह कहीं भी चिंता नहीं करते और न ही कहीं उनके मन में अशुभ विचार आते हैं, कातरता नहीं आती। हमें उन काल और परिस्थितियों का भी ध्यान रखना चाहिए, जब ये कथाएँ लिखी जा रही हैं। वाल्मीकि भगवान् राम के समय में ही यह कथा लिखते हैं, क्योंकि लव और कुश उन्हीं के आश्रम में जन्मे थे और वहीं शिक्षा पा रहे थे तथा वहीं सीता और वाल्मीकि उनका लालन-पालन कर रहे थे। अर्थात् वे रामराज में थे, जहाँ सबकुछ अनुकूल था। इसलिए हनुमान का आचरण उन्हें सामान्य लगता है। लेकिन तुलसी हनुमान में कातरता नहीं

देख सकते। वह जब रामचरितमानस लिख रहे थे तो मुगलों का राज था। सनातन धर्म खतरे में था। चारों तरह अत्याचार हो रहे थे। लूट-खसोट और मार-काट मची हुई थी। तुलसी के जीवनीकार बताते हैं कि उनके जीवन में ऐसे प्रसंग आए हैं, जब उन्होंने इस तरह के अत्याचार को देखा। इसलिए वह हनुमान में देवत्व देखते हैं और उनको कहीं भी असफल होते या चिंता करते नहीं देख सकते थे। वह उस समय के युवकों के सामने एक ऐसे देवता को रख रहे थे, जो—

अतुलितबल धामं हेमशैलाभदेहं
दनुजवनकृशानुं ज्ञानिनामग्रगण्यम्

और सकलगुणनिधानं हैं।

सीता उनको अजर-अमर होने, बल और शील के निधान होने, गुननिधि होने का आशीष देने वाली हैं। यदि वे चिंता करने लगेंगे और उनके मन में नकारात्मक भाव आने लगेंगे तो तुलसी का लक्ष्य कहाँ पूरा होने वाला है। वह हनुमान के माध्यम से तत्कालीन सनातन युवकों को उनके बल का बोध कराने वाले हैं। ऐसी मान्यता है कि तुलसी ने अपने समय पूरी काशी के युवकों को संगठित कर उन्हें व्यायामशालाओं की ओर उन्मुख किया और रामलीलाओं के मंचन का शुभारंभ किया। वह लोगों के मन से भय दूर करना चाहते थे और इसमें सफल भी रहे, जिससे वे मुगलों के अत्याचार का विरोध कर सकें। इसलिए उनके हनुमान न कहीं डरते हैं और न किसी काम को कठिन समझते हैं, वे वाक्यविद् हैं। कहाँ क्या, कितना और किस तरह बोलना चाहिए, यह जानते हैं। उनको अच्छे-बुरे की पहचान है, तभी तो विभीषण से मैत्री करते हैं। सीता माता से पूछकर ही अशोक वन के फल खाते हैं। रावण को कठोर प्रत्युत्तर देते हैं। वाल्मीकि के हनुमानजी भी इन सभी गुणों से परिपूर्ण हैं, लेकिन कभी-कभी उनमें कातर भाव आता है, जिस पर वह अपने तर्कसंगत विचारों से विजय पा लेते हैं, लेकिन यह भाव वाल्मीकि छिपाते नहीं हैं। तुलसी के हनुमान अति आज्ञाकारी हैं। उन्हें सिर्फ सीता का पता लगाने का

दायित्व सौंपा गया है, जिसका वह निर्वहन कर रहे हैं। जब सीता अधीर होती हैं तो वह कहते हैं—

अबहिं मातु मैं जाउं लवाई। प्रभु आयसु नहीं राम दोहाई॥

वह कहते हैं कि मैं तो अभी आपको अपनी पीठ पर बैठाकर भगवान् के पास ले जा सकता हूँ, लेकिन इसकी मुझे आज्ञा नहीं है। इस तरह आज्ञाकारिता का संदेश भी वह युवकों को देना चाहते थे, जिससे युवा उच्छृंखल न हों।

वाल्मीकि लिखते हैं कि सीताजी के न मिलने पर हनुमान चिंतित हो सोचने लगे कि मैं बिना सीता को देखे किष्किंधा तो नहीं लौटूँगा। मेरे न जाने से सभी आशा में रहेंगे, मैं संन्यासी बन जाऊँगा, वन में रहूँगा, फलादि खाकर निर्वाह कर लूँगा, आमरण अनशन कर लूँगा, जान दे दूँगा, जल समाधि ले लूँगा, लेकिन खाली हाथ तो नहीं लौटूँगा। लेकिन फिर सोचते हैं कि जीवन का नाश करना तो दोष है। जीवित व्यक्ति कभी न कभी अवश्य अभीष्ट की प्राप्ति कर लेता है। अतः मैं जीवित रहूँगा और कुछ नहीं हुआ तो रावण को मारकर ही बदला लूँगा या उसे उठाकर ले जाऊँगा और भगवान् को सौंप दूँगा। वह यह सब सोच ही रहे थे कि उन्हें ध्यान आया कि उन्होंने सब जगह तो सीता की खोज की, लेकिन अशोक वाटिका में तो गए ही नहीं। यह विचार आते ही उनमें उत्साह का संचार हुआ और चिंता से जो शिथिलता आई थी, उसे दूर कर भगवान् तथा सभी देवी देवताओं को स्मरण कर अशोक वाटिका की ओर चले।

अध्यात्म रामायण में भी हनुमान लंका में सीता को तलाशते हैं किंतु कहीं नहीं पाते तो अचानक लंकिनी की बात याद आती है।

सीतान्वेषणकार्यार्थी प्रविवेश नृपालयम्।
तत्र सर्वप्रदेशेषु विविच्य हनुमानकपिः॥
नापश्यज्जानकीं स्मृतवा ततो लंकाभिभाषितम्।
जगाम हनुमान् शीघ्रमशोकवनिकां शुभम्॥

(अध्या. सुं., 2, 2, 3)

और वह सीधे अशोक वाटिका में पहुँच जाते हैं, जहाँ वह सीता को पेड़ के नीचे शोकमग्न पाते हैं।

वाल्मीकि कहते हैं कि हनुमानजी अशोक वाटिका में इधर से उधर कूदने लगे और वृक्षों को हिलाने लगे, जिससे फूल झड़कर उनके शरीर पर चिपक गए। उनका शरीर फूलों से लदे पहाड़ की तरह लगने लगा। यहाँ ध्यान देने की बात है कि उनका आकार छोटा था और बिल्ली के आकार का शरीर धारण करके ही वह सीता का पता लगा रहे थे, इसलिए फूलों के पहाड़ जैसी बात समीचीन नहीं लगती। यहाँ कई तरह के अशोक के वृक्षों का विवरण दिया गया है। वाल्मीकि अशोक वाटिका का बहुत ही मनोरम वर्णन करते हैं। हनुमान वहीं एक ऊँचे अशोक वृक्ष पर चढ़कर वहीं से आसपास देखने लगते हैं तो एक मंदिर दिखता है। ध्यान से देखने पर वहीं एक युवती दिखती है, जो राक्षसियों से घिरी थी। वह दुबली-पतली थी, कपड़े मैले हो गए थे, वह सिसक रही थी। वह पीले रंग का पुराना रेशमी वस्त्र पहने थी। वाल्मीकि यहाँ सीता के सौंदर्य का भी वर्णन करते हैं। हनुमान सीता को पहचानते नहीं थे, कभी देखा नहीं था। लेकिन उन्हें लगा कि यही सीता हैं। वे वैसे ही आभूषण पहने हुई थीं जैसा श्रीराम ने अपहरण के पहले पहना हुआ बताया था। जो आभूषण उन्होंने बंदरों को देखकर रास्ते में गिरा दिए थे, सिर्फ वे ही नहीं दिख रहे थे। इस तरह अनेक तरह से विचार करने के बाद वह इस निष्कर्ष पर पहुँचे कि यही सीता हैं। जब वह अशोक वृक्ष पर चढ़े थे तो उस समय प्रातःवेला होने वाली थी। अब सीता का पता लग जाने पर वह दिन भर उसी पर बैठे रहे। जब पुनः चंद्रमा के प्रकाश में उन्होंने उन्हें देखा तो पाया कि वह राक्षसियाँ से घिरी हैं। इसी तरह पूरी रात बीत जाती है और ब्रह्ममुहूर्त में वेदपाठ की ध्वनि सुनाई देने लगी और रावण को मधुर वाद्ययंत्रों की ध्वनि से जगाया गया। वह कामातुर तत्काल तैयार होकर सीता के पास आता है। उस समय अँधेरा था, इसलिए उसकी परिचारिकाएँ मशाल और दीपक लेकर चल रही थीं। हनुमान उसे निकट से देखने के लिए ऊपर से नीचे उतरे, लेकिन रावण के तेज से पुनः पत्तों के बीच छिप गए।

पत्रे गुह्यान्तरे सक्तो मतिमान संवृतो अभवत्।

यहाँ एक बात ध्यान देने की है कि अध्यात्म, वाल्मीकि और कंबन के पास यह तथ्य है कि सीताजी हैं तो अशोक वाटिका में, लेकिन वह सीसम (शिंशिपा) वृक्ष के नीचे थीं। वाल्मीकि, कंबन और अध्यात्म में इसे शिंशिपा ही लिखा गया है, जिसका गीता प्रेस के अनुवाद में कहीं सीसम तो कहीं अशोक बताया गया है। अधिकतर इसे शीशम ही लिखा गया। जहाँ अशोक का संदर्भ है, वहाँ स्पष्ट अशोक ही लिखा गया है। हनुमानजी जिस वृक्ष पर छिपे थे, वह अशोक का ही था। हो सकता है कि वह शीशम वाले वृक्ष के पास का वृक्ष हो, जहाँ छुपने की संभावना अधिक थी और वहाँ से सीताजी को देखा जा सकता था। मानस में तुलसी बाबा स्पष्ट लिखते हैं कि रावण सीताजी को लेजाकर अशोक वृक्ष के नीचे रखता है।

हारि परा खल बहु बिधि भय अरु प्रीति दिखाइ।
तब अशोक पादप तर राखिसि जतन कराई॥

(अरण्यकांड, दोहा 29 क)

सुंदरकांड में अशोकवन का उल्लेख कई बार है। लेकिन हनुमानजी किस वृक्ष पर छिपते हैं, यह स्पष्ट नहीं है—तरु पल्लव महुं रहा लुकाई। लेकिन सीता हैं उसी अशोक के नीचे, जहाँ रावण उन्हें रखकर गया था। वह अशोक से कहती भी हैं—सुनहि बिनय मम बिटप असोका। सत्य नाम करु हरु मम सोका॥ जब हनुमानजी ने मुद्रिका गिराई तो उन्हें लगा कि अशोक ने आग दे दी है। स्पष्ट है कि वह अशोक वन में अशोक वृक्ष के नीचे ही हैं।

यहाँ तुलसी और वाल्मीकि रावण तथा सीता का वार्त्तालाप लगभग एक सा बताते हैं, यद्यपि वाल्मीकि के पास कुछ अतिरिक्त जानकारी है। कंबन भी वाल्मीकि की ही तरह बताते हैं, अध्यात्म में भी लगभग वहीं बातें हैं। रावण को देखकर सीता भयभीत हो जाती हैं तो रावण उन्हें सांत्वना देता है, लुभाने का असफल प्रयास करता है। कहता है कि मैं तुम्हारी अनुमति के बिना तुम्हें

स्पर्श नहीं करूँगा, भय मत करो। उनके सौंदर्य का वर्णन करते हुए कहता है कि मेरी पटरानी बनो। मैं पूरी पृथ्वी जीतकर जनक को दे दूँगा। तुम्हारे भाई-बंधु भी सुख का भोग करेंगे। राम पता नहीं जीवित भी है कि नहीं। वह श्रीहीन हो गए हैं, जमीन पर सोते हैं, तुम्हें पाना तो क्या, देख भी नहीं पाएँगे।

सीता उसे जवाब देती हैं। वह सीधे रावण को नहीं देखतीं, क्योंकि पतिव्रता स्त्री के लिए पर पुरुष से बात करना भी अनुचित माना जाता है, इसलिए वह अपने सामने सूखी घास (तृण) रखकर उसे संबोधित करती हैं। वह कहती हैं कि मैं पतिव्रता हूँ और निंदित कार्य नहीं कर सकती। तुम्हें दूसरी स्त्रियों की रक्षा करनी चाहिए। तुम्हारी मति क्यों मारी गई है। क्यों अपना और लंका का नाश करने पर तुले हो। यदि बचना चाहते हो तो श्रीराम को अपना मित्र बना लो। मुझे श्रीराम को सौंप दो, इसी में तुम्हारा भला है। नहीं तो वह तुम्हें नहीं छोड़ेंगे। नीच रावण! तुमने सूने में मेरा अपहरण किया है। क्या कुत्ता कभी दो बाघों के बीच टिक सकता है। काल तुम्हें पहले ही मार चुका है। तुम कहीं भी छिपो, श्रीराम के बाण तुम्हारे प्राण लेकर ही मानेंगे।

यह सब दोनों महाकवियों के पास है। बस थोड़ा सा अंतर आगे आता है। रावण सीता की प्रताड़ना से क्रोधित होता है और चेतावनी देता है कि यदि दो महीने में तुमने मेरा कहा नहीं माना तो मेरे रसोइए तुम्हारे टुकड़े-टुकड़े कर मेरे लिए कलेवा बना देंगे। वाल्मीकि के अनुसार रावण दो महीने का समय देता है, जबकि तुलसीदास एक ही महीने का समय बताते हैं।

द्वौ मासौ रक्षितव्यौ मे योअवधिस्तते मया कृतः।
मास दिवस महुं कहा न माना। तौ मै मारबि काढ़ कृपाना॥

अध्यात्म रामायण और कंब रामायण में भी दो महीने का समय रावण द्वारा देने की बात कही जाती है।

इस पर सीता और क्रुद्ध होती हैं तथा कई तरह से उसके अंत की भविष्यवाणी करती हैं। वह कहती हैं कि मैं धर्मात्मा श्रीराम की पत्नी और महाराज दशरथ की पुत्रवधू हूँ। मुझसे ऐसी बात करते तेरी जीभ क्यों नहीं गल

जाती। मैं तो अपने तेज से ही तुझे भस्म कर सकती हूँ, लेकिन श्रीराम की आज्ञा न होने से, ऐसा नहीं कर रही हूँ।

रावण सीता की कठोर बातें सुन तलवार निकालकर उन्हें मारने दौड़ता है। अध्यात्म और मानस में बताया गया है कि मंदोदरी उसे समझाकर रोकती है। वाल्मीकि में मंदोदरी के साथ अन्य रानियाँ भी हैं। मंदोदरी तो नहीं, अन्य समझाती हैं उसे। कंबन की कथा में यह प्रसंग नहीं है। वाल्मीकि में रावण के क्रोध करने की बात तो है, लेकिन खड्ग निकालने की बात नहीं है। किंतु मंदोदरी और एक अन्य रानी धान्यमालिनी ने उसे अंक में लेकर शांत किया।

और रावण राक्षसियों को सीता को समझाने के लिए कहकर चला जाता है। यहाँ तक दोनों कथाओं में साम्य है। सीता को धमकाने-समझाने की कोशिश राक्षसियाँ करने लगती हैं। वाल्मीकि राक्षसियों का नाम लेकर बताते हैं कि किसने क्या कहा और सीता को कैसे धमकाया। सीताजी डरकर रोने लगती हैं। वह विलाप करती हुई अपने दुर्भाग्य को कोसने लगती हैं। मेरे पति श्रीराम ने विराध जैसे महाबलशाली राक्षस का वध किया तो वह मुझे लेने यहाँ क्यों नहीं आ रहे हैं। इसी बीच त्रिजटा अपने सपने की बात करती है। यहाँ तथ्य लगभग एक से हैं। वाल्मीकि सपने में कुछ और बातों को देखने की जानकारी देते हैं। यहाँ वह कुछ स्वप्न शकुन बताते हैं। त्रिजटा के सपने की बात सुनने के बाद वाल्मीकि के अनुसार सीता फिर विलाप करती हैं और उस घड़ी को कोसती हैं, जब उन्होंने स्वर्ण मृग के पीछे श्रीराम को भेजा था। वह सोचती हैं कि निश्चित ही वह काल था और उसने दोनों भाइयों को मार डाला होगा। इसी से वे मुझे बचाने नहीं आ रहे हैं। वह प्राण देने को उद्यत होती हैं। वह सोचती हैं कि मैं किसी तेज धार अस्त्र से अथवा विष से प्राण दे दूँगी। लेकिन यहाँ अस्त्र और विष कहाँ मिलेगा, इसलिए उन्होंने अपनी वेणी से फाँसी लगाने का विचार किया। तुलसीदास लिखते हैं कि सीता ने त्रिजटा से ही चिता लगाने की प्रार्थना की, जिससे वह जान दे सकें। त्रिजटा उन्हें समझाती है।

निसि न अनल मिल सुनु सुकुमारी। अस कहि सो निज भवन सिधारी॥

वह यहाँ थोड़ा काव्यात्मक होते हैं और सीता कहती हैं कि आकाश में इतने अग्निवत् तारे हैं, लेकिन कोई पृथ्वी पर नहीं आता, जिससे मैं जल सकूँ। चंद्रमा भी अग्निमय है, लेकिन वह भी आग नहीं बरसा रहा। अशोक के लाल-लाल पत्ते भी आग की तरह हैं, लेकिन वह भी मेरी सहायता नहीं कर रहा। तुलसी के अनुसार इसी अवसर पर हनुमानजी मुद्रिका गिराते हैं। वाल्मीकि मुद्रिका गिराने की बात नहीं बताते, लेकिन यह कहते हैं कि उसी समय सीता को शकुन होने लगे, जैसे बाएँ अंग का फड़कना, मलिन वस्त्र का शरीर से गिरना आदि। इससे उनका शोक जाता रहा।

तुलसी ने लिखा कि मुद्रिका गिराने पर सीता ने उसे देखा तो तरह-तरह के विचार उनके मन में आने लगे। इसी समय वृक्ष पर पत्तों में छिपे हनुमानजी ने श्रीराम कथा सुनाना शुरू किया। वाल्मीकि के अनुसार भी हनुमान सीता से बात करते हैं, लेकिन इसके पहले वह कुछ विचार करते हैं। वह सोचते हैं कि इस सीताजी दुखी हैं, अतः मुझे सांत्वना देनी चाहिए। यदि मैं बिना सांत्वना दिए सिर्फ उनको देख लेने की सूचना देने भगवान् के पास जाता हूँ तो गलत होगा। हो सकता है कि इस बीच सीता दुखी होकर अपने प्राण त्याग दें। लेकिन इस समय राक्षसियाँ भी यहाँ हैं। बिना सीता को कोई संदेश दिए गया तो भगवान् भी नाराज होंगे। फिर वह सोचने लगे कि यदि मैं वानर होकर संस्कृत में बात करूँगा तो वह विश्वास नहीं करेंगी और मुझे रावण भी समझ सकती हैं। अतः मैं अयोध्या के आसपास बोली जाने वाली भाषा में ही उनसे बात करूँगा, जिससे उन्हें कोई संदेह न रह जाए, नहीं तो बना काम बिगड़ जाएगा। यदि मैं उनके सामने जाकर मानवीय भाषा में बोलने लगूँगा तो सीताजी डरकर चिल्लाने लग सकती हैं और मैं पकड़ा जा सकता हूँ। अतः मैं इसी वृक्ष पर बैठे-बैठे ही उन्हें प्रिय लगने वाली बात करूँगा।

इस तरह तुलसी और वाल्मीकि दोनों के हनुमान अशोक पर बैठे-बैठे ही राम कथा कहने लगते हैं—

रामचंद्र गुन बरनै लागा। सुनतहिं सीता कर दुख भागा॥

एवं बहुविधां चिन्तां चिन्तयित्वा महामतिः।
संश्रवे मधुरं वाक्यं वैदेह्या व्याजहार ह॥

(वा., सुं., 31, 1)

दोनों जगह आदि से अब तक पूरी कथा का वर्णन है। सीताजी कथा सुनकर प्रसन्न हो जाती हैं। सुनतहिं सीता कर दुख भागा।

वाल्मीकि के पास भी यही बात है। वह लिखते हैं—

निशम्य सीता वचनं कपेश्च
दिशश्च सर्वाः प्रदिदश्च वीक्ष्य।

(वा, सुं, 31, 18)

आगे का वर्णन थोड़ा भिन्न है। वाल्मीकि बताते हैं कि हनुमान श्वेत वस्त्र पहने हुए हैं—वेष्टितार्जुनवस्त्रं—लेकिन तेजस्वी हनुमान को देख सीताजी मूर्च्छित हो गईं और होश में आते ही हा राम, हा राम, हा लक्ष्मण कहने लगीं और सिसकने लगीं। हनुमानजी उनके निकट जाते हैं, हाथ जोड़कर विनीत भाव में बैठ जाते हैं। तुलसी सीता के बुलाने पर हनुमान के निकट जाने की बात करते हैं।

श्रवनामृत जेहि कथा सुहाई। कही सो प्रगट होति किन भाई॥
तब हनुमंत निकट चलि गयऊ। फिर बैठी मन बिसमय भयऊ॥

सीता हनुमान को देख चिंतित होती हैं। वह भयभीत हैं। लगता है कि सपना देख रही हैं। सपने में वानर का मुँह देख लिया। यह असगुन है। भगवान् सबकी रक्षा करें। लेकिन यह तो बात कर रहा है। यह सपना नहीं हो सकता।

हनुमानजी माथे पर अंजुली बाँधकर मधुर वाणी में सीता से बात करते हैं। वह उनसे पूछते हैं कि आप कौन हैं। वह पूरी तरह आश्वस्त होना चाहते हैं शायद। इसलिए पूछते हैं। आप कौन हैं, आप क्यों रो रही हैं, आप कोई देवी तो नहीं हैं। आप किसी राजा की महारानी और किसी नरेश की कन्या

लगती हैं। रावण जिसे हर लाया है, वह सीता तो नहीं हैं आप। आप निश्चय ही श्रीरामचंद्र की महारानी हैं। इसके बाद सीता अपना परिचय देती हैं और वनगमन की पूरी कहानी बताती हैं और यह भी कि दंडकवन में रहते समय रावण ने छल से उनका अपहरण कर लिया। उसने मुझे दो महीने का समय दिया है, नहीं तो मुझे अपने प्राण त्यागने होंगे। हनुमानजी उन्हें आश्वस्त करते हैं। श्रीराम का संदेश देते हैं। ऐसा कहते हुए वे उनके निकट चले गए। निकट आता देखकर सीता को भय हुआ कि कहीं यह रावण तो नहीं, जो वेश बदलकर आया है। वह सोचती हैं कि मैंने अनायास ही इससे अपने मन की बात कही। वह हनुमान से पूछती हैं कि कहीं तुम रावण तो नहीं हो। यदि ऐसा है तो तुम्हारा यह आचरण ठीक नहीं है।

यहाँ वाल्मीकि ने मानव मन को बहुत गहराई से देखा है। सीता रावण द्वारा छली गई हैं। उन्होंने देखा है कि किस तरह उसने साधु के वेश में उनसे छल किया और अपहृत कर यहाँ लाया। इसलिए वह हनुमान को भी देखकर बार-बार भयभीत होती हैं और मन में यह संदेह उठता है कि कहीं रावण फिर वेश बदलकर छलने न आया हो। वह हनुमानजी को भी रावण ही समझ लेती हैं। एक बार ठगा गया व्यक्ति बहुत चौकन्ना होता है और वह हर व्यक्ति पर संदेह करता है। यही हाल इस समय सीताजी का है।

लेकिन वह फिर कहती हैं कि तुम्हें देखकर और तुमसे बात कर मुझे प्रसन्नता हो रही है, इसलिए हो सकता है कि मैं जो शंका कर रही हूँ, वह सत्य न भी हो। इस पर हनुमान ही पुनः श्रीराम की प्रशंसा करने लगते हैं और कहते हैं कि आप जैसा सोच रही हैं, वैसा नहीं है। आप मुझ पर विश्वास कीजिए। लेकिन सीता का शंकालु मन अभी तक पूरी तरह विश्वास नहीं कर पाता और पूछती हैं कि तुम कैसे श्रीराम को जानते हो। मनुष्यों और वानरों का मेल कैसे हुआ? तुम श्रीराम के आकार-प्रकार उनकी आकृति और उनके शरीर के चिह्नों का वर्णन करो, जिससे मुझे विश्वास हो। इसके बाद हनुमानजी श्रीराम की आकृति और शरीर के गुणों का वर्णन करते हैं। सुग्रीव

से मित्रता का कारण बताते हैं। सुग्रीव के आदेश पर ही उनका पता लगाने के लिए अपना आना बताते हैं, यह भी कि सुग्रीव के आदेश पर चारों दिशाओं में आपको ढूँढ़ने वानरों का दल निकला है। युवराज अंगद के नेतृत्व में जो दल है, मैं उसी में हूँ। वह यह भी कहते हैं आपके अलग होने से श्रीराम बहुत दुखी और शोकाकुल हैं। आपका पता संपाती नामक गृद्धराज से मिला, जिसके भाई जटायु को आपके अपहरण का विरोध करने पर रावण ने मार डाला था। संपाती ने बताया कि आप रावण के आवास में हैं। इसके बाद वह अपने जन्म की कथा भी बताते हैं। इस पर सीता को उन पर विश्वास हुआ। अब हनुमानजी उनसे अपने बारे में आदेश माँगते हैं कि क्या वह लौट जाएँ। इसके बाद अपनी बात को और पुष्ट करने के लिए वह श्रीराम द्वारा दी गई मुद्रिका सीताजी को देते हैं।

तुलसीदास सीता और हनुमान के बीच इतना संवाद नहीं कराते। वह सीधे मुद्रिका गिराते हैं और उनको अपने बारे में बताते हैं। वह श्रीराम के बारे में भी बताते हैं और कहते हैं कि अब आपका पता चल गया है। थोड़े दिन धैर्य रखिए। वह तरह-तरह से सीता को धैर्य बँधाते हैं—

रघुपित कर संदेसु सुनु जननी धरि धीर।
जननी हृदय धीर धरु जरे निसाचर जानि॥
कछुक दिवस जननी धरु धीरा।

लंका दहन के बाद सीता से चिह्न माँगते समय भी वह धीरज धरने के लिए कहते हैं।

जनकसुतहि समुझाइ करि बहु बिधि धीरज दीन्ह।

सीता के अधैर्य और शंकाकुल मन की बात दोनों ग्रंथों में हैं। वाल्मीकि अपने शिल्प में उसका विस्तार करते हैं और तुलसी इसमें अधिक विस्तार नहीं करते, लेकिन चूँकि पहली बार सीताजी से हनुमान मिल रहे हैं, इसलिए विश्वास जीतने के लिए इतनी बातचीत तो आवश्यक है। लेकिन यह भी ध्यान

देने की बात है कि वाल्मीकि के हनुमानजी भी पहले आश्वस्त होना चाहते हैं कि वह सीता को ही देख रहे हैं और उन्हीं से बात कर रहे हैं, इसी से उनका परिचय पूछते हैं और बिना पूरी तरह आश्वस्त हुए उन्हें मुद्रिका नहीं देते। जब कि तुलसी के हनुमान पेड़ पर बैठे हुए रावण से हुए वार्त्तालाप और राक्षसियों की बात सुनकर ही विश्वास कर लेते हैं। उन्हें सीता से पूछने की आवश्यकता नहीं अनुभव होती और सबके जाते ही मुद्रिका गिरा देते हैं। यह भक्त का अपने ईश्वर पर अगाध विश्वास ही है, जो उन्हें ऐसा करने के लिए प्रेरित करता है। यह प्रसंग कंब और अध्यात्म के पास भी लगभग इसी तरह है। कंब वाल्मीकि के सहारे कथा कह रहे हैं और तुलसी अध्यात्म के सहारे तो उनकी छाप भी दिखती है।

यह वह मुद्रिका है, जो भगवान् ने हनुमानजी को यह कहकर दी थी कि सीता को यह देना और समझाना—

परसा सीस सरोरुह पानी। कर मुद्रिका दीन्हि जनजानी॥
बहु प्रकार सीतहि समुझायहु। कहि बल बिरह बेगि तुम आयहु॥

कुछ इसी तरह की बात वाल्मीकि भी कहते हैं। वह कुछ अधिक स्पष्ट करते हैं—

ददौ तस्य ततः प्रीतः स्वनामांकोपशोभितम्
अंङ्गुलीयमभिज्ञानं राजपुत्र्याः परंतपः।
अनेन त्वां हरिश्रेष्ठ चिह्नेन जनकात्मजा।
मत्सकाशादनुप्राप्तमनुद्विग्नानुपश्यतति।

(वा., किष्किंधा, 44, 12-13)

श्रीराम यह कहते हुए मुद्रिका देते हैं कि यह मेरी पहचान है, क्योंकि इस पर मेरा नाम है। इसे देखकर सीता को यह विश्वास हो जाएगा कि तुम मेरे पास से आए हो। इससे वह भय त्यागकर तुम्हारी तरफ देख सकेंगी।

यहाँ किसी ने नहीं बताया कि यह अँगूठी हनुमान ने कहाँ सुरक्षित रखी।

वह अंगद के साथ एक महीने से सीता का पता लगा रहे थे। एक स्थान से दूसरे स्थान को जा रहे थे। सौ योजन तक फैले समुद्र को लाँघना था। इस पूरी यात्रा में इसे सुरक्षित रखना भी समस्या थी। मुद्रिका थी उन्हीं के पास। हनुमान चालीसा में यह आता है कि—प्रभु मुद्रिका मेलि मुख माहीं। जलधि लाँघ गए अचरज नाहीं॥

वाल्मीकि यह तो बताते हैं कि सीताजी से चूड़ामणि लेने के बाद उन्होंने उसे अंगुली में पहन लिया, क्योंकि उनकी बाँह इतनी बड़ी थी कि उसमें वह नहीं आ सकी। लेकिन अँगूठी कहाँ रखे हुए थे, यह नहीं बताया गया है, जबकि वह महत्त्वपूर्ण पहचान थी। बिना उसे देखे सीता उन पर भरोसा नहीं कर सकती थीं। यदि उन्होंने इसे मुँह में रखा तो मुँह में रखे हुए वह समुद्र पार कर सकते हैं, वह सुरसा से बात करते हैं, मैनाक और लंकिनी से भी उनकी बात होती है, इस बीच वह मुँह में ही रही क्या? वानरों का यह स्वभाव होता है कि बहुत सा खाद्य पदार्थ वह मुँह में डाल लेते हैं और वह काफी देर तक वहाँ सुरक्षित पड़ा रह सकता है। हो सकता है हनुमानजी को मुँह ही सुरक्षित स्थान लगा हो और वहीं इसे रख लिया हो। मुद्रिका पर श्रीराम का नाम अंकित था। राम नाम मुँह से ही लिया जा सकता है और जब राम नाम अंकित मुद्रिका ही है तो उसके लिए मुँह से सुरक्षित और शुद्ध स्थान और कुछ हो ही नहीं सकता।

जब वह सीता को यह मुद्रिका देते हैं तो वास्तव में, तब जाकर उन्हें पूरा विश्वास होता है। वह श्रीराम का हाल-चाल और विस्तार से पूछने लगती हैं।

परितुष्टा प्रियं कृत्वा प्रशशंस महाकपिम्।

(वा., सुं., 36, 6)

वह पूछती हैं कि भगवान् कब अपनी सेना लेकर यहाँ आएँगे। उनमें किसी तरह का दीनताबोध नहीं है। दुखी होने के कारण कहीं वह शिथिल तो नहीं हो गए हैं। मैं रावण को श्रीराम के द्वारा कब मारा जाता देखूँगी। वह बताती हैं कि विभीषण ने रावण से मुझे लौटा देने के लिए बहुत अनुनय-विनय

की, लेकिन वह नहीं माना। उनकी (विभीषण) ज्येष्ठ पुत्री कला की माता ने मेरे पास उसे भेजा था, उसी ने मुझे यह बताया। (कुछ लोग त्रिजटा को भी विभीषण की बेटी कहते हैं, किंतु न तो मानस और न ही रामायण में ऐसी कहीं चर्चा आती है।) अविंध्य नामक श्रेष्ठ राक्षस ने भी रावण को यही बात समझाने की कोशिश की, लेकिन उनकी सलाह भी रावण ने नहीं माना। अविंध्य का उल्लेख मानस में भी नहीं है। वहाँ अन्य अवसर पर माल्यवान के समझाने की (विभीषण की बात का समर्थन) बात आती है, लेकिन अविंध्य नाम नहीं आता। वाल्मीकि के अनुसार सीता कहती हैं कि अविंध्य बड़े बुद्धिमान, विद्वान्, धीर, सुशील, वृद्ध तथा रावण के सम्मान पात्र हैं। ये सभी विशेषताएँ माल्यवान में हैं, अतः अविंध्य माल्यवान का दूसरा नाम हो सकता है।

हनुमान लंका किस महीने में जाते हैं। इसका भी संकेत है यहाँ पर। सीता कहती हैं कि यह दसवाँ महीना चल रहा है और दो महीने में साल पूरा हो जाएगा। और रावण ने भी दो महीने का समय दिया है। अर्थात् सीता अपहरण के बाद दसवें महीने में हनुमान ने लंका जाकर उनका पता लगाया था। पंचवटी में भगवान् ने भी साल भर तक सीता से अग्नि में रहने के लिए कहा था। उसी के बाद सीता का अपहरण हुआ, अर्थात् अब साल लगभग पूरा होने वाला है।

वर्तते दशमो मासो द्वौ तु शेषौ प्लवंगम।

(वा., सुं., 37, 8)

सीता यह सब कहते, जब रोने लगती हैं तो हनुमानजी उन्हें धैर्य दिलाते हुए कहते हैं कि मुझसे सूचना मिलते ही श्रीराम सेना के साथ यहाँ के लिए प्रस्थान कर देंगे। और आप जल्दी करना चाहें तो मैं आपको अपनी पीठ पर बैठाकर श्रीराम के पास पहुँचा सकता हूँ।

त्वां तु पृष्ठगतां कृत्वा संतरिष्यामि सागरम्।
शक्तिरस्ति हि मे वोढुं लङ्कामपि सरावणाम्॥

(वा., सुं., 37, 22)

मैं तो चाहूँ तो रावण सहित लंका को भी अपनी पीठ पर उठाकर ले जा सकता हूँ। वह उसी समय सीता को श्रीराम के पास पहुँचाने का आश्वासन देते हैं और उनसे आग्रह करते हैं कि देवि, आप मेरी पीठ पर बैठिए। शोभने, मेरे कथन की उपेक्षा न कीजिए।

पृष्ठमारोह मे देवि मा विकांक्षस्व शोभने।
योगमन्विक्ष रामेण शशांकेनेव रोहिणी॥

(वा, सुं, 37, 26)

यहाँ तुलसी और वाल्मीकि में थोड़ा अंतर आता है। मानस के अनुसार श्रीराम ने हनुमान से बस यही कहा था।

बहु प्रकार सीतहिं समुझायहु। कहि बल बिरह बेगु तुम्ह आयहु॥

सीता को सब प्रकार से समझाना और हमारा बल तथा बिरह-पीड़ा बताकर तुम शीघ्र ही आना। भगवान् उन्हें सीता को लाने की अनुमति नहीं देते। यह हनुमानजी जानते हैं। इसी से वह यह कहते हैं—

अबहिं मातु मैं जाउं लवाई। प्रभु आयसु नहीं राम दोहाई॥

मैं तो अभी आपको ले जाकर श्रीराम से मिला दूँ, लेकिन प्रभु ने ऐसी आज्ञा नहीं दी है। जांबवान भी हनुमानजी से बस सीता का पता लगाकर लौटने की ही सलाह देते हैं। उनके मन में भी श्रीराम का निर्देश स्पष्ट है। वाल्मीकि के श्रीराम इस तरह का कोई स्पष्ट निर्देश नहीं देते। वह कहते हैं कि जिस प्रकार जनकनंदिनी सीता प्राप्त हो सकें, तुम अपने बल-विक्रम से वैसा ही प्रयास करो।

पवनसुत यथाधिगम्यते सा जनकसुता हनुमंस्तथा कुरुष्व।

(वा., कि., 44, 17)

इसी से मानस में हनुमान पीठ पर सीताजी को ले जाने से मना कर देते हैं, क्योंकि उन्हें ऐसा कोई स्पष्ट आदेश नहीं मिला है, जबकि वाल्मीकि के हनुमान को सिर्फ सीता का पता लगाने और समझाने तक ही सीमित नहीं रखा गया है।

भगवान् उन्हें निर्देश देते हैं, जो कुछ भी संभव हो, सीता को प्राप्त करने के लिए वह सब करो। इसी से वह उन्हें अपनी पीठ पर ले जाने का प्रस्ताव करते हैं।

अब प्रश्न उठता है कि यदि हनुमान सीता को अपनी पीठ पर लादकर ले जाते तो क्या होता? तब तो न सेतु बँधता, न युद्ध होता, न लक्ष्मण को शक्ति लगती, न रावण मारा जाता। रावण को पता ही नहीं चलता कि कौन लेकर सीता को चला गया, क्योंकि अभी तक लंकिनी को छोड़ लंका का कोई अन्य जीव नहीं जानता कि हनुमान लंका में आ गए हैं। मानस में जरूर विभीषण जान गए हैं और वही सीता का पता भी बताते हैं। ऐसी स्थिति में रावण क्या करता। क्या वह राम पर हमला कर देता, क्या वह सीता को ले जाते हनुमान को देख उन पर हमला करता। तब रामकथा में दूसरे प्रसंग आते और रामायण दूसरी तरह की होती। यह सब तो काल्पनिक बातें हैं। होना तो राम-रावण युद्ध था। लेकिन एक बात और होती, जिसकी आशंका वाल्मीकि की सीता करती हैं।

हनुमान जब उनके सामने पीठ पर लादकर ले जाने का प्रस्ताव रखते हुए कहते हैं कि मैं आज ही भगवान् से प्रस्रवणगिरि पर आपकी मुलाकात करा देता हूँ। जब मैं लेकर आपको चलूँगा तो उस समय समूचे लंका निवासी भी मेरा पीछा नहीं कर सकते। हनुमान को अपने बल-पौरुष पर विश्वास था। वह सौ योजन का समुद्र पार करने के बाद भी थके नहीं थे और रंचमात्र विश्राम किए बिना वह सीता का पता लगाने के काम में लग जाते हैं। लेकिन सीता को लगा कि यह वानर स्वभाव के अनुसार चपलता की बात कर रहे हैं। वह पूछती हैं कि तुम ऐसा कैसे कर सकते हो। तुम तो इतने छोटे से हो। तुम ऐसी बात कैसे कर सकते हो।

हनुमन् दूरमध्वानं कथं मां नेतुमिच्छसि।
तदेव खलु ते मन्ये कपित्वं हरियूथप॥
कथं चाल्पशरीरस्वं मामितो नेतुमिच्छसि।
सकाशं मानवेंद्रस्य भर्तुमें प्लवगर्षभ॥

(वा, सुं, 37, 31-32)

यह सुनकर हनुमानजी ने सोचा, सीता मेरे शरीर का आकार बढ़ाने और घटाने की क्षमता नहीं जानतीं, अत: मैं उन्हें यह दिखाता हूँ। मानस में सीता प्रारंभ में ही पूछती हैं कि रावण और उसके राक्षस बहुत बलशाली हैं और राम के पास तुम वानर ही हो तो कैसे उससे युद्ध में जीतोगे।

हैं सुत कपि सब तुम्हहि समाना। जातुधान अति भट बलवाना॥
मोरे हृदय परम संदेहा। सुन कपि प्रगट कीन्हि निज देहा॥

वाल्मीकि के हनुमानजी यहाँ अपना रूप दिखाते हैं। वाल्मीकि तुलसी की तरह सिर्फ कनकभूधराकार शरीरा कहकर चुप नहीं रहते। वह उनके भयंकर आकार और शक्ति के बारे में भी लिखते हैं। हनुमानजी फिर कहते हैं कि अब तो आपका भय दूर हो जाना चाहिए, इसलिए आप मेरे साथ प्रभु के पास चलिए।

अब सीता अलग तरीके से सोचने लगीं कि मान लो, मैं तुम्हारी पीठ पर बैठी और तुम वायुवेग से उड़े तो मैं तुम्हारे वेग से मूर्च्छित हो सकती हूँ, मैं तुम्हारी पीठ से नीचे गिर सकती हूँ, समुद्र में गिरने पर जलपशु मुझे अपना आहार बना लेंगे। राक्षस मुझे ले जाते देख तुम पर हमला कर देंगे। तुम्हारे पास कोई अस्त्र-शस्त्र नहीं है। उस दशा में तुम मेरी रक्षा और उनसे युद्ध कैसे कर सकोगे? युद्ध के समय भी मैं भय से गिर सकती हूँ। पापी राक्षस मुझे पकड़कर फिर किसी गुप्त जगह रख सकते हैं। जब श्रीराम और सुग्रीव आदि मुझे नहीं पाएँगे तो सबके प्राणांत हो सकते हैं। दो कारण वह और बताती हैं। एक तो वह पतिव्रता हैं और किसी परपुरुष को छू नहीं सकतीं—रावण से उनका संपर्क बलात् अपहरण के कारण हुआ—दूसरे, यदि तुम मुझे लेकर गए तो श्रीराम के सुयश में बाधा आएगी और लोग कहेंगे कि श्रीराम कुछ नहीं कर पाए। मुझे उनकी शक्ति में विश्वास है। मैंने उनके पराक्रम को देखा है। इसलिए तुम श्रीराम को लक्ष्मण और सुग्रीव सहित यहाँ लाओ। आगे भी वह कहती हैं कि तुम अकेले ही मेरे उद्धार रूपी कार्य को करने में समर्थ हो, लेकिन ऐसा करने से जो विजयरूपी फल प्राप्त होगा, उसका यश केवल

तुम्हें मिलेगा, भगवान् श्रीराम को नहीं। यदि श्रीराम सारी सेना के साथ रावण को युद्ध में पराजित कर मुझे साथ लेकर अपनी पुरी को पधारें तो वह उनके अनुरूप कार्य होगा।

हनुमान बताते हैं कि वह क्यों उन्हें अभी साथ ले जाना चाहते थे। सभी लोगों का लंका में प्रवेश करना कठिन है, महासागर पार करने की भी समस्या अलग है। इसी से मैं आपको साथ ले जाना चाहता था। यदि आपका मेरे साथ चलने में उत्साह नहीं है तो फिर मुझे आप अपनी कोई पहचान दे दीजिए, जिससे श्रीराम यह जान लें कि मैंने आपका दर्शन कर लिया है। मानस में हनुमान लंकादहन के बाद सीता से पहचान माँगते हैं। हनुमान के कहने पर सीता पहले कुछ नहीं देतीं। वह चित्रकूट में काक रूप में इंद्रपुत्र जयंत के कुत्सित प्रयास और चोंच मारने तथा भगवान् के कुश के सींक के धनुष बनाकर सींक का बाण उस पर चलाने तथा फिर उसकी दाहिनी आँख फोड़ने की घटना बताती हैं। (अध्यात्म रामायण में बाईं आँख फोड़ने का संदर्भ है। तुलसी इन सबसे बचते हुए 'एक नयन करि तजा भवानी' कहकर बात पूरी कर देते हैं।) और यह कहती हैं कि श्रीराम से कहना कि जब आपने कौए को उसकी धृष्टता के लिए क्षमा नहीं किया तो रावण के कृत्य को कैसे क्षमा कर रहे हैं? वह भगवान् राम और लक्ष्मण के गुणों की प्रशंसा करते हुए हनुमानजी से कहती हैं कि जिस तरह से भगवान् विष्णु ने पाताल से लक्ष्मी का उद्धार किया था, उसी तरह वे आकर मेरा यहाँ से उद्धार करें।

इतना कहकर सीताजी कपड़े में बँधी चूड़ामणि खोलकर देती हैं। तुलसीदास लिखते हैं कि चूड़ामणि उतार तब दयऊ, अर्थात् वह इसे पहने हुए थीं और उन्होंने चूड़ामणि उतारकर दिया। अध्यात्म रामायण में भी केशों में बँधी चूड़ामणि उतारकर देने की बात है—विमुच्य केशपाशान्ते स्थितं चूडामणिं ददौ (अ., सुं., 3, 51)—वाल्मीकि और कंबन ने भी यहाँ कपड़े में बाँधकर रखी हुई लिखा है। वह छिपाकर रखी गई थी—मणिवरमुपगृह्य तं महार्हं जनकनृपात्मजया धृतं प्रभावात्। (सुं., 38, 70) वाल्मीकि प्रारंभ में

लिखते हैं कि सीता के शरीर पर पहने हुए आभूषण थे, जो कुछ मलिन हो गए थे। जब उन्होंने आभूषण पहने थे तो चूड़ामणि क्यों छिपाकर रखा था। इसका कारण यह भी हो सकता है कि यह चूड़ामणि उनके पिता ने उन्हें बिदा करते समय दिया था, जिससे वह उन्हें बहुत प्रिय थी। वह देते समय कहती भी हैं कि भगवान् राम इसे भलीभाँति पहचानते हैं और इसे देखकर वह मेरी माता, मेरा और महाराज दशरथ को एक साथ स्मरण करेंगे। वह यह भी बताती हैं कि इसे अकेले में देखकर मैं ऐसा अनुभव करती थी, जैसे आपको (श्रीराम) ही देख रही हूँ। उन्होंने इसे इसलिए भी छिपाया होगा कि कहीं रावण या कोई राक्षसी उनसे इसे छीन न ले और इससे जो हिम्मत बँधती थी, उसका सहारा भी चला जाए। आगे प्रसंग आता है कि जब हनुमानजी ने श्रीराम को चूड़ामणि दी तो उन्होंने बताया कि इसे किसी यज्ञ से प्रसन्न होकर इंद्र ने जल (समुद्र) से उत्पन्न यह मणि राजा जनक को दी थी, जिसे उन्होंने विवाह के समय वैदेही को दिया था। वह इसे मस्तक पर बाँधती थीं। इसे देखकर मुझे मेरे पिता और महराज जनक का दर्शन होने जैसा सुख मिला।

इसके बाद सीता सबको अपना कुशल मंगल देने और पूछने के लिए कहती हैं। जब हनुमानजी जाने को तैयार होते हैं तो सीता की आँखों में आँसू आ जाते हैं और वह कहती हैं कि जाने के पहले यदि ठीक समझो तो किसी गुप्त स्थान में निवास कर आराम कर लो, फिर जाना। तुम्हारे पास रहने से मेरा शोक भी थोड़ी देर के लिए दूर हो जाएगा। कुछ इसी तरह का भाव मानस में भी सीताजी के हैं।

कहु कपि केहि बिधि राखौं प्राना। तुम्हहू तात कहत अब जाना॥
तोहि देखि सीतल भइ छाती। पुनि मो कहुं सोइ दिनु सो राती॥

वाल्मीकि के अनुसार हनुमान चलने की बात करते हैं और श्रीराम, लक्ष्मण, सुग्रीव तथा अपने वीर वानरों की ताकत का बखान करते हैं। यह बात सुनकर सीता एक और प्रसंग श्रीराम को बताने के लिए कहती हैं। वह बताती हैं कि मेरे कपोल का तिलक मिट जाने पर आपने कैसे मन:शिला

(शिलाजीत) से उसे फिर बना दिया था। वह बार-बार श्रीराम को संबोधित कर कहती हैं कि शीघ्र आइए और दुःख के महासागर से मेरा उद्धार कीजिए। वीर हनुमान, जाओ और यहाँ का सब हाल प्रभु से कहो।

सीताजी का पता चल गया। उन्होंने अपनी पहचान भी दे दी और वह संदेश भी जो श्रीराम को बताना था। अब हनुमानजी के पास कोई काम नहीं था। वह चाहते तो सीधे लौट सकते थे। जितना शीघ्र से शीघ्र वह सुग्रीव और श्रीराम को सीता का पता बताते उतना अच्छा होता। लेकिन वाल्मीकि लिखते हैं कि उन्होंने सोचा कि सीता यहाँ हैं, यह सूचना पाकर श्रीराम यहाँ आएँगे ही और उनका रावण से युद्ध भी होगा तो क्यों न उसके बल और वीरों का पता लगाया जाए तथा उसे कुछ दंड भी दिया जाए (सीता के अपहरण के लिए)। इससे सुग्रीव खुश होंगे, क्योंकि जो काम निर्धारित किया गया था, मैं उससे अधिक काम करके उन्हें सूचना दूँगा। अतः उन्होंने प्रमदावन (अंतःपुर के उपवन) को नष्ट करने का विचार किया। यहीं सीताजी को रखा गया था। तुलसीदास के हनुमान ऐसा नहीं सोचते। वह बहुत भूखे हैं। समुद्र लंघन किया, दो दिन-रात तक पूरी लंका छान मारी, कहीं कुछ खाने को नहीं मिला। खाते भी कैसे मुख्य कार्य सीता का पता लगाने का तो हुआ ही नहीं था। जब तक काम पूरा न हो जाए, तब तक भूख भी नहीं लगती। लेकिन वह तो आज्ञाकारी सेवक हैं। बिना पूछे कोई काम भी नहीं करते तो भूख लगने पर जैसे बालक माँ से भोजन माँगता है, वैसे ही हनुमान ने सीता से कहा—

सुनहु मातु मोहि अतिसय भूखा। लागि देखि सुंदर फल रूखा॥

भूख लगी ही थी और अच्छे फलों को देखकर वह और बढ़ गई थी। सीताजी उन्हें सावधान भी करती हैं कि उपवन की रखवाली भट राक्षस करते हैं, लेकिन हनुमान भला राक्षसों से कहाँ डरने वाले हैं। वह तो बस सीता माँ की अनुमति मात्र चाहते हैं। तो सीताजी ने उनकी बुद्धि-बल तो देख ही लिया था, कह दिया कि जाओ और भगवान् का नाम स्मरण करते हुए मीठे फल खाओ।

तुलसी के हनुमान मानस में फल खाते हैं और वृक्ष भी उखाड़ते-तोड़ते हैं। अध्यात्म रामायण में भी हनुमान को फल खाते बताया गया है। साथ ही वह रावण का बल भी देखना चाहते हैं। वाल्मीकि तो बस रावण की ताकत देखने के लिए यह सब कराते हैं हनुमानजी से। वह सिर्फ ध्वंस करते हैं। खाने से कोई मतलब नहीं सिर्फ तोड़-फोड़ और विनाश। उपवन का कोई हिस्सा नहीं बचा, जिसे उन्होंने नष्ट न किया हो सिर्फ उस अशोक वृक्ष और उसके आसपास कोई क्षति नहीं पहुँचाई, जहाँ सीताजी रह रही थीं। वृक्ष टूटने से पशु-पक्षी शोर करने लगे तो राक्षसियाँ जागीं और देखा कि एक बड़ा वानर यह सब कर रहा है। वह उसे सीता से बात करते भी देख चुकी थीं, लेकिन समझ नहीं पाईं कि क्या बात कर रहा है। जब उन्होंने हनुमान और सीता को बात करते देखा तो उनकी बात समझी क्यों नहीं। यह इसलिए कि सीता और हनुमान अयोध्या के आसपास बोली जाने वाली अवधी में बात कर रहे थे, जो उनकी समझ में नहीं आई होगी। भाषा की यह बाधा तो आज भी है। उत्तर और दक्षिण के लोग एक-दूसरे की भाषा न बोल सकते हैं और न समझ। सीता और रावण तथा हनुमान और रावण के बीच निश्चित ही संस्कृत में बात हुई होगी, क्योंकि सीता तो विदुषी थीं ही, रावण भी प्रकांड विद्वान् था। हनुमान तो सर्वशास्त्र विशारद थे ही।

वाल्मीकि के अनुसार राक्षसियों ने सीता से पूछा कि यह वानर कौन है, जिसने उपवन नष्ट कर दिया। वह तुमसे बात भी कर रहा था। सीता यहाँ बात छिपा जाती हैं और बोलती हैं कि मैं क्या जानूँ कि कौन है। राक्षसों की माया होती है, जो वेष बदल लेते हैं और शरीर घटा-बढ़ा लेते हैं। यह तो कोई राक्षस ही लगता है। मैं भी इसे देखकर डरी हुई हूँ।

अहमप्यतिभीतास्मि नैव जानामि को ह्ययम।
वेद्मि राक्षमेवैनं कामरूपिणमागतम्॥

(वा., सुं., 42, 10)

इतना सुनकर राक्षसियाँ रावण को सूचना देने भागती हैं। तुलसी तो बताते हैं कि जब हनुमान वन उजाड़ रहे थे तो उसके रक्षकों से उनकी मुठभेड़ होती है, जिनमें से कुछ को उन्होंने मार डाला, बचे लोगों ने जाकर रावण को सूचना दी। रावण क्रोधित होकर पहले कुछ सैनिकों को और बाद में अपने छोटे बेटे अक्षय कुमार को भेजता है। हनुमान सबको मार डालते हैं तो रावण मेघनाद को भेजता है और निर्देश देता है कि वानर को मारना मत, बाँधकर लाना, जिससे मैं भी देखूँ कि कौन वानर है, जो इतना उत्पात कर रहा है। कंबन वाल्मीकि का अनुसरण करते हुए कथा आगे बढ़ाते हैं।

वाल्मीकि के हनुमान शुरू से ही कुछ अलग करते हैं। वह इतने निर्भीक हैं कि वन नष्ट करने के बाद उसके प्रवेश द्वार पर आकर अपने विशाल रूप में खड़े हो जाते हैं। राक्षसियाँ रावण को सूचना देती हैं और यह बताना भी नहीं भूलतीं कि जिसने यह विध्वंस किया है, वह सीता से बात भी कर रहा था। सीता उसके बारे में कुछ भी बताना नहीं चाहती। इतना सुनकर रावण सैनिकों को भेजता है। तुलसी तो वन रक्षकों के अलावा सिर्फ अक्षय कुमार और मेघनाद से हनुमान के युद्ध की बात करते हैं, जबकि वाल्मीकि कई वीर राक्षसों का नाम लिखते हैं। सबसे पहले किंकर नामक राक्षसों को भेजा गया, जो सामान्य योद्धा थे, लेकिन जब वे सब मारे गए तो रावण ने प्रहस्त पुत्र जंबुमाली को भेजा। उसके मारे जाने पर मंत्री के सात पुत्रों को भेजा। उनके मारे जाने पर विरुपाक्ष, धैर्यवान, यूपाक्ष, दुर्धर, प्रघस और भासकर्ण को भेजा। इनसे भीषण युद्ध हुआ और वे सभी मारे गए। इसके बाद अक्षय कुमार और अंत में इंद्रजित् आता है। अध्यात्म रामायण में भी लगभग इतने ही सेनापतियों के आने की बात है। कंब भी ऐसा ही बताते हैं।

इन सभी राक्षसों के पास तरह-तरह के आयुध थे और वे सभी इनके प्रयोग में निष्णात भी। हनुमान के पास कोई अस्त्र नहीं था। वह खाली हाथ थे। उन्होंने या तो वृक्षों से या प्रवेश द्वार पर लगे लोहे के परिघ से सबका संहार किया। जैसे ही राक्षसों के अस्त्र-शस्त्र उन्हें लगते, वह और क्रोधित हो उठते

और उनका संहार करने लगते। सारा क्षेत्र शवों से पट गया। रक्त की नदियाँ बहने लगीं। एक और बात है कि हनुमान अपने को छिपाते नहीं, वह श्रीराम-लक्ष्मण का नाम लेकर अपने पिता का नाम लेते हुए अपना परिचय खुद ही देने लगे। यहाँ यह भी ध्यान देने की बात है कि तुलसीदास मानस में बताते हैं कि मेघनाद द्वारा ब्रह्मास्त्र से बाँधे जाने पर जब वह रावण के दरबार में लाए जाते हैं और रावण उनसे पूछता है—

कह लंकेश कवन तै कीसा। केहि के बल घालेसि बन खीसा॥

तब वह यहाँ अपना परिचय देते हैं। वाल्मीकि हनुमान का परिचय इसलिए पहले दे देते हैं कि रावण समझ जाए कि लंका में श्रीराम के दूत आ चुके हैं और उनका बल कैसा है। वे तो राक्षसों के बल और सुरक्षा व्यवस्था का आकलन करने के लिए यह सब कर रहे थे। यह भविष्य के युद्ध में रणनीति बनाने मे काम आता। शायद उन्हें अनुमान नहीं था कि वह बंदी भी बनाए जा सकते हैं। इसलिए उन्होंने अपना परिचय पहले ही दे दिया।

जयत्यतिबलो रामो लक्ष्मणश्च महाबलः।
राजा जयति सुग्रीवो राघवेणाभिपालितः॥
दासोअहं कोसलेंद्रस्य रामस्याक्लिष्टकर्मणः।
हनुमान् शत्रुसैन्यानां निहन्ता मारुतात्मजः॥

(वा., सुं., 42, 33-34)

इंद्रजित् और हनुमान का परस्पर घोर युद्ध होता है, लेकिन हनुमान पर उसके अस्त्रों का असर नहीं होता। वह हवा में उछल-उछलकर उसके वार को कुंठित कर देते हैं। रावण इस बात को सुन चुका था कि हनुमान पर किसी अस्त्र का असर नहीं होता, इसलिए वह इंद्रजित् को यह भी बताता है कि किन हथियारों को वह लेकर जाए। उसके सारे अस्त्र-शस्त्र जब निष्फल हो गए तो उसने ब्रह्मास्त्र का संधान किया, जो कभी निष्फल नहीं जाता। ब्रह्मास्त्र जिस पर प्रहार किया जाता है, उसे बाँध लेता है, तब उस

पर आसानी से विजय पाई जा सकती है। ब्रह्मास्त्र के प्रयोग पर हनुमान ने सोचा कि यह बाँधकर मुझे रावण के पास ले जाएगा और ब्रह्माजी ने हनुमानजी को वर दिया था कि ब्रह्मास्त्र कभी एक मुहूर्त से अधिक उन्हें नहीं बाँधेगा। यह सोचकर वह उसमें बँध गए। ब्रह्मास्त्र के साथ यह भी शर्त थी कि वह किसी दूसरे बंधन के साथ नहीं रहेगा। अतः जब हनुमानजी ब्रह्मास्त्र में बँध गए तो राक्षस उन्हें रस्सियों से भी बाँधने लगे। ऐसा होता देख ब्रह्मास्त्र स्वतः खुल गया।

हनुमान को रावण के समक्ष उसके दरबार में लाया जाता है। वहाँ उसे वह दशमुख के रूप में देखते हैं। जब सीता की तलाश में वह उसके शयनकक्ष में गए थे तो उसके एक सिर और दो बाँहें ही थीं। लेकिन दरबार में वह अपने दशानन रूप में था। तुलसी भी उसे दसमुख, दसानन कहकर संबोधित करते हैं। लगता है कि विश्राम के समय वह सामान्य रूप में और दरबार तथा युद्ध आदि के समय वह दशानन रूप में हो जाता था।

वाल्मीकि उसका रंग भी बताते हैं। सोते समय उसे—संध्यारक्तमिवाकाशे तोयदं सतडिद्गुणम् (सुं. 10, 8) बताते हैं और दरबार में पहुँचने पर हनुमान देखते हैं—

नीलाञ्जनचयप्रख्यं हारेणोरसि राजता।
पूर्णचन्द्राभवक्त्रेण सबालार्कमिवाम्बुदम्॥

(वा., सुं., 49, 7)

इनसे प्रतीत होता है कि रावण का रंग काला था। जल भरे मेघों से तुलना का आशय यही हो सकता है। यहाँ एक और अंतर वाल्मीकि और तुलसी के रावण में है। मानस में हनुमान को देखते ही रावण पूछने लगता है कि कह लंकेस कवन तैं कीसा, केहि के बल घालेसि बन खीसा॥

लेकिन रामायण में वह हनुमान से खुद नहीं पूछता, बल्कि मंत्रियों से कहता है कि वे उससे परिचय पूछें—

समादिशत् तं प्रति मुख्यमन्त्रीन्।
यथाक्रमं तै स कपिश्च पृष्टः।
कार्यार्थमर्थस्य च मूलमादौ॥
(वा., सुं., 48, 60-61)

रावण का वैभव और व्यक्तित्व देखकर हनुमान भी प्रभावित हुए बिना नहीं रह सके। वे सोचने लगे कि यह यदि अधर्म न करता तो वह इंद्र सहित संपूर्ण देवलोक का संरक्षक हो सकता था। उधर हनुमान का रूप देखकर रावण का मन शंकित हो गया और सोचने लगा कि कहीं भगवान् नंदी ही इस रूप में तो नहीं आ गए हैं। मैंने एक बार कैलास पर्वत पर उनका उपहास किया था तो उन्होंने मुझे श्राप दे दिया था। कहीं वे ही तो वानर रूप धारण कर यहाँ नहीं आए हैं।

फिर उसने अपने मंत्री प्रहस्त से पूछने के लिए कहा कि वह कौन है, क्यों आया है और इसका उद्देश्य क्या है आने का? प्रहस्त हनुमानजी से पूछने के पहले उन्हें निर्भय करते हैं और कहते हैं कि तुम कौन हो, सच-सच बता दो, तुम्हें डरने की कोई जरूरत नहीं। क्या तुम्हें कुबेर, यम या वरुण ने तो नहीं भेजा है। या तुम्हें विष्णु ने तो नहीं भेजा। सच बोलोगे तो छोड़ दिए जाओगे। यह प्रहस्त का चातुर्य है पूछने का, जिससे हनुमान उस पर विश्वास कर सच बता दें। वह तो यह बताने आए ही थे कि वह कौन हैं, किसके दूत हैं और यहाँ क्यों आए हैं?

अब यहाँ हनुमान का उत्तर मानस और रामायण में अलग-अलग है। मानस में तो वह श्रीराम के ईश्वरीय रूप को बताते हैं और उनके बल को बताकर रावण को चेताना भी चाहते हैं—

सुनु रावण ब्रह्मांड निकाया। पाइ जासु बल बिरचित माया॥
जाकें बल बिरंचि हरि ईसा। पालत सृजत हरत दससीसा॥

× × × ×

हर कोदंड कठिन जेहिं भंजा। तेहि समेत नृपदल मद गंजा॥
खर दूषण त्रिसिरा अरु बाली। बधे सकल अतुलित बलसाली॥

× × × ×

तासु दूत मैं जा करि हरि आनेहु प्रिय नारि।

इसमें श्रीराम का देवत्व और उनकी शक्ति का संदेश भी है। हनुमान चाहते हैं कि रावण इससे समझ जाए और सीता को लौटा दे।

रावण के इस प्रश्न के जवाब में कि—की धौं श्रवन सुनेहि नहिं मोही। क्या तुमने मेरे बारे में नहीं सुना, हनुमान उपेक्षा से जवाब देते हैं। हाँ, सुना क्यों नहीं है। सुना है, सहस्रबाहु और बाली के साथ आपका जो युद्ध हुआ था उसका परिणाम भी मैं जानता हूँ। यह रावण को बताना है कि हाँ, इन दो महावीरों ने तुम्हें किस तरह परास्त किया था, मैं यह भी जानता हूँ।

लेकिन वाल्मीकि के हनुमान कुछ अलग तरह से जवाब देते हैं। वह बताते हैं कि वह इंद्र, यम, कुबेर, वरुण या विष्णु के दूत नहीं हैं। मैं वानर हूँ और राक्षसराज रावण से मिलने की अभिलाषा से इस वन को उजाड़ा है। इसी से मैंने बंधन स्वीकार किया है, नहीं तो देवता और असुर भी मुझे अस्त्र से या किसी पाश से बाँध नहीं सकते थे। मैं वानरराज सुग्रीव का संदेश लेकर आया हूँ। वह तुम्हारे भाई हैं, इसलिए उन्होंने तुम्हारा कुशल क्षेम पूछा है। इसके बाद वह श्रीराम की कथा बताते हैं, जिसमें उनकी पत्नी दंडकारण्य में खो जाने की जानकारी देते हैं। वह पहले नहीं बताते कि तुम्हीं उन्हें अपहृत कर लाए हो। आगे चलकर बताते हैं कि सीता की खोज में सुग्रीव ने चारों दिशाओं में वानरों को भेजा है। मैं पवन देव का औरस पुत्र हनुमान हूँ। मैंने लंका की अशोक वाटिका में सीता को देखा है। तुम तो धर्म-अधर्म जानते हो। दूसरे की पत्नी का अपहरण तुम्हारे लिए कदापि उचित नहीं है। तीनों लोकों में कौन है, जो श्रीरामचंद्र का अपराध करके सुखी रह सके। इसलिए मेरी बात मान लो और सीताजी को लौटा दो। सीता के रूप में तुम्हारा काल लंका में रह रहा है।

वह फिर कहते हैं कि तुमने तपस्या करके देवताओं और असुरों द्वारा अपनी अवध्यता प्राप्त कर ली है, लेकिन सुग्रीव और श्रीरामचंद्र न तो देवता

हैं और न ही यक्ष और राक्षस ही हैं। श्रीराम मनुष्य हैं और सुग्रीव वानरों के राजा। अतः इनके हाथ से अपने प्राणों की रक्षा कैसे करोगे?

सुग्रीवो न चे देवोअयं न यक्षो न राक्षसः।
मानुषो राघवो राजन् सुग्रीवश्च हरीश्वरः।
तस्मात् प्राणपरित्राणं कथं राजन् करिष्यसि॥

(वा., सुं., 51, 27)

वह पुनः कहते हैं। मैं तो अकेला ही लंका का नाश कर सकता हूँ, लेकिन श्रीराम ने इसका आदेश नहीं दिया है। जिन लोगों ने सीता का अपमान किया है, उनका स्वयं ही संहार करने की श्रीराम ने प्रतिज्ञा की है। समर में उनका कोई सामना नहीं कर सकता। यहाँ यह भी ध्यान देने की बात है कि हनुमान से प्रश्न पूछा है प्रहस्त ने और जवाब वे रावण को दे रहे हैं। संबोधन में भी बहुत औपचारिक ही रहते हैं, हालाँकि एकाध जगह वह उसे महामते संबोधन भी करते हैं।

इसके बाद रावण का क्रोधित होना, हनुमान के वध का आदेश देना, विभीषण का हस्तक्षेप कर उसे रोकना और अन्य दंड देने का सुझाव देना, पूँछ जलाकर हनुमान को भेजना, पूँछ में तेल, घी और कपड़ा बाँधना आदि सब कथानक मानस, कंब, अध्यात्म और वाल्मीकि रामायण में एक से हैं। अध्यात्म में रावण दरबार और हनुमान से पूछताछ के प्रसंग कुछ मिलते हैं। वहाँ भी प्रहस्त ही रावण के कहने पर उनसे पूछते हैं। जवाब में हनुमानजी उसे जीव, आत्मा और मोह, अहंकार आदि के बारे में बताते हैं और सीताजी को लौटाकर भगवान् श्रीराम की शरण में जाने की बात कहते हैं। इससे कुपित होकर रावण उनकी हत्या करने की बात कहता है तो विभीषण उसे वध करने से रोकते हैं और रावण अंग भंग करने के लिए पूँछ में आग लगाने का आदेश देता है।

□

लंका दहन और वापसी

हनुमान की पूँछ में आग लगा दी जाती है और उनको नगर में घुमाया जाता है। और यह उनके मन के अनुसार हो रहा है। वह पूरे नगर को और इसकी दुर्ग रचना देखना चाहते हैं। जिस समय उनकी पूँछ में आग लगाई जा रही थी, कुछ राक्षसियों ने यह खबर जाकर सीता को बताई। यह सुनकर सीता दुखी हो गईं और मन-ही-मन अग्निदेव से प्रार्थना करने लगीं। हे अग्निदेव, यदि मुझमें कुछ भी तपस्या और पातिव्रत है तो आप हनुमान के लिए शीतल हो जाओ।

यद्यस्ति पतिशुश्रूषा यद्यस्ति चरितं तपः।
यदि वा त्वेकपत्नीत्वं शीतो भव हनुमतः॥

(वा, सुं, 53, 27)

इस तरह वह कई बार अग्निदेव से प्रार्थना करती हैं। हनुमानजी के पिता पवनदेव भी उस समय बर्फीली हवा की तरह शीतल होकर बहने लगे। मानस में तुलसीदास 49 तरह की वायु चलने की बात तो लिखते हैं, लेकिन सीता की प्रार्थना और पवन के शीतल होने की बात नहीं है। यह शीतलता हनुमान अनुभव भी करते हैं। अग्नि के साथ शीतलता परस्पर विरोधी है। वह इससे चकित भी हैं।

दृश्यते च महाज्वालः करोति च न मे रुजम्।
शिशिरस्येव सम्पातो लाङ्गूलाग्रे प्रतिष्ठितः॥

(वा., सुं., 53, 34)

वह सोचते हैं कि समुद्र लंघन के समय भी अचानक समुद्र में से पर्वत प्रकट हो गया था, इसी तरह आज आग लगने पर भी शीतल लग रही है। आग

से मुझे कोई क्षति नहीं हो रही और पूँछ के छोर पर आग की जगह शीतल लग रही है। यह सोचते हुए वह सबकी पकड़ से निकलकर कूदकर ऊँचे नगर द्वार पर पहुँच गए—निबुकि चढेउ कपि कनक अटारी।

फिर वह सोचते हैं कि अब कौन सा काम बाकी रह गया है। उन्होंने सोचा कि अग्निदेव मेरी पूँछ नहीं जला रहे हैं तो उन्हें लंका के भवनों की आहुति दी जाए। और वह लंका के महलों पर घूमने लगे। वाल्मीकि विस्तार से रावण के मंत्रियों और सेनापतियों के नाम लेकर बताते हैं कि किसका-किसका घर उन्होंने जलाया। उन्होंने कुंभकर्ण और रावण के महल भी जला दिए। सिर्फ विभीषण का घर छोड़ दिया—

एक विभीषण कर गृह नाहीं।
वर्जयित्वा महातेजा विभीषणगृहं प्रति।
क्रममाणः क्रमेणैव ददाह हरिपुंगवः॥

(वा., सुं., 54, 16)

मानस में तो लंका में घुसने के थोड़ी देर बाद ही विभीषण से हनुमान की भेंट हो जाती है और दोनों में मैत्री भी होती है, लेकिन वाल्मीकि इस तरह का कोई मिलाप तो कराते नहीं। लगता है कि वध करने के रावण के आदेश पर विभीषण ने जिस तरह नीति की बात की और अन्य दंड देने का सुझाव दिया, उससे वह उन्हें उदार, नीतिज्ञ और अन्य राक्षसों से अलग समझ में आए तथा इसी से उनका घर नहीं जलाया।

मानस में लंका दहन के बाद हनुमान सीता के पास जाते हैं और उनसे कोई निशानी माँगते हैं। वाल्मीकीय में तो वह इसलिए चिंतित होते हैं कि जब पूरी लंका जल गई तो कहीं सीता को तो कोई क्षति नहीं हुई, क्योंकि मैंने तो उनकी सुरक्षा का कोई उपाय ही नहीं किया। निश्चित ही वह उसमें जल गई होंगी। मैंने अपने क्रोध में यह भी नहीं सोचा कि सीता कैसे सुरक्षित रहेंगी। मैंने तो सब काम ही बिगाड़ डाला। मुझे तो प्राणों का उत्सर्ग कर देना चाहिए। अब मैं सुग्रीव और दोनों भाइयों को कौन सा मुँह दिखाऊँगा।

इस तरह के नकारात्मक भाव आने के बाद अचानक उन्हें कुछ शुभ शकुन दिखे। वह सोचने लगे कि सीता का कदापि नुकसान नहीं हुआ होगा। वह अपने पातिव्रत के प्रभाव से अग्नि से बची रही होंगी। जब श्रीराम के प्रभाव से आग से मेरी पूँछ नहीं जली तो श्रीराम की भार्या सीता कैसे जल सकती हैं। इसी बीच कुछ चारणों के मुँह से सुनाई दिया कि पूरी लंका जलकर नष्ट हो गई, लेकिन सीता पर आँच नहीं आई।

जानकी न च दग्धेति विस्मयोद्‌भुत एव नः ॥

(वा., सुं., 55, 32)

हनुमान पुनः सीता के पास जाते हैं। उन्हें जाने को उद्यत देख सीता उनसे फिर आग्रह करती हैं कि यदि उचित समझो तो एक दिन यहाँ किसी गुप्त स्थान पर रुक जाओ और विश्राम करके कल चले जाना। सीता के यह कहने के पीछे दो भाव हैं। पहला कि हनुमान जब से आए हैं, राक्षसों से लड़ रहे हैं और अब लंका जलाने का दुर्गम कार्य किया है, जिससे वह थक गए होंगे। इसलिए पुत्रवत् भाव के कारण वह उन्हें कई बार विश्राम का सुझाव देती हैं। दूसरा यह कि उनके रहने से वह भी भले एक ही दिन निश्चिंत तो रह सकेंगी। सीता हनुमान के जाने की बात से दुखी होती हैं और एक बार फिर उनके मन में हताशा का भाव आता है कि कैसे श्रीराम समुद्र लंघन करेंगे और कैसे यहाँ आकर मुझे मुक्त कराएँगे। हनुमान उन्हें फिर समझाते हैं कि आप चिंता न करें। सुग्रीव आपके उद्धार की प्रतिज्ञा चुके हैं। वह श्रीराम और लक्ष्मण के साथ आकर लंका को ध्वंस करने के बाद आपको लेकर अपनी पुरी जाएँगे।

वाल्मीकि बताते हैं कि लंका से चलने की तैयारी कर हनुमानजी अरिष्टगिरि पर कूदकर चढ़े। उन्होंने अपने शरीर का विस्तार किया और उत्तर की ओर छलाँग लगाई। अरिष्टगिरि तीस योजन ऊँचा और दस योजन चौड़ा था। हनुमान के दाब से वह रसातल को चला गया और भूमि के बराबर हो गया। तुलसीदास लंका के लिए छलाँग लगाने के समय महेंद्रगिरि के भी रसातल में जाने की बात

करते हैं—जेहि गिरि चरन देइ हनुमंता। चला सो गा पाताल तुरंता। तुलसी पहले और वाल्मीकि बाद में पर्वत के पाताल जाने (पृथ्वी में धँसने) की बात करते हैं। कम-से-कम दो पर्वत तो हनुमान के दाब को नहीं सह सके और रसातल में चले गए—एक लंका में दूसरा लंका के पार भारत में।

हनुमानजी लौट रहे हैं। वह सफेद वस्त्र पहने हैं। वाल्मीकि उन्हें धवलांबरधारी लिखते हैं—विविधाभ्रघनापन्नगोचरो धवलाम्बरः (वा., सुं., 57, 9) (तुलसी कहीं भी हनुमान के वस्त्र पहने होने की सूचना नहीं देते) वह बार-बार मेघों में छिपते और बाहर निकलते हुए आगे बढ़ते हुए गरुड़ की तरह लग रहे हैं। एक जगह यह भी लिखते हैं वाल्मीकि कि वह गरुण के मार्ग पर चल रहे हैं। आकाश में गरुड़ का मार्ग सबसे ऊपर होता है। अर्थात् वह काफी ऊँचाई पर हैं, जो गरुड़ का मार्ग तो है ही, वहाँ बादलों का भी बाहुल्य है। जब वानर संपाती से मिलते हैं तो वह आकाश में पक्षियों के उड़ने का मार्ग बताते हैं। यहाँ वह जान लेना आवश्यक है, इसलिए भी कि पता चल सके कि वह कितनी ऊँचाई पर हैं। सबसे नीचे गौरैया और कबूतर आदि अन्न खाने वाले पक्षी उड़ते हैं, उसके ऊपर फल खाने वाले कौआ और तोता आदि दूसरे मार्ग पर, चील, क्रौंच, कुरेर आदि तीसरे मार्ग पर, बाज चौथे मार्ग पर, गीध पाँचवें मार्ग पर तथा हंस छठे मार्ग पर उड़ते हैं, लेकिन गरुड़ सबके ऊपरी मार्ग पर उड़ते हैं। गरुड़ का मार्ग सबसे ऊपर है, जहाँ बादलों के बीच कभी छिपते कभी बाहर निकलते हनुमान उड़ रहे हैं। लंका जाते समय भी वह उसी मार्ग पर थे। कभी नीचे आ जाते थे, कभी ऊपर चले जाते थे। कभी समुद्र की सतह के निकट उड़ने लगते थे, क्योंकि वह नए मार्ग पर थे और वह मार्ग की हर चीज को जानना चाहते थे। लेकिन लौटते समय वह निश्चिंत हैं और सीधे ऊपरी मार्ग पर चल रहे हैं। हवाई जहाज से यात्रा करने वाले इस बात का अच्छी तरह जानते हैं कि आज कल भी विमान लंबी यात्रा में लगभग तीस हजार फीट (लगभग दस कि.मी.) से अधिक ऊँचाई पर ही उड़ते हैं। इतनी ऊँचाई पर इसलिए, क्योंकि वहाँ वायु का दाब और घर्षण कम होता है और ऊर्जा कम व्यय होती है। हनुमानजी ने

इसी से इस मार्ग का अनुसरण किया, जिससे थकान कम-से-कम हो। इस ऊँचाई पर बादल भी रहते हैं। आधुनिक मौसम विज्ञान कहता है कि बादल छह हजार से दो लाख फीट ऊँचाई तक पाए जाते हैं। वर्णन के अनुसार हनुमानजी बादलों के बीच से कभी निकलते हैं, कभी छिप जाते हैं। स्पष्ट है कि वह इतनी ऊँचाई पर हैं, जहाँ बादल खूब हैं। वाल्मीकि अलग-अलग रंग के बादलों का भी उल्लेख करते हैं। अध्यात्म और मानस में इतना विस्तार नहीं है। वह सीधे किलकिला शब्द सुनाने की बात लिखते हैं, अर्थात् अपने पहुँचने और काम पूरा होने का संकेत कर रहे हैं। कंब रामायण में वाल्मीकि की तरह ही कुछ अधिक वर्णन है।

लौटते समय मध्यमार्ग में पुनः मैनाक (अन्य नाम सुनाभ) मिलता है। इस बार भी वह सिर्फ उसका स्पर्श करते हैं। महेंद्रगिरि देखकर वह सिंहनाद (किलकिला शब्द) करते हैं। इससे सभी दिशाओं में कोलाहल हो गया। उनके साथ आए अन्य लोग उनकी प्रतीक्षा में समुद्र के उत्तर तट पर पहले से ही बैठे थे। उन्होंने उनका मेघ गर्जना की तरह सिंहनाद सुना। वहीं जांबवान भी थे। उन्होंने सभी वानरों से कहा कि इसमें संदेह नहीं कि हनुमान अपना कार्य सिद्ध कर लौट रहे हैं, अन्यथा ऐसी गर्जना नहीं करते। दूर से उनको आता देख वानर प्रसन्नतापूर्वक एक वृक्ष से दूसरे पर कूदने लगे। बिना कहे संदेश समझने का तरीका है यह। आज जिस बॉडी लैग्वेंज की बात की जाती है, उसे समझाने के लिए इससे अच्छा उदाहरण भला और क्या हो सकता है। मानस और रामायण में ऐसे उदाहरण न जाने कितने हैं। जहाँ बिना कुछ कहे संदेश पहुँच जाता है। यह मुखमुद्रा और देहभाषा से किया जाता है।

तुलसीदास लिखते हैं—

मुख प्रसन्न तन तेज बिराजा। कीन्हेंसि रामचंद्र कर काजा॥

चूँकि उनके मुख पर प्रसन्नता है और शरीर में उत्साह है, इससे लगता है कि उन्होंने अपने काम में सफलता पा ली है। इसी तरह जब दल के वानर मधुबन में फल खाने लगते हैं, मना करने पर रखवालों को मारने-

पीटने लगते हैं और यह सूचना सुग्रीव को मिलती है तो वह समझ जाते हैं कि अंगद के नेतृत्व में गए दल ने सीता को खोज लिया है।

जौ न होति सीता सुधि पाई। मधुबन के फल सकहिं की खाई॥

यदि सीता का पता न लगा पाते तो मधुबन के फल खाने की वानर सोच भी नहीं सकते थे। काम पूरा होने की प्रसन्नता में वे सब ऐसा कर रहे हैं। किसी का चेहरा देखकर, उसके हाव-भाव देखकर कुशलता या अकुशलता का पता चल जाता है। यही बात जांबवान भी कह रहे हैं।

सर्वथा कृतकार्योसौ हनुमान् नात्र संशयः।
न हास्याकृतकार्यस्य नाद एवंविदो भवेत॥

(वा., सुं., 57, 23)

जब हनुमान पहुँचते हैं तो वह अंगद और जांबवान को प्रणाम करते हैं। उन दोनों ने भी उनका आदर-सत्कार किया। सब उनके मुँह से शुभ समाचार सुनना चाहते हैं। कोई कुछ पूछता नहीं, लेकिन हनुमान के मुँह से जो पहला शब्द था, वह था—दृष्टा देवीति—मैंने सीताजी का दर्शन कर लिया है। अर्थात् पहली सूचना वह अपने नायक और युवराज अंगद और जांबवान को देते हैं। फिर अंगद का हाथ पकड़कर अलग ले जाते हैं और बताते हैं कि सीताजी अशोक वन में हैं और वहीं मैंने उनका दर्शन किया। वहाँ राक्षसियाँ उनकी रखवाली करती हैं। सीता बहुत कमजोर हो गई हैं और उनके केश जटा की तरह हो गए हैं। अंगद उनकी प्रशंसा करते हैं। हनुमान बीच में बैठ जाते हैं और सब वानरों को लंका का पूरा वृत्तांत बताते हैं। उसमें महेंद्रगिरि से उछलने, मैनाक, सुरसा, सिंहिका, लंकिनी आदि के मिलने, अशोक वाटिका में सीता का दर्शन करने, वाटिका ध्वंस करने, राक्षसों का संहार करने, सीता से हुई बातचीत और लंका दहन आदि सब विस्तार से बताते हैं। वाल्मीकि के सुंदरकांड में प्रथम सर्ग (213) के बाद यही 58वाँ सबसे बड़ा सर्ग है, जिसमें 169 श्लोक हैं। सबसे कम श्लोक दो सर्गों 8वें और 29वें में सिर्फ आठ श्लोक हैं। वह वानरों को उत्साहित करते हैं कि सब लंका पर धावा

बोल रावण को मार सीता को मुक्त कराएँ। वह यह भी कहते हैं कि मैं तो अकेले ही यह कर सकता हूँ, लेकिन आप लोग मिल जाएँ तो क्या कहना। लेकिन अचानक उन्हें लगता है कि उन्होंने युवराज अंगद और जांबवान के सामने अपने बल का बखान कर गलत किया तो उनके बलों की प्रशंसा भी करते हैं। वह सीता के दुख को एक बार फिर बताते हैं। इस पर अंगद अन्य वानर वीरों के बल का बखान करते हुए कहते हैं, सीता का पता लग जाने पर अकेले श्रीराम के सामने जाने का कोई औचित्य नहीं है। हम सब चलकर लंका को जीतकर सीता के साथ श्रीराम के पास चलें तो अच्छा होगा।

जित्वा लंका सरक्षौघां हत्वा तं रावणे रणे।
सीतामादाय गच्छाम: सिद्धार्था हृष्टमानसा:॥

(वा., सुं., 60, 10)

उनके ऐसा कहने पर जांबवान उन्हें मना करते हुए कहते हैं कि सुग्रीव तथा श्रीराम ने हमें सिर्फ सीता का पता लगाने के लिए कहा है। यदि हम सीता को ले जाकर उनके समक्ष उपस्थित कर देंगे तो उन्हें अच्छा नहीं लगेगा, क्योंकि उन्होंने सबके सामने सीता को जीतकर लाने की प्रतिज्ञा की है, उसका क्या होगा। अर्थात् हमारे ऐसा करने से श्रीराम की प्रतिज्ञा पूरी नहीं होगी। इसलिए जहाँ श्रीराम, लक्ष्मण और सुग्रीव हैं, वहीं चलकर उन्हें सीताजी का पता लगने की सूचना देनी चाहिए।

वहाँ से सभी वानरों के मधुवन में जाने, वहाँ मधु पीने, फल खाने और उत्पात करने का वर्णन है। यह मधुवन भी सुग्रीव का था और उनके मामा दधिमुख उसके रक्षक थे। लेकिन वानरों ने किसी की नहीं मानी। सिर्फ मधु और फल ही नहीं खाए, तोड़फोड़ भी की और मना करने पर रक्षकों को भी पीटा। बेचारे दधिमुख भी मार खा गए। हनुमानजी ने भी वानरों को उत्साहित किया और अंगद ने भी कहा कि खूब फल खाओ और मधु पीओ। दधिमुख का कहा किसी ने नहीं माना तो वह अन्य रक्षकों के साथ सुग्रीव के पास गए और उन्हें मधुवन का हाल बताया। श्रीराम भी सुग्रीव से पूछते हैं कि

यह क्या कह रहा है। सुग्रीव बताते हैं कि अंगद आदि वीरों ने मधुवन का सारा मधु और फल खा लिया है। इससे लगता है कि उन्होंने अपना काम कर लिया है। सुग्रीव ने कहा कि मामा दधिमुख वानरों ने अपना काम कर लिया है और उनके मधुवन का उपभोग किया है, उससे मैं बहुत प्रसन्न हूँ। आप भी उन्हें क्षमा कर दें और पुनः आप ही उस मधुबन की देखभाल करें। आप जाकर वानरों को शीघ्र यहाँ भेज दें।

तुलसी इस प्रकरण में विस्तार में जाने की आवश्यकता नहीं समझते। वह बस कुछ चौपाइयों और एक दोहे में सब कह देते हैं। वह यह भी नहीं बताते कि हनुमान ने लंका का क्या हाल अंगद आदि को बताया। बस—पूछत कहत नवल इतिहासा—कहकर सब बता देना चाहते हैं। वह हनुमान को सीधे श्रीराम से मिलाने को उत्सुक हैं और कुछ चौपाइयों के बाद उन्हें उनके पास ले जाते हैं। इस बीच हनुमान ने बस सुग्रीव को ही लंका का हाल और सीता को देखने की जानकारी दी।

पूँछी कुसल कुसल पद देखी। राम कृपा भा काज बिसेषी॥

वाल्मीकि दधिमुख से संदेश मिलने पर अंगद और हनुमान के वहाँ जाने की सूचना देते हैं। वहाँ पहुँचकर श्रीराम के चरणों में मस्तक रखकर प्रणाम किया और बताया—

हनूमांश्च महाबाहुः प्रणम्य सिरसा ततः।
नियतामक्षतां देवीं राघवाय न्यवेदयत्॥

(वा., सुं., 64, 42)

देवी सीता पातिव्रत के नियमों का पालन करते हुए शरीर से सकुशल हैं। हनुमान को लगा कि इससे श्रीराम कहीं यह न समझें कि मैं सिर्फ सूचना दे रहा हूँ, उन्हें देखा नहीं है। अतः पुनः कहते हैं—दृष्टा देवीति। मैंने सीता का दर्शन किया है।

यह सुनकर श्रीराम और लक्ष्मण को बहुत प्रसन्नता हुई। श्री लक्ष्मण ने सुग्रीव की ओर देखा, क्योंकि सुग्रीव ने बिना बताए ही कह दिया था

कि लगता है कि काम हो गया है। लक्ष्मणजी की दृष्टि में सुग्रीव के लिए प्रशंसा भाव हैं। लेकिन श्रीराम हनुमान को प्रीतिपूर्वक देख रहे हैं।

हनुमान के एक वाक्य—दृष्टा देवीति—ने सबको भावुक कर दिया है। कोई बोल नहीं रहा है, बस आँखें ही बोल रही हैं। श्रीराम की, जो हनुमान को देख रहे हैं, लक्ष्मण की, जो सुग्रीव को देख रहे हैं और सुग्रीव की, जो सबको देख रहे हैं। बिना बोले ही सब एक-दूसरे के भाव समझ रहे हैं। यह भाव संप्रेषण का अद्‌भुत रूप है, जिसमें बिना कुछ कहे सबकुछ कह दिया जाता है, सबकुछ समझ लिया जाता है। वाल्मीकि जैसा महाकवि ही ऐसा देख और लिख सकता है।

अध्यात्म में भी हनुमान कहते हैं—दृष्टा सीता निरामया। इसके आगे वह संक्षेप में अपनी लंका में गतिविधि की जानकारी देते हैं बड़ी ही सौम्य-तापूर्वक। मानस में यह वर्णन बहुत भावुक करने वाला है। श्रीराम सीता का हाल पूछते हैं तो हनुमान उनकी पीड़ा और दुःसह स्थिति बताते हुए कहते हैं कि वह कैसे रह रही हैं लंका में। बस इतने से समझ लें—सीता कै अति बिपति बिसाला। बिनहीं कहें भलि दीनदयाला। बेगि चलिअ प्रभु आनिअ। कुछ कहने लायक नहीं है, तत्काल चलिए और रावण को जीतकर उन्हें ले आइए। हनुमान को कोई गर्व नहीं है अपने काम पर। वह इसका पूरा श्रेय श्रीराम को देते हैं—सो सब तव प्रताप रघुराई। मैं तो शाखामृग हूँ, इस शाखा से उस शाखा पर जाता हूँ। आपकी कृपा जिस पर हो जाए, उसके लिए कुछ भी अगम नहीं। इतना बड़ा काम और इतनी विनम्रता हनुमान ही दिखा सकते हैं। इसी से श्रीराम हनुमान को सुत संबोधन करते हैं और अपने को उनका कर्जदार मानते हैं। ऐसा कर्ज, जो उतारा नहीं जा सकता। तो क्या किया। श्रीराम ने हनुमान को अपने अंक में समेटा और अति सुखदायिनी भक्ति दी। अंक में लेने और भक्ति देने की बात सबके पास है।

□

युद्ध का जयघोष

प्रस्रवण गिरि पर श्रीराम, लक्ष्मण और सुग्रीव बैठे हैं, सामने अंगद, हनुमान आदि हैं। श्रीराम को प्रणाम करने के बाद हनुमान सीताजी के बारे में बताते हैं कि उन्हें रावण के अंत:पुर में रोक रखा गया है। जिस प्रमदावन में उन्हें रखा गया है, वह रावण के अंत:पुर का अंग है। रावण ने उन्हें दो महीने का समय दिया है। उनको कोई क्षति नहीं पहुँची है। यह पहली सूचना थी कि सीता कहाँ हैं, कैसी हैं, सुरक्षित हैं कि नहीं। वाल्मीकि बताते हैं कि इसके बाद हनुमानजी ने उन्हें पहचानस्वरूप चूड़ामणि दी, जो सीता ने उन्हें दी थी। वह सीता का संदेश देते समय विस्तार से बताते हैं कि कैसे राक्षसियाँ उन पर नजर रखती हैं। वह भूमि पर सोती हैं, सिर पर एक वेणी रखती हैं और सदा आपकी चिंता में रहती हैं। उन्होंने चित्रकूट की कौए (जयंत) को लेकर हुई घटना भी बताई। इसके साथ मन:शिला से मस्तक पर तिलक लगाने वाली घटना भी बताई। सीता ने यह भी संदेश दिया है कि एक महीने के बाद वह जीवित नहीं रहेंगी।

तुलसीदास भी—सीता कै अति बिपति बिसाला, बिनहिं कहे भलि दीनदयाला—कहकर बहुत कुछ कह देते हैं। फिर हनुमान यह भी कहते हैं—

निमिष निमिष करुनाानिध जाहिं कलप सम बीति।
बेगि चलिअ प्रभु आनिय भुज बल खल दल जीति॥

चूड़ामणि को लेकर वह हृदय से लगाते तो हैं, लेकिन कुछ अधिक नहीं

कहते। वाल्मीकि इसे और विस्तार से बताते हैं कि श्रीराम उस मणि को हृदय से लगाकर रोने लगे। उन्हें रोता देख लक्ष्मण भी रोने लगे। उन्होंने बताया कि यह मणि मेरे श्वसुर राजा जनक ने सीता को दी थी, जिसे वह माथे पर बाँधती थीं। इसे देखकर मुझे अपने पूज्य पिता और महाराज जनक का दर्शन मिल गया है। वह पूछते हैं कि सीता ने और क्या कहा है। हनुमान फिर कौए वाली घटना विस्तार से बताते हैं। फिर सीता ने जो कुछ कहा था, कहने के लिए वह भी बताते हैं और यह भी कि मैंने तो उनसे पीठ पर बैठाकर लाने का प्रस्ताव रखा था, लेकिन वह इसलिए नहीं तैयार हुईं कि परपुरुष का स्पर्श कैसे करतीं। उन्होंने यह भी कहा कि श्रीराम से ये बातें इस तरह कहना कि वह युद्ध में रावण को मारकर मुझे प्राप्त करें। सीता को यह भी आशंका थी कि वानर लंका तक कैसे आ पाएँगे। तो मैंने अपने वीरों के बल के बारे में बताया और यह भी कि आप को चिंता करने की जरूरत नहीं है। वानर यूथपति एक ही छलाँग में लंका पहुँच जाएँगे और मैं श्रीराम और लक्ष्मण को भी अपनी पीठ पर बैठाकर आपके पास पहुँचा दूँगा। कंबन भी इसी तरह बताते हैं। वह लगभग वाल्मीकि का ही अनुसरण हर प्रसंग में करते दिखते हैं। अध्यात्म में यह सब संक्षेप में बताया गया है।

तुलसी बाबा ने हनुमान के भगवान् से उनकी भक्ति का वरदान माँगने की भी बात लिखी है। वह भक्त हैं और अपने काम की चीज भी भगवान् से माँग लेना चाहते हैं। श्रीराम यह कहते हैं कि मेरे पास तुम्हारे उपकार का प्रति उपकार (बदला) देने के लिए कुछ नहीं है। हनुमान को कुछ चाहिए भी नहीं। वह पुरस्कारस्वरूप उनकी भक्ति माँग लेते हैं और भगवान् उसे देने में क्षणमात्र भी विलंब नहीं करते।

वाल्मीकि का सुंदरकांड यहीं तक है। वह हनुमान के छलाँग लगाने से उनके वापस आने और सीता का संवाद श्रीराम को सुनाने तक ही इसे सीमित रखते हैं जबकि तुलसीदास के मानस में इसी कांड में मंदोदरी की चिंता, विभीषण-रावण संवाद, विभीषण का लंका त्याग, समुद्र से मार्ग माँगना,

श्रीराम का क्रोध और समुद्र का नल-नील के बारे में जानकारी देना भी है। ये सब बातें वाल्मीकि ने युद्धकांड में शामिल की हैं। तुलसीदास के पास इसके आगे भी 26 दोहे हैं, जिसे वाल्मीकि 35 सर्ग में बताते हैं। अध्यात्म में भी वाल्मीकि की ही तरह सुंदरकांड को यहीं तक रखा गया है और आगे का प्रकरण युद्धकांड में है। कंबन भी इसी तरह कांड का विभाजन करते हैं। कंबन ने अपनी रामायण में सर्ग की जगह पटल नामकरण किया है। तुलसीदास ने पुल बनने के बाद लंका पहुँचने से लंकाकांड शुरू किया जो अधिक समीचीन लगता है। इसके पहले के सभी प्रसंग सुंदरकांड में ही समाहित किए गए हैं।

तुलसीदास बताते हैं कि जब हनुमान ने सीता की कुशलक्षेम और लंका दहन की सूचना भगवान् को दी तो उन्होंने आश्चर्यजनित प्रश्न किया कि तुमने रावण की लंका और उसके दुर्ग को कैसे जलाया। हनुमान ने सोचा कि भगवान् प्रसन्न हैं और वह और विस्तार से जानना चाहते हैं। हनुमान श्रीराम के भक्त हैं। वह उनके सामने अपने बल और पौरुष का वर्णन कैसे कर सकते हैं। इसलिए उन्होंने सब भगवान् की कृपा बताते हुए प्रभु मैं तो वानर हूँ, कुछ करने में असमर्थ हूँ। मैंने जो सागर लाँघा, सोने की लंका जलाई, अशोक वन उजाड़ा और राक्षसों को मारा, वह सब आपकी कृपा से हुआ। भक्त तुलसी यहाँ प्रभु की कृपा और उनकी भक्ति के महत्त्व को हनुमान के माध्यम से बताते हैं। वह कहते हैं कि आपकी कृपा हो जाए तो असंभव कार्य भी संभव हो सकता है। सामान्य सी रुई पर आपकी कृपा हो जाए तो वह उस बड़वानल को जला सकती है, जिसका काम ही जलाना है और छोटा सा सर्प भी गरुड़ को खा सकता है। श्रीराम हनुमान को अपनी भक्ति का आशीर्वाद देते हैं। वह हनुमान को सुत का संबोधन भी देते हैं। सीताजी ने उन्हें 'सुत' कह ही चुकी हैं। श्रीराम कहते हैं कि तुमने जो काम किया है, उसका प्रत्युपकार देने के लिए मेरे पास कुछ नहीं है। एक तरह से यह ऋण हनुमान का उनके ऊपर रहता है, जिसके बदले में वह अपनी भक्ति देते हैं। इसके बाद सुग्रीव को बुलाकर कहते हैं कि अब विलंब नहीं करना चाहिए और वानरों को चलने की तैयारी करने का आदेश दिया।

लेकिन वाल्मीकि के श्रीराम इतने आतुर नहीं दिखते। श्रीराम और हनुमान संवाद तो लगभग एक सा है, लेकिन रामायण में समुद्र पार करने के प्रश्न पर श्रीराम एक बार चिंताकुल दिखते हैं। वह कहते हैं—

कथं नाम समुद्रस्य दुष्पारस्य महाम्भसः।
हरयो दक्षिणं पारं गमिष्यन्ति समागताः॥

(वा., यु., 1, 17)

सुग्रीव उन्हें हिम्मत बँधाते हैं और कहते हैं कि हम समुद्र को लाँघकर लंका पर चढ़ाई करेंगे और शत्रु को नष्ट कर डालेंगे। आप कोई ऐसा उपाय कीजिए, जिससे समुद्र पर सेतु बँध सके। बिना पुल बाँधे इंद्र सहित संपूर्ण देवता भी लंका को जीत नहीं सकते। इसलिए आप चिंता त्यागकर शौर्य धारण करें और आपके मन में रावण के प्रति जो क्रोध है, उसे शांत न होने दें। आप सर्वथा विजयी होंगे, ऐसा मेरा हृदय कहता है।

सुग्रीव की इस बात से श्रीराम को साहस हुआ और उन्होंने स्वीकार किया कि वह अपने तप से पुल बाँध सकते हैं या समुद्र को सुखाकर रास्ता बना सकते हैं। लेकिन फिर वह सोचते हैं कि चलने के पहले शत्रु के बलाबल का पता लगाना चाहिए। यहाँ वह एक कुशल रणनीतिकार और सैन्य संचालक के रूप में सामने आते हैं। वह लंका की ओर कूच करने के पहले लंका की सैन्य और सुरक्षा संरचना जानना चाहते हैं। वह हनुमान से पूछते हैं—वानरवीर, बताओ कि लंका में कितने दुर्ग हैं, कितनी सेना है, दुर्गों की सुरक्षा व्यवस्था क्या है। उनके पूछने पर हनुमान बताते हैं कि लंका में प्रवेश के चार दरवाजे हैं, जिनमें मजबूत किवाड़ लगे हैं, मोटी-मोटी अर्गलाएँ हैं, दरवाजों पर प्रबल सुरक्षा यंत्र हैं, जिनसे शत्रु पर तीर, गोले बरसाए जा सकते हैं। बड़ी-बड़ी लौह शतघ्नियाँ हैं। (एक बार में कई लोगों को मार और घायल करने में समर्थ लोहे के बनी मोटी-मोदी गदा जैसी रचना, जिसमें कीलें लगी होती हैं और दुर्ग में प्रवेश करने वाले शत्रु पर इसे गिराकर उनका मार्ग रोका जा सकता है। दुर्ग की चर्चा होने पर शतघ्नियों की बात वाल्मीकि से लेकर चाणक्य तक अपने

अर्थशास्त्र में करते हैं।) हनुमान यह भी बताते हैं कि दुर्ग के चारों ओर परकोटे और खाइयाँ हैं, जिनमें ग्राह (घड़ियाल, मगर आदि) और बड़े मत्स्य हैं। इन पर लकड़ी के पुल (संक्रम) हैं, जिन्हें यंत्रों के माध्यम से खाइयों में गिरा दिया जाता है, जिससे उस पर से आ रही शत्रु सेना नष्ट हो जाती है। हनुमान यह भी बताते हैं कि किस द्वार पर कितने राक्षस तैनात रहते हैं। (लेकिन यहाँ जो संख्या बताई गई है, वह कुछ अधिक लगती है अतिशयोक्ति पूर्ण जैसी। जैसे पूर्वी द्वार पर दस हजार सैनिक, दक्षिण द्वार पर एक लाख, पश्चिम द्वार पर दस लाख और उत्तर द्वार पर दस करोड़। लेकिन राक्षस नाना रूप धारण करने में समर्थ हैं। वे एक साथ कई रूप धारण कर सकते हैं। मेघनाद और कुंभकरण के युद्ध के समय ऐसा होता भी है। इसलिए इतनी संख्या को असंभव नहीं कहा जा सकता।) यहाँ दस हजार के लिए अयुतं, एक लाख के लिए नियुतं, दस लाख के लिए प्रयुतं और दस करोड़ के न्यर्बुद शब्द प्रयोग किया गया है। ये नए शब्द हैं। सौ के लिए शत, हजार के लिए सहस्र और करोड़ के लिए सामान्यतः कोटि शब्द का प्रयोग होता है, जो आज तक चला आ रहा है। कोटि का एक अर्थ प्रकार या किस्म भी होता है। 33 कोटि देवता का अर्थ 33 तरह के देवता होता है, न कि यहाँ करोड़ अर्थ लिया जाएगा।

हनुमाान यह भी बताते हैं कि मैंने सभी संक्रमों (पुलों) को तोड़ डाला है। लंका को जला डाला है, परकोटों को नष्ट कर दिया है और एक–चौथाई सेना भी नष्ट कर दी है। एक बार किसी तरह लंका पहुँच जाएँ, फिर उसे नष्ट हुई ही समझें। वह अति उत्साह में यहाँ तक कहते हैं कि लंका को तो मैं, अंगद, द्विविद, मैंद, जांबवान, पनस, नल और नील ही जीत लेंगे तथा सीताजी को यहाँ ले आएँगे। पूरी सेना की कोई जरूरत ही नहीं।

हनुमान से यह सब सुनकर श्रीराम ने कहा कि इस समय सूर्य दिन के मध्य भाग में हैं। यह विजय नाम का मुहूर्त है। इसलिए यह हमारी यात्रा के लिए शुभ समय है। जिस मुहूर्त की बात यहाँ है, उसे आजकल अभिजित मुहूर्त कहते हैं और इसे शुभ काल माना जाता है। (यहाँ ध्यान देने की बात

है कि 22 फरवरी, 2024 को अयोध्या में निर्मित भव्य राम मंदिर में रामलला के विग्रह की, जिसे बाद में बालक राम नाम दिया गया, इसी मुहूर्त में प्राण प्रतिष्ठा की गई।) यह यात्रा के लिए अति उत्तम माना जाता है। इसमें दक्षिण की यात्रा नहीं की जाती। लंका दक्षिण में ही है। लेकिन किष्किंधा से लंका से दक्षिण पूर्व के कोने में है, इसलिए इसमें यात्रा का दोष नहीं माना जाता है। श्रीराम यह भी कहते हैं कि आज उत्तराफाल्गुनी नक्षत्र है। कल चंद्रमा हस्त नक्षत्र में होगा। इस समय अच्छे शकुन भी हो रहे हैं, मेरी दाहिनी आँख फड़क रही है, इसलिए यह यात्रा का अच्छा समय है।

सैन्य प्रस्थान को विस्तार से बताते हुए वाल्मीकि कहते हैं—श्रीराम इसके बाद वह व्यूह रचना करते हैं कि सेना के आगे नील रहेंगे, जो मार्ग देखेंगे। वह ऐसे मार्ग से ले चलें, जिसपर खाने-पीने की सुविधा हो। यह भी देखना होगा कि राक्षसों ने भोजन और जल के स्रोतों को दूषित न कर दिया हो। वे यह भी देखें कि कहीं शत्रु की सेना तो नहीं छिपी है। वानरों में जो वृद्ध और बच्चे हैं, वे अभियान में नहीं चलेंगे। गज, गवाक्ष, गवय सेना के आगे रहेंगे, ऋषभ दाहिने और गंधमादन बाएँ। मैं हनुमान के कंधे पर बैठकर बीच में चलूँगा। लक्ष्मण अंगद की पीठ पर रहेंगे। जांबवान, सुषेण, वेगदर्शी—ये तीनों सेना के पीछे रहकर रक्षा करेंगे।

सेना का यह संचालन श्रीराम की सैन्य रणनीति के गहन ज्ञान का परिचायक है। वह न केवल सेना को आगे बढ़ने का आदेश देते हैं, बल्कि उसकी सुरक्षा का भी पूरा ध्यान रखते हैं। तुलसीदास के पास ये सभी सूचनाएँ नहीं हैं। वह यह मानकर चलते हैं कि इनकी जानकारी देने की कोई जरूरत नहीं है। लेकिन वाल्मीकि यहाँ श्रीराम को युद्धनीति में कुशल योद्धा के रूप में भी दिखा रहे हैं। अध्यात्म रामायण में भी यह व्यूह रचना है, लेकिन संक्षेप में। वहाँ भी विजयोनाम मुहूर्तः का संदर्भ है। कंब रामायण में भी सेना के प्रस्थान का अच्छा विवरण है, लेकिन विस्तार उनके पास भी नहीं है। वह आठ-दस श्लोकों में ही पूरा विवरण दे देते हैं।

श्रीराम की व्यवस्था पाकर सुग्रीव सभी वानरों को गुफाओं से निकलकर चलने का आदेश देते हैं। वाल्मीकि यहाँ अन्य वानर वीरों का भी नाम बताते हैं। सेना को आदेश था कि वह रास्ते में कोई उपद्रव न करे। इसलिए वे बहुत अनुशासित थे और नगरों तथा जनपदों से दूर-दूर ही चल रहे थे। लक्ष्मण को शकुनों को जानने वाला और ग्रह-नक्षत्रों का ज्ञाता भी बताया गया है। वह कहते हैं कि शुक्र आपके पीछे उदय हो रहे हैं। इससे लगता है कि सेना पूर्व की ओर चल रही है। क्योंकि पश्चिम लंका है नहीं। ध्रुव तारा भी निर्मल दिख रहा है, जिसको दक्षिण रखते हुए सप्तर्षि उसकी परिक्रमा करते हैं। त्रिशंकु और वसिष्ठ सामने प्रकाशित हो रहे हैं। विशाखा नामक युगल नक्षत्र उपद्रव शून्य है। राक्षसों का नक्षत्र मूल धूमकेतु से आक्रांत है। जो लोग कालपाश से बँधे होते हैं, उन्हीं का नक्षत्र ग्रहों से पीड़ित होता है।

सेना के व्यूहबद्ध चलने का वर्णन बहुत सुंदर है। नाना तरह के वृक्षों का वर्णन भी वाल्मीकि विस्तार से करते हैं। सेना सह्य और मलय पर्वत को पार कर महेंद्र पर्वत पर पहुँचती है, जो समुद्र के तट पर ही था। वहाँ श्रीराम समुद्र को देखकर फिर चिंतित होते हैं कि इसे कैसे पार किया जाएगा। वह सेना को सतर्क रहने का आदेश भी देते हैं, क्योंकि वह शत्रु के प्रभाव क्षेत्र में पहुँच गए हैं।

व्यूह रचना के बारे में तुलसी भले ही मौन हों, लेकिन वह सैन्य प्रस्थान का अद्भुत दृश्य प्रस्तुत करते हैं।

नख आयुध गिरि पादपधारी। चले गगन महि इच्छाचारी॥

केहरिनाद भालु कपि करहीं। डगमगाहिं दिग्गज चिक्करहीं॥

× × × ×

चिक्करहिं दिग्गज डोल महि गिरि लोल सागर खरभरे।
मन हरष सभ गंधर्ब सुर मुनि नाग किन्नर दुख टरे।

× × × ×

सहि सक न भार उदार अहिपति बार बारहिं मोहई।
गह दसन पुनि पुनि कमठ पृष्ठ कठोर सो किमि सोहई।
रघुबीर रुचिर प्रयान प्रस्थिति जानि परम सुहावनी।
जनु कमठ खर्पर सर्पराज सो लिखत अविचल पावनी।

सेना के चलने से इतना कोलाहल हुआ और पृथ्वी पर भार पड़ा कि दिशाओं को सँभालने वाले दिग्गज विचलित होकर चिंघाड़ने लगे। पृथ्वी डोलने लगी, पर्वत चंचल हो गए अर्थात् काँपने लगे और समुद्र खलबला उठे। सेना इतनी विशाल थी कि उसका भार सर्पराज शेषजी भी सँभाल नहीं पाए और वह भी बार-बार मोहित अर्थात् अस्थिर हो जाते हैं तथा कहीं पृथ्वी हिल न जाए, इसलिए बार-बार कच्छप भगवान् की पीठ पर अपने दाँत गड़ाकर अपने को स्थिर कर रहे हैं। तुलसीदास का काव्य चमत्कार देखिए। जब शेषनाग कच्छप की पीठ पर दाँत गड़ाते हैं तो उनके दाँतों की पंक्तियों के निशान बन जाते हैं। वह इसकी उपमा शिलालेख से देते हुए कहते हैं कि लगता है कि भगवान् के इस प्रस्थान को बहुत ही सुखद और अलौकिक मानकर शेषनाग कच्छप की पीठ पर अपने दाँतों से इसे अंकित कर रहे हैं, जिससे यह कभी मिटे नहीं। उनके दाँतों का अंकन ही इस अलौकिक घटना का लेख है, जो स्थायी और अमिट है। इसकी तुलना प्रस्तर अभिलेखों से की जा सकती है, जो हजारों साल बाद तक यथावत् रहते हैं।

समुद्र तट पर पहुँच जाने के बाद एक बार फिर श्रीराम को सीता की याद आती है और वाल्मीकि उनका वियोग वर्णन करते हैं। सीता के लिए रावण द्वारा निर्धारित समय धीरे-धीरे बीतता जा रहा है। वह लक्ष्मण से कहते हैं कि सीता वहाँ राक्षसियों के बीच कैसी होंगी, मैं कब रावण का वध कर उन्हें मुक्त करा पाऊँगा।

हलचल लंका में भी है। रावण शांत नहीं बैठा है। उसे गुप्तचरों से श्रीराम की सेना के उस पार आने की सूचना मिल चुकी है। उसने भी अपने मंत्रियों और सभासदों की बैठक बुलाई है और आसन्न समस्या का समाधान पूछ

रहा है। लेकिन इसके पहले तुलसीदास मंदोदरी का प्रसंग लाते हैं कि वह कैसे सीता को लौटाने के लिए रावण से अनुनय-विनय करती है। वह लंका के सामने आए संकट को भली-भाँति अनुभव कर रही है। वह रावण को जो समझाती है, उसके पीछे उसका कोई सौतियाडाह नहीं है, क्योंकि रावण के पास तो कई रानियाँ पहले से ही थीं। वह लंका को विनाश से बचाना चाहती है। इसीलिए सुझाव देती है—

तव कुल कमल विपिन दुखदाई। सीता सीत निसा सम आई॥
राम बान अहि गन सरिस, निकर निसाचर भेक।
जब लगि ग्रसत न तब लगि, जतन करहु तजि टेक॥

वाल्मीकि और अध्यात्म के पास मंदोदरी का प्रसंग यहाँ पर नहीं है।

वाल्मीकि और तुलसीदास दोनों रावण की सभा का प्रसंग बताते हैं। वाल्मीकि के अनुसार रावण एक बार तो अपने मंत्रियों से राय लेता है, फिर सभी मंत्रियों के साथ सभासदों को भी बुलाता है और उनसे राय लेता है। यह एक तरह से आम सभा की तरह है। तुलसीदास मंत्रियों की गर्वोक्ति की बातें थोड़े में बताते हैं, जबकि वाल्मीकि विस्तार से बताते हैं। रावण यह मंत्रणा क्यों कर रहा है, इसका कारण भी बताता है। वह तीन तरह के लोगों का वर्णन करते हुए सबकी राय से काम करने वाले को श्रेष्ठ व्यक्ति बताता है और इसी से वह सबकी राय ले रहा है, क्योंकि वह यह भी जानता है कि जब श्रीराम समुद्र तट पर आ गए हैं तो वह समुद्र पार करने का रास्ता भी खोज लेंगे। वह या तो समुद्र को ही सुखा देंगे या कोई दूसरा उपाय करेंगे। इस पर रावण के मंत्री उसकी चापलूसी करते हैं, उसकी शक्ति और उसके विजय अभियानों का बखान करते हैं। यह बताते हैं कि आपको युद्ध करने की आवश्यकता ही नहीं होगी, अकेले इंद्रजित् ही वानरी सेना को नष्ट कर देंगे। वे इंद्रजित् की वीरता और इंद्र को बंदी बनाने और ब्रह्मा के निवेदन पर छोड़ने की घटना भी बताते हैं। इसलिए अकेले उन्हें ही भेजिए, जिससे वे वानर सेना के यहाँ आने के पहले ही उसका संहार कर दें।

तमेव त्वं महाराज विसृजेन्द्रितं सुतम्।
यावद् वानरसेनां तां सरामां नयति क्षयम्॥

(वा., यु., 7, 24)

अन्य राक्षस वीर भी अपनी-अपनी क्षमता को बताते हैं।

तुलसीदास इसे इस प्रकार लिखते हैं—

जितेहु सुरासुर तब श्रम नाहीं। नर वानर केहि लेखे माहीं॥

यहाँ वह एक नीति वाक्य भी कहते हैं—

सचिव वैद गुर तीनि जौं प्रिय बोलहिं भय आस।
राज धर्म तन तीनि कर होइ बेगिहीं नास॥

यह तो रावण की सभा है। सभी ठकुरसुहाती कह रहे हैं। किसी का साहस नहीं है कि वह रावण के विपरीत बोल दे। हनुमानजी भी इसे देख चुके हैं। दसमुख की सभा में—कर जोरें सुर दिसिप बिनीता। भृकुटि बिलोकत सकल सभीता। जब देवता और दिक्कपालों का यह हाल है तो अन्य सभासदों की कौन कहे। सब उसका मुँह जोह रहे हैं। इसी सभा में विभीषण भी आते हैं। वाल्मीकि विभीषण को यहीं सामने लाते हैं। विभीषण सभी राक्षसों को शांत करते हैं और रावण को समझाते हैं। वह कहते हैं कि श्रीराम ने कौन सा अपराध किया था, जो आप उनकी पत्नी को हर लाए। खर आदि राक्षसों को उन्होंने इसलिए मारा कि उसने उन पर हमला किया था। वह असावधान नहीं हैं। अत: आप उनकी पत्नी को लौटा दीजिए। रावण को यह बात अच्छी नहीं लगती और वह सबको विदा कर अपने महल जाता है। विभीषण दूसरे दिन सवेरा होते ही रावण के महल में जाते हैं और उसके प्रति आदर व्यक्त करने के बाद पुन: समझाते हैं कि जब से सीता को आप यहाँ लाए हैं, तरह-तरह के अपशकुन हो रहे हैं। वह कई तरह के अपशकुन बताते हैं। फिर कहते हैं कि मेरा तो सुझाव है कि आप सीता को लौटा दें। मैं जो कह रहा हूँ, उसे अन्य लोग कहने में संकोच करते हैं। रावण ने उनकी बात सुनी

और उन्हें अपने महल जाने के लिए कहा। स्पष्ट है, उसे यह सुझाव रुचिकर नहीं लगा। जो भी सीता को लौटाने की बात करता है, वह रावण को अच्छा नहीं लगता, चाहे वह मंदोदरी हो, विभीषण हों, माल्यवान हों या शुक हो। मंदोदरी को तो वह पुचकारता है, माल्यवान को डाँटता है, लेकिन विभीषण और शुक को तो वह लात मारकर भगा देता है। इसके बाद रावण राक्षसों की आम सभा बुलाता है, जिसमें मंत्रियों के अतिरिक्त नगर के मान्य सभासद भी हैं। सब रावण का मुँह ताक रहे हैं। रावण पहले तो नगर की सुरक्षा का आदेश देता है। सेनापति प्रहस्त उसकी आज्ञा पालन में लगते हैं। रावण यहाँ यह भी बताता है कि कुंभकर्ण सोए थे इसलिए पहले उन्हें नहीं बताया। सभा में विभीषण भी हैं। रावण यहाँ भी सबसे राय माँगता है और एक तरह से चापलूसी करता है कि अब तक मैंने आप सबकी राय से जो भी काम किया है, उसमें सफलता मिली है। वास्तव में वह अपने मन की बात सबसे सुनना चाहता है। इसी से विभीषण की राय सुनने के बाद वह उन्हें महत्त्व नहीं देता, क्योंकि वह उसके मन की बात नहीं कह रहे थे। वह सीता के प्रति अपनी आसक्ति को बताता है और यह भी कहता है कि सीता ने मुझसे एक साल का समय माँगा है। इस बीच वह अपने पति श्रीराम की प्रतीक्षा करेगी। (यहाँ यह बात रावण झूठ बोलता है। अरण्यकांड में 56वें सर्ग के श्लोक संख्या 24 और 25 में वह स्वयं एक वर्ष का समय सीता को देने की बात करता है—श्रूणु मैथिलि मद्वाक्यं मासान् द्वादश भामिनी।

रावण की बातें सुनकर कुंभकर्ण को बहुत गुस्सा आया। उसने कहा, सीता का हरण करने के पहले तुमने तो विचार किया नहीं, अब हम लोगों से विचार करने चले हो। जो राजा बिना विचारे लोक और शास्त्र विरुद्ध कार्य करता है, उसका नाश हो जाता है। तुमने अनुचित कार्य किया है, फिर भी मैं तुम्हारे शत्रुओं का संहार कर दूँगा। मैं राम को मारकर तुम्हारी विजय सुनिश्चित करूँगा। बाद में सीता तुम्हारी हो जाएगी। तुलसीदास के रामचरितमानस में कुंभकर्ण सभा में नहीं आता। वह सोया ही रहता है और राम से युद्ध शुरू होने पर अन्य महारथियों के मारे जाने पर उसे जगाया जाता

है तो उस मौके पर वह रावण से ऐसी ही बात करता है। वाल्मीकि की तरह कंबन भी बताते हैं कि किस राक्षस सेनापति ने क्या-क्या कहा। कंकण नाम का राक्षस कहता भी है कि सीता का अपहरण कर आपने गलत काम किया है, फिर भी हम वानरों का नाश कर देंगे। कंब रामायण में भी रावण के दरबार का वर्णन विस्तार पाता है। अध्यात्म में भी इसी सभा में कुंभकर्ण है। वह भी रावण को सीता का हरण करने के लिए भला-बुरा कहता है और यहाँ तक कहता है कि जैसे कोई महामत्स्य विष का पिंड निगल जाए, उसी तरह आपने सीता का हरण कर आपने अपने नाश का न्योता दिया है। राम आपको उस समय देख लेते तो आप जीवित न लौट पाते क्योंकि वह सामान्य मानव नहीं साक्षात अव्यय नारायण हैं—

यदि पश्यति रामस्वां जीवन्नायासि रावण।
रामो न मानुषो देवः साक्षान्नारायणोअव्ययः ॥

(अ., यु., 2, 15)

कुंभकर्ण के बाद महापार्श्व नामक राक्षस ने रावण को सीता के साथ बल प्रयोग करने के लिए उकसाया। इस पर रावण ने जो जवाब दिया, उससे पता चलता है कि वह सीता पर बल प्रयोग क्यों नहीं करना चाहता था। वाल्मीकि रामायण के अनुसार उसने कहा—

'महापार्श्व पहले एक घटना हुई थी, जिसमें मुझे श्राप मिला था। यह गुप्त रहस्य आज आप सुनें। मैंने एक बार पुंजिकस्थला नाम की अप्सरा को पितामह ब्रह्मा के भवन की ओर जाते देखा। उसने भी मुझे देख लिया था। वह मेरे भय से भयभीत थी। मैंने बलपूर्वक उसके वस्त्र उतार दिए और उसका उपभोग किया। वह ब्रह्मा के पास गई तो उन्हें यह ज्ञात हो गया था कि मैंने उसके साथ क्या किया है। वह कुपित हो गए और मुझे श्राप दिया कि आज के बाद यदि तुमने किसी परनारी के साथ बल प्रयोग किया तो तेरे सिर के टुकड़े-टुकड़े हो जाएँगे।' रावण ने कहा कि इस श्राप के भय से मैं सीता क्या किसी भी स्त्री के साथ बल प्रयोग नहीं कर सकता।

इत्यहं तस्य शापस्य भीतः प्रसभमेव ताम्।
नारोहए बलात् सीतां वैदेहीं शयने शुभे॥
(वा., युद्धकांड, सर्ग 13, श्लोक 15)

इससे यह भी पता चलता है कि सीता को स्पर्श न करने के पीछे रावण का मंतव्य कोई आदर्श नहीं बल्कि भय था—अपने मरने का, लेकिन यहाँ भी वह अपने बल और पौरुष का बखान करने से नहीं चूकता।

विभीषण यहाँ भी उसे समझाते हैं। सीता की तुलना विशाल सर्प से करते हुए वह उन्हें लौटा देने की बात करते हैं। यह भी कहते हैं कि कुंभकर्ण और इंद्रजित् सहित कोई भी समर में श्रीराम से बच नहीं सकता। ये लोग जो कह रहे हैं, वे कुछ भी नहीं कर पाएँगे। इन लोगों के शरीर में उनके बाण अभी तक नहीं घुसे हैं, इसलिए बढ़-चढ़कर बोल रहे हैं। सच्चा मंत्री वही है तो शत्रु का बल समझकर अपने स्वामी को उचित राय दे, इसलिए मैं कह रहा हूँ कि आप सीता को श्रीराम को सौंप दें। इस पर इंद्रजित् विभीषण का उपहास करता है कि छोटे चाचा डरपोक हैं। वह अपने बल और पराक्रम को बताता है और इंद्र को हराने और ऐरावत के दोनों दाँत तोड़ने की घटना बताता है। इस पर विभीषण कहते हैं कि तुम बच्चे हो, तुम्हारी बुद्धि कच्ची है, कर्तव्य-अकर्तव्य का बोध नहीं हुआ है। तुम दुरात्मा, दुर्बुद्धि, दुष्ट और मूर्ख भी हो, इसी से बच्चों जैसी बात करते हो। सीता को दे देने में ही कल्याण है। इंद्रजित् को फटकारने का प्रसंग भी तुलसीदास नजरअंदाज कर जाते हैं। वाल्मीकि बताते हैं कि रावण विभीषण की बात से नाराज हुआ और कहा कि नीति कहती है कि मित्र कहलाकर शत्रु की सेवा करने वाले के साथ नहीं रहना चाहिए। सबसे अधिक भय अपने भाइयों से होता है। जाति भाई से हमेशा भय बना रहता है। ये ही मेरे रहस्य बता देंगे। तुम अनार्य हो, कुल कलंक हो। वह प्राण लेने की भी धमकी देता है। रावण के ऐसा कहने पर विभीषण डर जाते हैं कि कहीं रावण उनका वध न कर दे और वह अपने चार सचिवों के साथ आकाश में चले गए, वहाँ से भी धिक्कारते हैं। कहते हैं—

सुलभाः पुरुषा राजन् सततं प्रियवादिनः।
अप्रियस्य च पथ्यस्य वक्ता श्रोता च दुर्लभः॥

(यह श्लोक वाल्मीकि ने दो बार हूबहू उद्धृत किया है। पहली बार स्वर्ण मृग बनकर सीता हरण में सहयोग करने के पहले मारीच रावण को यही कहकर समझाता है कि श्रीराम से तुम जीत नहीं पाओगे। उनके बिना फर के बाण से मैं सौ योजन समुद्र तट पर आकर गिरा हूँ। दूसरी बार विभीषण कहते हैं कि प्रिय लगने वाली बात बोलने वाले पुरुष तो बहुत हैं, लेकिन अप्रिय लेकिन हितकर बात करने वाले कम होते हैं। मैं आपको अप्रिय लगने वाली, लेकिन आपके हित की बात कर रहा हूँ।)

वह आकाश से ही कहते हैं—तुम काल के वश में हो। ऐसे व्यक्ति की तरह हो, जिसके घर में आग लग गई है। इसी से मैं तुम्हारी उपेक्षा नहीं कर सकता और नीति की बात कही। लेकिन जिनकी आयु समाप्त हो जाती है, वे सुहृदों की बात को नहीं मानते। अब मैं यहाँ से चला जाता हूँ, तुम सुखी रहो। तुलसी भी यह प्रसंग करीब-करीब ऐसा ही बताते हैं। अध्यात्म में ही कमोवेश तुलसी की तरह ही वर्णन है।

वाल्मीकि लिखते हैं कि विभीषण गदा लेकर अपने चार साथियों के साथ आकाश में चले गए। ये चार साथी कौन थे, यहाँ स्पष्ट नहीं होता। वह गदा लेकर गए। विभीषण को वाल्मीकि कई जगह शत्रुसूदन विशेषण का प्रयोग करते हैं। इससे लगता है कि वह नीति निष्णात ही नहीं, युद्ध-कला में भी निष्णात थे। इसी से हमेशा गदा जैसा अस्त्र भी लिए रहते थे और उसे लेकर वह आकाश में गए। उन्हें यह भी तो लगा होगा कि राम और रावण के बीच युद्ध अपरिहार्य है। ऐसी स्थिति में श्रीराम की तरफ से उन्हें भी युद्ध में भाग लेना पड़ सकता है, बल्कि मित्र के नाते उन्हें युद्ध में श्रीराम का साथ देना ही चाहिए। इसी से वह चलते समय गदा लेते गए। तुलसीदास लिखते हैं—

सचिव संग लै नभ पथ गयऊ। सबहिं सुनाइ कहत अस भयऊ॥

अर्थात् विभीषण के साथ जो लोग गए, वे उनके मंत्री थे। अध्यात्म में भी उन्हें दो बार मंत्री बताया गया है—चतुर्भिर्मन्त्रिभि:—लगता है कि विभीषण के पास कोई स्वतंत्र मंत्रालय का कार्यभार था और उनके सहायक मंत्री भी थे। ये भी उनकी ही तरह विचारवान रहे होंगे और रावण पर विभीषण की सीख का असर न होते देख विभीषण के साथ वे लोग भी हो लिए। वाल्मीकि इन्हें आगे चलकर अनुचर लिखते हैं। वे भी भयंकर पराक्रमी अस्त्र-शस्त्र धारण किए हुए तथा उत्तम आभूषणों से अलंकृत थे, अर्थात् वे भी कुलीन ही थे। कंब ने उन चार लोगों के नाम भी बताए हैं—अनल, अनिल, हर और संपाति।

ते चाप्यनुचरास्तस्य चत्वारो भीमविक्रमा:।
तेअपि वर्मायुधोपेता भूषणोत्त्मभूषिता:॥

(वा., यु., 17, 3)

कंब रामायण में विभीषण का प्रसंग लंबा है, वाल्मीकि की तरह। विभीषण तरह-तरह से रावण को समझाते हैं और यह भी बताते हैं कि श्रीराम को विश्वमित्र और अगस्त्य ने कौन-कौन से अस्त्र-शस्त्र दिए हैं। उनके धनुष-बाणों की शक्ति का उल्लेख करते हैं कि किस तरह उन्होंने बालि के प्राण लिये और अन्य राक्षसों को मारा। वहाँ एक अलग पटल में हिरण्यकशिपु और प्रह्लाद की कहानी बताई गई है किस तरह भगवान् ने नृसिंह रूप धारण कर उसे मारा। यह सब रावण को समझाने के लिए है, लेकिन रावण है कि मानता नहीं।

तुलसीदास बताते हैं कि रावण ने विभीषण को लात मारकर सभा से निकल जाने के लिए कहा। उसने विभीषण को दुत्कारा। कहा—तेरी मृत्यु निकट है। तू मेरे राज का सुख भोग रहा है और शत्रु की प्रशंसा कर रहा है। मेरे राज में बसकर तपस्वियों पर प्रेम दिखाता है, जा उन्हें ही नीति सिखा।

अस कहि कीन्हेसि चरन प्रहारा। अनुज गहे पद बारहिं बारा॥

रावण ने एक लात नहीं, कई लात मारीं। वह लात मारता और विभीषण उसके चरण पकड़ लेते कि शायद रुक जाए और समझ आ जाए। लेकिन

जब वह नहीं माना, तो भी उन्होंने कहा कि तुम पिता के समान हो, इसलिए भले ही मुझे पैरों से मारा, लेकिन श्रीराम को भजने में ही तुम्हारा कल्याण है, ऐसा कहकर वह आकाश मार्ग से श्रीराम के पास चले जाते हैं और जाते-जाते कहते हैं—मैं जा रहा हूँ, तुम्हारी सभा अर्थात् लंका अब काल के वश में है, इसलिए मुझे कोई दोष न देना। तुलसी कहते हैं कि ऐसा कहते ही और विभीषण के लंका त्यागते ही लंका के सभी लोगों की आयु खत्म हो गई।

रावण की सभा से निकलकर विभीषण श्रीराम के पास जाते हैं। यहाँ यह भी ध्यान देने की बात है कि जिस सागर को पार करने में हनुमान जैसे वीर को इतनी मेहनत करनी पड़ी, उसे ये लोग आसानी से पार कर जाते हैं। वाल्मीकि लिखते हैं कि एक मुहूर्त—आजगाम मुहूर्तेन—में ही वे वहाँ पहुँच गए, अर्थात् विभीषण भले ही राम भक्त, सात्त्विक और नीतिवेत्ता रहे होंगे, वे भी राक्षसों के उन गुणों से युक्त थे, जिनसे वे समुद्र को आसानी से पार कर सकते थे। तुलसीदास यहाँ कुछ अधिक न बताकर सीधे उन्हें श्रीराम की सेना के पास पहुँचा देते हैं।

एहि बिधि करत सप्रेम विचारा। आयउ सपदि सिंधु ऐहिं पारा॥

यहाँ उन्होंने सपदि शब्द का प्रयोग किया है। इसका अर्थ हुआ शीघ्र। वह शीघ्र ही समुद्र के इस पार आए। सपदि शब्द का प्रयोग तुलसीदास ने मानस में कई जगह शीघ्रता के भाव में ही किया है। वाल्मीकि के दो घड़ी और शीघ्र में समानता दिखती है। मुहूर्त दो घड़ी का होता है, जो 48 मिनट का माना जाता है। 48 मिनट में समुद्र पार करने का आशय यह है कि उन्होंने किसी आकाशचारी रथ आदि का सहारा नहीं लिया, बल्कि राक्षसी माया से तत्काल ही पहुँच गए। वह रावण की सभा में ही आकाश में चले गए थे और वहीं से सीधे श्रीराम की सेना के समक्ष आए। निश्चित ही मायावी तरीके से ही आए होंगे।

सेना के पड़ाव के पास पहुँचने पर सुग्रीव आदि जब कौतूहल से आकाश में देखने लगते हैं तो विभीषण खुद अपना परिचय देते हैं। वह सीता के हरण

और रावण को समझाने तथा उसे न मानने की बात भी बताते हैं, लेकिन सुग्रीव को विश्वास नहीं होता। ध्यान देने की बात है कि सुग्रीव के साथ हनुमान भी हैं, लेकिन वह भी विभीषण को पहचानते नहीं। न तो वाल्मीकि और न ही तुलसीदास ही उनके पहचानने की बात करते हैं। यदि हनुमान लंका में विभीषण से मिल लिए होते और उनसे बातचीत किए होते तो यहाँ तो अवश्य ही पहचान लेना चाहिए था। उन्हें बताना चाहिए था कि यह तो विभीषण हैं, जिन्होंने सीता का पता बताया था या जिन्होंने रावण के दरबार में मेरी हत्या होने से बचाया था, लेकिन ऐसा नहीं होता। वह सुग्रीव की इस बात से सहमत होते लगते हैं—

जानि न जाइ निसाचर माया। कामरूप केहि कारन आया॥
भेद हमार लेन सठ आवा। राखिअ बाँधि मोहि अस भावा॥

नहीं तो वह सुग्रीव को समझाते कि विभीषण अन्य राक्षसों से अलग हैं और प्रभु के भक्त हैं। इनका आचरण राक्षसों की तरह नहीं अपितु वे साधु पुरुष हैं। मानस में लंका अनुसंधान के समय विभीषण के घर के बाहर आने और राम-राम स्मरण करने से हनुमान ने उन्हें सज्जन समझा था और उनसे मैत्री की थी। लेकिन यहाँ वह क्यों मौन रहते हैं, यह समझ में नहीं आता। शायद वह समझते हैं कि सभी लोग पहले अनुमान लगा लें फिर मैं अपनी बात कहूँ। आगे वाल्मीकि और तुलसीदास लगभग एक सी बातें बताते हैं। विभीषण के परिचय देने पर श्रीराम उन्हें अपनी शरण में लेते हैं और मैत्री के साथ ही अभयदान देने के साथ ही उनका राजतिलक भी कर देते हैं। अध्यात्म रामायण में भी इसी तरह की बातें हैं। वहाँ विभीषण श्रीराम की वंदना करते हैं और शरण में लेने का आग्रह करते हैं। दोनों ग्रंथों में श्रीराम स्वत: विभीषण का राजतिलक करते हैं। अध्यात्म में सुग्रीव विभीषण से एक बात चतुरता से कहते हैं—विभीषण हम सब अब श्रीराम के दास हैं, लेकिन तुम सबमें प्रधान हो, क्योंकि तुमने केवल भक्ति से ही उनकी शरण ली है। अब रावण के नाश करने में तुम्हें हमारी मदद करनी चाहिए। सुग्रीव का मंतव्य समझिए।

उन्होंने श्रीराम को सीता का पता लगाने और रावण को मारने में मदद करने का अश्वासन दिया है। अब जब रावण का भाई विभीषण उनके पक्ष के साथ मिलता है तो वह तुरंत उससे अपने काम में मदद करने का आग्रह कर देते हैं। विभीषण कहता भी है कि मैं परमात्मा राम की क्या मदद कर सकता हूँ, तथापि मुझसे जैसा जो कुछ भी बनेगा, निष्कपट होकर भक्तिभाव से उनकी सेवा करता रहूँगा। कंब रामायण में भी ये सब बातें वाल्मीकि से मिलती-जुलती हैं। लेकिन एक बात सबसे अलग है, जो कोई नहीं बताता। वह यह कि जब श्रीराम विभीषण का राजतिलक लक्ष्मण से कराते हैं (वाल्मीकि की तरह ही) तो विभीषण कहते हैं कि आप अपनी चरण पादुकाएँ मुझे दीजिए, जैसे भरत को दी थीं। इस पर श्रीराम ने कहा—

(पहले हम चार भाई थे) गुह से मिलकर पाँच हुए, फिर मेरु की परिक्रमा करने वाले सूर्य के पुत्र (सुग्रीव) के साथ मिलकर छह बने। प्रेम भरे ह्दय के साथ मेरे पास आने वाले तुम मेरे सातवें भाई बने। मुझे वन में भेजकर हमारे पिता (अर्थात् राजा दशरथ) अनेक उत्तम पुत्रों के पिता बने। गुह, सुग्रीव और विभीषण को भाई बनाने की बात सिर्फ कंबन ही बताते हैं। अन्य सभी रामायणों में इन सबको श्रीराम अपना सखा और मित्र ही कहते हैं।

वाल्मीकि के पास नीति की कुछ बाते हैं। वह बताते हैं कि विभीषण श्रीराम से मिलने के पहले सुग्रीव को अपना परिचय देते हुए कहते हैं कि जाकर उनसे कहो कि—सर्वलोकशरण्याय विभीषणमुपस्थितम्। सुग्रीव को इस पर भी संतोष नहीं होता और वह उन्हें मायावी समझकर तरह-तरह की आशंका व्यक्त करते हैं। इस पर श्रीराम अन्य वानरों से मत व्यक्त करने के लिए कहते हैं। अंगद उनकी परीक्षा लेने और उन पर जासूस लगाने की बात करते हैं तो जांबवान भी उनसे सशंक रहने की ही बात करते हैं, क्योंकि उनके आने का यह उचित समय नहीं है। मैंद उनसे पूछताछ कर कोई निर्णय लेने की बात करते हैं। इस पर हनुमानजी सबके संदेहों और सुझावों को तर्क के साथ खंडन करते हुए कहते हैं कि यह रावण से डरकर आतंकित होकर आए

हैं। वह मित्रभाव से आए हैं। यदि उनसे पूछताछ की जाती है तो उनके मन में तकलीफ होगी और हम एक अच्छे मित्र को खो देंगे। उनकी देह भाषा से भी कोई दुर्भाव नहीं दिखता, इसलिए मेरे मन में उनके प्रति कोई दुर्भाव नहीं है, क्योंकि दुष्ट मन का व्यक्ति कभी नि:शंक होकर सामने नहीं आ सकता। इसलिए मुझे लगता है कि उन्हें अपना लेना चाहिए। इसके बाद श्रीराम सबको नीति की बात बताते हैं। विभीषण अपने भाई को छोड़कर आ रहा है तो यह उसका दोष नहीं है। राजाओं की दो कमजोरी (छिद्र) होती हैं। पहली तो उसी कुल में पैदा हुए जाति भाई और पड़ोसी राजा। ये संकट में अपने पड़ोसी राजा और राजपुत्र पर प्रहार कर बैठते हैं। विभीषण रावण से डरा है। वह इस पर शंका करने लगा है। इसलिए अपनी रक्षा के लिए इसका यहाँ आना गलत नहीं है। हम इसके कुटुंबी नहीं है, इसलिए इससे खतरा नहीं है। दूसरे, यह राज्य पाने का अभिलाषी भी है, इसलिए भी यह हमारा त्याग नहीं कर सकता। अत: इसे स्वीकार कर लेना चाहिए। इसे अपने पक्ष में मिला लेने से हमारे अभीष्ट की सिद्धि में मदद मिलेगी। यहाँ श्रीराम एक और महत्त्वपूर्ण बात कहते हैं कि सभी भाई भरत की तरह नहीं होते, सभी मित्र तुम्हारी (सुग्रीव) तरह नहीं होते और सभी बेटे मेरी तरह नहीं होते—

न सर्वे भ्रातरस्तात भवन्ति भरतोपमाः।
मद्विधा वा पितुः पुत्राः सुहृदो वा भवद्विधा॥

(वा., यु., 18, 15)

इतना कहने पर भी सुग्रीव नहीं मानते कि विभीषण किसी सात्त्विक भाव से शरण में आए हैं। वह उन्हें रावण द्वारा भेजा गया कुटिल भाई ही मानते हैं और कहते हैं कि असावधान होने पर यह हम, आप, किसी पर भी हमला कर सकता है। इसके बाद श्रीराम उन्हें अपनी शक्ति के बारे में बताते हैं कि यह राक्षस यदि कुटिल भाव से आया है तो भी मेरा कुछ नहीं बिगाड़ सकता, क्योंकि मैं यदि चाहूँ तो पृथ्वी पर जितने भी राक्षस, दानव आदि हैं, उन्हें अपनी अंगुली के मात्र अग्र भाग से ही मार सकता हूँ। (तुलसीदास यहाँ पर

लक्ष्मण के पास यह शक्ति होने की बात लिखते हैं—जग महुं सखा निसाचर जेते, लछिमनु हनइ निमिष महुं तेते) दूसरी बात शरण में आए हुए को कभी नकारना नहीं चाहिए। वह शरणागत को सुरक्षा देने के महर्षि कण्व के पुत्र कंडु द्वारा बताई गई नीति विषयक बातें भी विस्तार से बताते हैं। शरणागत की रक्षा न करना बड़ा दोष माना गया है। यदि स्वयं रावण भी शरण में आ जाए तो मैं उसे भी अभयदान दे दूँगा। तुलसीदास भी शरणागत की रक्षा करने के महत्त्व को कई तरीके से बताते हैं। यहाँ तक कि—कोटि बिप्र बध लागहिं जाहू, आए सरन तजऊं नहिं ताहू। भगवान् विप्र धेनु सुर और संतों के हित के लिए पैदा होते हैं और यदि कोटि विप्रों की हत्या करके भी कोई उनकी शरण में आता है तो वे उसे भी अपना लेंगे।

इस अभयदान के बाद विभीषण श्रीराम के पास आते हैं और अपना परिचय देते हुए शरण में आने की बात करते हैं।

यहाँ यह ध्यान देने की बात है कि तुलसीदास यह नहीं बताते कि विभीषण के मन में अपने राज्य की भी चिंता है। श्रीराम सब समझते हैं, इसी से वाल्मीकि के श्रीराम कहते हैं कि यह राक्षस राज्य पाने का अभिलाषी है—न वयं तत्कुलीनाश्च राज्यकांक्षी च राक्षसः। श्रीराम की शरण में आने का निहितार्थ तो है ही। रावण मारा जाएगा। उसके साथ विभीषण रहेंगे तो वे भी मारे जाएँगे। लेकिन यदि वह श्रीराम के साथ आते हैं तो सुरक्षित भी रहेंगे और रावण तथा उसके पुत्रों के मारे जाने के बाद राज्य के अधिकारी भी होंगे।

यह बात आगे उस समय सिद्ध भी होती है, जब विभीषण कहते हैं कि मैं अपने सभी मित्र, धन (परिवार भी) और लंका को छोड़कर आया हूँ। अब मेरा राज्य, जीवन और सुख सब आपके अधीन है—

परितक्ता मया लङ्का मित्राणि च धनानि च।
भवद्गतं ही मे राज्यं जीवितं च सुखानि च।

विभीषण अपनी पत्नी, पुत्री और अन्य निकट परिजनों की बात नहीं करते हैं, जबकि उनकी पत्नी भी उन्हीं की तरह रामभक्त थी और अपनी बेटी

से सीता को अंदर की जानकारी देती रहती थी। वह उन्हें और अपने अन्य स्वजनों को छोड़कर आए हैं। समय ही नहीं मिला सबको साथ लाने का, क्योंकि वह रावण की सभा से आकाश मार्ग से चले आए थे। वह यह भी जानते थे कि रावण उनके परिवार को पीड़ा नहीं पहुँचाएगा और वह राम के पास उस समय जा रहे हैं, जब वह रावण से युद्ध करने के लिए सेना के साथ लंका के दरवाजे पर हैं। ऐसे में परिवार को ले जाना व्यावहारिक नहीं होता।

श्रीराम यहाँ एक कुशल राजनीतिज्ञ लगते हैं। वह विभीषण को अपने साथ मिलाना चाहते हैं और रावण के संहार में उनकी मदद लेना चाहते हैं, जो आगे स्पष्ट होगा। तुलसीदास के विभीषण भक्त हैं और श्रीराम के प्रति पूरी तरह समर्पित। वह कहीं राज्य की कामना नहीं करते। वह बस भक्ति माँगते हैं और श्रीराम का भजन करना चाहते हैं। वह श्रीराम के चरणकमल के दर्शन के लिए आतुर हैं, लेकिन श्रीराम की राजनीति देखिए। विभीषण माँगते हैं—

अब कृपाल निज भगति पावनी। देहु सदा मन सिव भावनी॥

और श्रीराम उन्हें लंका का राज्य ही दे देते हैं—माँगा तुरत सिंधु कर नीरा।

अस कहि राम तिलक तेहि सारा। सुमन वृष्टि नभ भई अपारा॥

यही श्रीराम की नीति है। शत्रु के भाई को मिला लो और उसकी मदद से शत्रु को नष्ट कर दो। विभीषण का राजतिलक हो गया है। उनके मन में लंका का राजा होने की आशा जड़ जमा लेती है और वह श्रीराम के साथ मजबूती से खड़े हो जाते हैं।

वाल्मीकि और कंबन के अनुसार जब विभीषण को श्रीराम अभयदान दे देते हैं तो उनसे रावण का बलाबल भी पूछते हैं। यहाँ वह हनुमान द्वारा बताए गए बल का विभीषण से तुलना करके देखना चाहते हैं कि यह सही बता रहे हैं कि नहीं। हनुमान तो लंका की रणनीति और राक्षसों की ताकत पहले ही बता चुके हैं। विभीषण से वह उसकी पुष्टि चाहते हैं। दोनों रामायण में

इसका विशद वर्णन है। मानस में यह नहीं है। विभीषण रावण की ही ताकत नहीं बताते, कुंभकर्ण, इंद्रजित्, उसके सेनापतियों और राक्षसों की शक्ति भी बताते हैं और यह भी कि रावण को ब्रह्माजी ने वरदान दिया है कि मनुष्य को छोड़कर कोई भी उसको मार नहीं सकता। श्रीराम ने यह सुनकर कहा कि मैं यह सब जानता हूँ। लेकिन तुम यह मान लो कि मैं सबका वध करके तुम्हें लंका का राजा बनाऊँगा—राजानं त्वां करिष्यामि सत्यमेतच्छृणोतु मे। (वा., यु., 21, 19) यह भी कूटनीतिक बात है। सब जानते हैं तो और क्या जानना चाहते हैं। बस यह कि विभीषण सही बता रहे हैं कि कुछ छिपा रहे हैं। यह भी उनका लिटमस टेस्ट ही है।

इतना सुनकर विभीषण ने कहा कि हे प्रभो! लंका को जीतने में मैं आपकी सहायता करूँगा और प्राणों की बाजी लगाकर रावण की सेना में प्रवेश करूँगा। यह सुनकर श्रीराम ने विभीषण को हृदय से लगा लिया। यहाँ श्रीराम की नीति-कुशलता का प्रमाण मिलता है। शत्रु के भाई को अपनी तरफ मिलाना और उसे राज देने का विश्वास दिलाकर युद्ध के लिए भी प्रेरित करना। इसी से विभीषण को लोकमानस में घर का भेदी तक कहा गया। यह लोकनिंदा कभी उनके नाम से नहीं हटी। आज तक किसी ने अपने बेटे का नाम विभीषण नहीं रखा। युद्ध शुरू होने पर वह इंद्रजित्, कुंभकर्ण और रावण के कई भेद बताते हैं और उन्हीं की सलाह पर श्रीराम रावण की नाभि में बाण मारते हैं, जिससे वह मारा जाता है। कुलहंता से बड़ा पाप कोई नहीं होता, इसी से विभीषण राम के भक्त और नीतिनिपुण होते हुए भी सम्मान के पात्र जनमानस में नहीं रहे। जनमानस से अस्वीकृत विभीषण के माथे से घर का भेदी होने और भाई की मृत्यु में सहायक होने का कलंक आज तक नहीं मिटा।

इतना होने के बाद सुग्रीव और हनुमान सबसे बड़ी समस्या विभीषण के समक्ष रखते हैं कि समुद्र को पार करने का क्या उपाय किया जाए। यहाँ भी विभीषण एक तरह से परीक्षा ही दे रहे हैं। वह लंका के वासी हैं तो समुद्र के सभी गुप्त रहस्य भी जानते होंगे। इसी से उनसे यह प्रश्न किया गया। वह

बताते हैं कि यह महासागर राजा सगर ने खुदवाया है। श्रीराम उनके वंशज हैं, इसलिए समुद्र को उनकी मदद अवश्य करनी चाहिए। इसलिए श्रीराम को समुद्र की शरण लेनी चाहिए। वाल्मीकि के अनुसार श्रीराम ने इस सुझाव पर अपनी सहमति होते हुए भी सुग्रीव और लक्ष्मण से राय ली। दोनों ने इसका समर्थन किया और श्रीराम समुद्र से सहायता के लिए उसके तट पर कुश का आसन बिछाकर बैठे। यहाँ तुलसीदास कुछ अलग जानकारी देते हैं। वह बताते हैं कि लक्ष्मण इस सुझाव से सहमत नहीं थे—

मंत्र न यह लछिमन मन भावा। राम बचन सुन अति दुख पावा॥
नाथ दैव कर कवन भरोसा। सोषिअ सिंधु करिअ मन रोसा॥

तुलसी के लक्ष्मण विनय नहीं बल प्रयोग करना चाहते हैं।

श्रीराम उन्हें आश्वासन देते हैं कि ऐसा ही करूँगा, धैर्य रखो—ऐसेहिं करब धरहु मन धीरा।

अध्यात्म में मानस जैसी ही सूचनाएँ हैं। यहाँ विभीषण उतना ही विनयावनत दिखते हैं, जितने मानस में। सुग्रीव आदि का संदेह भी अधिक नहीं है। एक अंतर है। अध्यात्म में श्रीराम लक्ष्मण से समुद्र जल मँगाकर सुग्रीवादि और लक्ष्मण से विभीषण का राजतिलक कराते हैं।

लंङ्काराज्याधिपतियार्थमभिषेकं रमापतिः।
कारयामास सचिवैर्लक्ष्मणेन विशेषतः॥
(अ., यु., 3, 45)

कंब के पास वाल्मीकि का ही अनुसरण है।

ऐसा नहीं कि श्रीराम ही अपनी व्यूह रचना में लगे हैं। रावण भी चुप नहीं बैठा है। वह श्रीराम के दूत का बल देख चुका है, जिसने लंका को जलाकर राख कर डाला और न जाने कितने वीरों का वध कर दिया। वह भी देखना चाहता है कि श्रीराम के पास कितना सैन्यबल है। एक रणनीति कुशल राजा के लिए अपने शत्रु पर हमला करने अथवा उसके हमले के पहले उसके

बलाबल का पता लगाना अति आवश्यक होता है तो वाल्मीकि और कंबन के अनुसार रावण ने अपने गुप्तचर श्रीराम की सेना में भेजे। उसके मुख्य गुप्तचर शार्दूल ने श्रीराम की सेना देख ली थी। उसने रावण से कहा कि लंका की ओर वानरों और भालुओं का प्रवाह सा आ रहा है। मैंने उनकी सेना और श्रीराम और लक्ष्मण को भी देखा है। उनकी सेना दस योजन में स्थान को घेरे हुए है। अतः आप इस बारे में और पता लगाने के लिए गुप्तचर भेजें, जो दूत के रूप में जाकर उनकी सेना में फूट डाल दें। शार्दूल के सुझाव पर रावण ने शुक को अपना दूत बनाकर भेजा और उससे सुग्रीव को अपना मैत्री संदेश देकर फूट डालने की योजना बताई और कहा कि जाकर कहो कि राम का साथ छोड़कर किष्किंधा लौट जाएँ, क्योंकि उनसे मेरी कोई दुश्मनी नहीं है। शुक रावण का संदेश लेकर तोते के रूप में गया और श्रीराम की सेना के ऊपर पहुँचकर आकाश से ही सुग्रीव को संदेश देने लगा, तब तक कुछ वानरों से उसे गुप्तचर समझकर उसके पंख नोच लिये। इस पर उसने श्रीराम से पुकार कर कहा कि हे रघुनंदन! देखिए, ये लोग मुझे मार रहे हैं। मैं दूत होने से अवध्य हूँ। श्रीराम ने वानरों को मना किया कि न मारें। फिर उसने सुग्रीव से पूछा कि मैं रावण को आपका क्या संदेश दूँ। सुग्रीव ने कहा कि जाकर कह दो कि रावण की रक्षा कोई नहीं कर सकता और मैं उसे दंड देकर पूरे परिवार का वध कर दूँगा। इस बीच अंगद को लगा कि यह दूत नहीं है, गुप्तचर है, क्योंकि आकाश में स्थित होकर इसने पूरी सेना देख ली है। उनके कहने पर वानरों ने उसे पकड़कर बाँध लिया तो उसने फिर अपनी अवध्यता बताई। सुग्रीव ने कहा कि उसके नाक-कान काटकर भेज दो। शुक ने कहा कि जो हमारा नाक-कान काटेगा, उसे श्रीराम की सौगंध। उसकी दीनता देख लक्ष्मण ने उसे छुड़ाया और रावण के नाम पत्र देकर भेजा, जिसमें सीता को लौटाने के लिए कहा गया था। तुलसीदास तो इसके बाद शुक को रावण के पास भेजते हैं। वह श्रीराम और लक्ष्मण तथा वानर वीरों का बल बताकर रावण को सीता को सौंप देने के लिए कहता है, लेकिन रावण अपने बल की डींग हाँकता है और उसे क्रोध में लात मारकर भगा देता है, फिर लक्ष्मण का पत्र पढ़कर

उनका मजाक उड़ाता है। वह पुनः श्रीराम के पास आता है और उनकी कृपा से मुक्ति पाता है। तुलसी यह कथा भी बताते हैं कि वह पूर्व जन्म में मुनि था, लेकिन अगस्त्य के श्राप से राक्षस हो गया। प्रभु की कृपा से उसकी राक्षस योनि से मुक्ति हो गई और वह अपने आश्रम को चला गया। वाल्मीकि ने लिखा है कि वानर सैनिकों ने शुक को तब तक नहीं छोड़ा, जब तक पुल नहीं बन गया और पूरी सेना ने उस पार पहुँच युद्ध का बिगुल नहीं बजा दिया। कंबन ने बताया है कि शुक और सारण गुप्तचर के रूप में पुल बनने के बाद उस समय श्रीराम की सेना में पहुँचे, जब रामदल पुल पार कर लंका के तट पर पहुँच गया था और विभीषण ने उन्हें पहचानकर बताया कि वानर रूप में ये रावण के गुप्तचर हैं। मानस में लक्ष्मण उन्हें पत्र लिखकर रावण को देते हैं, जबकि कंब रामायण में श्रीराम उन्हें रावण से कहने के लिए संदेश देते हैं। दोनों रावण को राम की सेना का विवरण देने के साथ ही यह भी बताते हैं कि विभीषण का राजतिलक कर दिया गया है। मानस में भी यह बात है। गुप्तचरों के पुनः लौटकर राम के पास जाने की बात नहीं है, लेकिन वह कहते हैं कि राम का दर्शन कर उनका पाप कट गया।

इधर श्रीराम को समुद्र के तट पर कुशासन पर बैठे हुए तीन दिन बीत जाते हैं और उसकी ओर से कोई प्रतिक्रिया नहीं आती, तब श्रीराम को क्रोध आता है—

बिनय न मानत जलधि जड़, गए तीनि दिन बीति।
बोले राम सकोप तब भय बिनु होइ न प्रीति॥

वाल्मीकि कोई भ्रम नहीं रखते। वे साफ कहते हैं कि कुशासन बिछाने के बाद श्रीराम ने समुद्र का यथोचित पूजन किया और पूर्वाभिमुख होकर लेट गए। वह दाहिनी बाँह का तकिया बनाकर लेटे थे। इसके आगे के कई श्लोकों में वह श्रीराम की भुजा और उसके बल की प्रशंसा करते हैं। वह दाहिनी बाँह पर सिर रखकर लेटे थे अर्थात् दाहिनी करवट थे। वह एक तरह से तीन दिन तपस्या कर रहे थे। वह समुद्र की विनती करते और फिर वहीं लेट जाते,

जिससे वह तीन दिन तक कुशासन पर ही रहे। अंत में वह सोचने लगे कि तीन दिन बीत गए, अब या तो मैं समुद्र पार जाऊँगा या उसका संहार ही होगा।

वह लक्ष्मण से कहते हैं कि शांति, क्षमा, सरलता और मधुर बोलना सत्पुरुषों के गुण हैं। गुणहीनों के प्रति इनका प्रयोग करने पर यही होता है। सामनीति से लोक में न तो कीर्ति पाई जाती है, न यश का प्रसार और न ही संग्राम में विजय पाई जा सकती है। अब देखना, मैं समुद्र को कैसे सुखा देता हूँ और इसमें रहने वाले जीवों को कैसे नष्ट कर देता हूँ। मेरा धनुष और बाण लाओ, जिससे मैं समुद्र सुखा दूँ। इसका आशय यह हुआ कि समुद्र से याचना के समय उन्होंने अपने अस्त्र-शस्त्र भी दूर रख दिए थे। मानस में भी यही बात है। वह लक्ष्मण से धनुष-बाण मँगाते हैं और कहते हैं कि शठ के साथ विनय, कुटिल के साथ प्रेम और स्वाभाविक रूप से कंजूस के साथ उदारता का उपदेश, ममता में फँसे व्यक्ति को ज्ञान की बातें, अति लालची से वैराग्य, क्रोधी से शांति, कामी व्यक्ति से भगवान् की कथा उसी तरह निष्फल होती है, जैसे ऊसर में बीज बोने से वह उगता नहीं है। ऐसा कहकर वे धनुष पर बाण चढ़ाते हैं। वाल्मीकि लिखते हैं कि उन्होंने कई बाण समुद्र में छोड़े मानो इंद्र ने बहुत से वज्रों से प्रहार किया हो। ये बाण समुद्र के जल में घुस गए—

ते त्वलन्तो महावेगास्तेजसा सायकोत्तमाः।
प्रविशन्ति समुद्रस्य जलं वित्रस्तपन्नगम्॥

(वा., यु., 21, 27)

इससे समुद्र में भयंकर हलचल मची, जलजीव व्याकुल हो गए, ऊँची-ऊँची लहरें उठने लगीं, चारों तरफ कोलाहल होने लगा। जब उन्होंने दूसरा बाण संधान करने का प्रयास किया तो लक्ष्मण ने उनका हाथ पकड़ लिया और बोले—बस, बस अब नहीं। आप समुद्र को नष्ट किए बिना ही पार जाने का कोई उपाय सोचें। यहाँ तुलसीदास थोड़ा बदलाव कर देते हैं। उनके श्रीराम कोई बाण छोड़ते नहीं बल्कि सिर्फ धनुष पर चढ़ाते ही हैं कि समुद्र में

कोलाहल हो जाता है, सब जीव व्याकुल हो जाते हैं और समुद्र सोने के थाल में तरह-तरह की मणियाँ लिए हुए ब्राह्मण वेश में सामने आता है। अध्यात्म में भी ऐसा ही वर्णन है। वाल्मीकि के श्रीराम ने बाण छोड़ने और लक्ष्मण के मना करने के बाद भी जब दूसरा बाण धनुष पर चढ़ाया, जो ब्रह्मदंड की तरह भयंकर था और जिसे उन्होंने ब्रह्मास्त्र मंत्र से अभिमंत्रित किया तो उसे खींचते ही मानो पृथ्वी और आकाश फटने लगे हों, पर्वत हिलने लगे। सारे संसार में अंधकार छा गया, नदियों और जलाशयों में हलचल पैदा हो गई। सूर्य और चंद्रमा की गति तिर्यक हो गई। आकाश में बिजली कड़कड़ाने लगी। चारों ओर हाहाकार मच गया तो समुद्र मूर्तिमान होकर प्रकट हुआ। तुलसी के विप्र रूप समुद्र के विपरीत वाल्मीकि का समुद्र अलंकृत है और स्वर्ण तथा उत्तम रत्नों से अलंकृत था। उसने श्रीराम से हाथ जोड़कर कहा—

पृथिवी वायुराकाशमापो ज्योतिश्च राघवः।
स्वभावे सौम्य तिष्ठन्ति शाश्वतं मार्गमाश्रिताः॥

(वा., यु., 22 26)

यही बात समुद्र से तुलसीदास यथावत् कहलवाते हैं—

गगन समीर अनल जल धरनी। इन्ह कइ नाथ सहज जड़ करनी॥

अर्थात् ये सब स्वभाव से ही जड़ हैं। ये अपने स्वभाव में रहते हैं, उसे बदलते नहीं। इसी तरह मेरा स्वभाव है कि मैं अगाध और अथाह हूँ और कोई भी मेरे पार नहीं जा सकता है। लेकिन मैं आपको ऐसा उपाय बताऊँगा, जिससे सारी सेना पार उतर जाएगी और मेरी भी मर्यादा बनी रहेगी।

अध्यात्म रामायण में भी ऐसा ही है।

जडोहं राम ते सृष्टः सृजतानिखिलं जगत्।

(अध्यात्म., यु., 3, 71)

कंब रामायण में भी श्रीराम के बाण छोड़ने, समुद्र के सूखने और वरुण (समुद्र) के आहत होने की बात है। उसका सिर जल गया था और देह झुलस

गई थी। अन्य किसी रचना में समुद्र के घायल होने की बात नहीं है। कंब में वह अपने देर से आने का कारण भी बताता है कि सप्त समुद्र में मीनों में संघर्ष हो रहा था, मैं उन्हें ही शांत करने गया था, मैं नहीं सुन पाया कि आपने याद किया है और इसी से आने में देर हुई।

यहाँ दो बातें ध्यान देने योग्य हैं। तुलसीदास का समुद्र कुछ आगे भी कहता है। यहाँ जो बात तुलसी ने उसके मुँह से कहलाई है, उसने तुलसी को आजकल बड़े विवाद में डाल दिया है। समुद्र कहता है—

प्रभु भल कीन्ह मोहि सिख दीन्हीं। मरजादा पुनि तुम्हरी कीन्हीं॥
ढोल गंवार सूद्र पसु नारी। सकल ताड़ना के अधिकारी॥

आपने अच्छा किया जो मुझे दंड देकर सीख दी, क्योंकि ढोल, गँवार (मूर्ख) शूद्र, पशु और स्त्री को सीख दी ही जानी चाहिए। इस चौपाई में शूद्र और नारी शब्दों के प्रयोग से तुलसी को दलित और महिला विरोधी माना जाता है और इसके लिए दोनों वर्ग उन्हें क्षमा नहीं करते। समुद्र अपने को जड़ कहता है और सीख पाने के लिए धन्यवाद भी देता है, लेकिन शूद्र और नारी शब्द के प्रयोग तुलसी को कठघरे में खड़ा कर देते हैं। वह इससे बच सकते थे। अध्यात्म में सिर्फ पशु की बात की गई है। उसे ही जड़ कहा गया है। कंब रामायण में समुद्र अपने को श्वान (कुत्ता) तक कहता है और यह भी कहता है कि एक श्वान पर क्या इतना क्रोध उचित है। तुलसी और रामचरितमानस को पढ़ते समय एक बात हमेशा याद रखनी चाहिए कि तुलसी जब रामचरितमानस लिख रहे थे तो अपने समय के समाज को दिखा रहे थे। उस समय मुगल शासन था और चारों ओर त्राहि-त्राहि मची हुई थी। इसमें संदेह नहीं कि उस समय हिंदू समाज में जाति व्यवस्था प्रबल थी, जिसकी झलक उनकी अन्य रचनाओं में भी मिलती है। लेकिन जब हम उनका मूल्यांकन करते हैं तो किसी एक दोहे या चौपाई के आधार पर नहीं कर सकते। उनके पूरे रचनाकर्म को देखना होगा, तभी हम उनके साथ न्याय कर सकते हैं। हमें देखना होगा कि अन्यत्र वह शूद्रों और स्त्री के प्रति क्या भाव

रखते हैं। दूसरी ओर सबसे महत्त्वपूर्ण बात है कि किसी रचना में यदि कोई पात्र कुछ कहता है तो उसे लेखक या कवि के विचार नहीं मानने चाहिए। पात्र का अपना व्यक्तित्व होता है, सोच होता है और उसी के अनुसार उसके मुँह से बात निकलती है। संत संत की तरह बात करेगा, राजा राजा की तरह और राक्षस राक्षस की तरह। रावण अपनी तरह की बात करता है और विभीषण अपनी तरह की। चूँकि इन पात्रों में भाषा कवि ही डाल रहा है तो यह उनके विचार न मानकर पात्र के विचार ही माना जाना चाहिए। अनेक कालजयी रचनाओं में ऐसी बातें देखने को मिलती हैं। यहाँ उन्हें विस्तार भय से नहीं दिया जा रहा। लेकिन यदि तुलसी इसे न लिखते तो अच्छा होता और वह बेवजह विवाद में न पड़ते। आज के समाज में इस तरह की बातें स्वीकार्य नहीं की जा सकतीं।

समुद्र श्रीराम को नल-नील के माध्यम से पुल बनाने की सलाह देता है। तुलसी के अनुसार उनके छूने से पत्थर पानी पर तैरने लगेंगे और पुल बाँधने में आसानी होगी। लेकिन वाल्मीकि कहते हैं कि नल साक्षात् विश्वकर्मा का पुत्र है। उससे पुल बनवाएँ, जिसे मैं अपने ऊपर धारण करूँगा। अर्थात् नल अपने समय के निर्माण शिल्पी और पुल आदि बनाने में दक्ष थे। अध्यात्म में भी नल की बात है, लेकिन कंब में किसी का नाम नहीं बताता समुद्र, वह सिर्फ पुल बनाने का सुझाव ही देता है। इसके लिए सुग्रीव खुद नल का चयन करते हैं।

यहाँ एक प्रसंग और महत्त्वपूर्ण है। समुद्र के पुल बनाने और नल की योग्यता तथा क्षमता बताने के पहले श्रीराम ने जो अमोघ बाण धनुष पर चढ़ाया था उसके बारे में तुलसी एक चौपाई में कह देते हैं—

यहि सर मम उत्तर तट बासी। हतहु नाथ खल नर अघ रासी॥

इस बाण से मेरे उत्तर तट पर बसने वाले दुष्ट लोगों को मार दीजिए। श्रीराम ऐसा ही करते हैं।

सुनि कृपाल सागर मन पीरा। तुरतहिं हरी राम रनधीरा॥

लेकिन वाल्मीकि इसे विस्तार से बताते हैं। सागर श्रीराम से कहता है कि मेरे उत्तर में द्रुमकुल्य नाम का विख्यात बड़ा ही पवित्र देश है। वहाँ आभीर आदि जातियों के बहुत से मनुष्य निवास करते हैं, जिनके रूप और कर्म बहुत ही भयानक हैं। वे सब लुटेरे और पापी हैं। वे मेरा जल पीते हैं। उनके स्पर्श के पाप को मैं सह नहीं सकता। आप इस बाण को वहीं सफल कीजिए। अध्यात्म रामायण में भी द्रुमकुल्य देश की बात आती है और बाण वहाँ फेंके जाने का उल्लेख है। कंब में मरुकांतार क्षेत्र की बात है, जहाँ शतकोटि राक्षस रहते हैं। उन्हें ही नष्ट करने की बात समुद्र कहता है।

यह द्रुमकुल्य देश कहाँ था या है, जहाँ श्रीराम ने अपना बाण छोड़ा। यह देखा जाना चाहिए कि वाल्मीकि के वर्णन से कहाँ का भौगोलिक मेल होता है। उनके अनुसार द्रुमकुल्य राम-सागर वार्त्तालाप स्थल से उत्तर था। वार्त्तालाप रामेश्वरम् में हो रहा है। वहाँ से उत्तर की ओर इस समय राजस्थान का मरुस्थल है, लेकिन वह समुद्र से सटा क्षेत्र नहीं है। यह पूरी तरह उत्तर में न होकर उत्तर पश्चिम में है। राजस्थान के कई क्षेत्रों से ऐसे पुरातात्त्विक साक्ष्य मिलते हैं, जिनसे पता चलता है कि वहाँ कभी समुद्र रहा था। वर्तमान हिमालयीय क्षेत्र में भी समुद्री जीवों के जीवाष्म मिले हैं। इससे अनुमान किया गया है कि जो आज हिमालयीय क्षेत्र है, वह कभी समुद्र का भाग था। पृथ्वी का यह हिस्सा जब दूसरे हिस्से से बहुत अधिक बल से टकराया तो हिमालय का निर्माण हुआ। (गोंडवाना लैंड थ्योरी) यह बल अब भी काम कर रहा है और हिमालय की चोटियों की ऊँचाई लगातार बढ़ रही है। ऐसा माना जाता है कि राजस्थान कभी बहुत हरा-भरा क्षेत्र रहा था तो भौगोलिक परिवर्तनों के कारण मरुस्थल में बदल गया। आज भी राजस्थान के कुछ क्षेत्र बहुत ही हरे-भरे हैं। यहीं आभीर आदि रहते होंगे। आभीर जनजाति के लोगों का उल्लेख बहुत प्राचीन ग्रंथों में आता है। वाल्मीकि कहते हैं कि बाण गिरने से वसुधा आर्तनाद कर उठी (बहुत तेज ध्वनि हुई होगी) और उसकी चोट से जो छेद हुआ, उससे रसातल का जल ऊपर की ओर उछलने लगा। यह जल समुद्र के जल की भाँति था। बाण गिरने से वहाँ के भूतल की कुक्षि का

वर्तमान जल सूख गया। उस देश की यह दशा देखकर श्रीराम को दया आई तो उन्होंने मरुभूमि को वरदान दिया—यह मरुभूमि पशुओं के लिए हितकारी होगी, यहाँ रोग कम होंगे, यह भूमि फल, मूल, रसों से परिपूर्ण होगी, घी, दूध की प्रचुरता होगी, वायु सुगंधित होगी। यह वर्णन राजस्थान की वर्तमान स्थिति से कम मेल खाता है। वाल्मीकि के अनुसार समुद्र कहता है कि वे लोग मेरा जल पीते हैं तो या तो उस समय सागर में कोई नदी मिलती हो अथवा मीठे जल का कोई अन्य स्रोत हो। आज भी कई सागरों में मीठे जल की धाराएँ मिलती ही हैं।

कुछ लोग (गूगल पर मिले लेख के अनुसार) कजाखस्तान के किजिलकुम नामक रेगिस्तान को वह स्थान बताने की कोशिश करते हैं, जहाँ बाण गिरा था। स्थानीय भाषा में किजिकुलम का अर्थ 'लाल रेत' होता है। यह दुनिया का 15वाँ बड़ा रेगिस्तान है। इसमें दो नदियाँ भी बहती हैं। पास में ही अराल सागर है, जो धीरे-धीरे सूख रहा है। लेकिन लंका के पास के सागर से अराल सागर का कोई संबंध स्थापित नहीं हो पाता। हो सकता है, कभी दोनों सागर आपस में जुड़े हों, हिमालय बनने के पहले की स्थिति हो। लेकिन वाल्मीकि के समय में तो हिमालय अस्तित्व में आ गया था, अर्थात् तब तक बहुत भौगोलिक परिवर्तन हो चुके थे। एक बात और, कजाखस्तान रामेश्वरम् से उत्तर में है, जबकि राजस्थान थोड़ा पश्चिम-उत्तर के कोने पर है।

रामेश्वरम् से कजाखस्तान की दूरी साढ़े चार हजार कि.मी. से अधिक है, जबकि राजस्थान की दूरी ढाई हजार कि.मी.। आजकल इतनी दूरी तक मार करने वाले प्रक्षेपास्त्र कुछ देशों के पास ही हैं। क्या उस समय इस तरह की क्षमता हमारे पास थी, जिसका प्रयोग श्रीराम ने किया। ये सब बातें गहरा विमर्श चाहती हैं। मैं कजाखस्तान को द्रुमकुल्म मानने के पक्ष में नहीं हूँ।

मेरे मन में एक विचार यह भी आता है कि कहीं आज महाराष्ट्र की लोनार झील ही वह स्थान न हो, जहाँ बाण गिरा था। यह झील लगभग 52 हजार साल पहले किसी उल्कापिंड के गिरने से बनी मानी जाती है, लेकिन

नए शोधों से पता चलता है कि यह और पुरानी है। यह महाराष्ट्र के बुलढाणा जिले में है, जिसका क्षेत्रफल वर्तमान में 113 हेक्टेयर और जमीन की सतह से ऊँचाई 480 मीटर तथा गहराई 150 मीटर है। लोनार लोण, लोन या नोन शब्द से बना है, जिसका अर्थ होता है नमकीन। इसका पानी खारा है और इसमें कोई जीव जिंदा नहीं रह सकता। वाल्मीकि कहते हैं कि जहाँ बाण गिरा, वहाँ कुएँ के समान छेद हो गया और वह व्रण नाम से प्रसिद्ध हुआ—स बभूव तदा कूपो व्रण इत्येव विश्रुतः (वा., युद्धकांड, 22, 38)। यह व्रण ही तो कहीं लोणार में नहीं बदल गया। कहीं श्रीराम के बाण के प्रहार से ही उल्कापिंड गिरने जैसा विवर बना, जिससे लोनार झील बनी। वाल्मीकि के अनुसार बाण वहाँ प्रहार करने के बाद वापस श्रीराम के तरकश में आ गया। आज भी लोनार झील के आसपास कहीं उल्कापिंड के अवशेष नहीं मिले हैं। यह भी माना जाता है कि जो उल्कापिंड टकराया होगा, वह दस लाख टन वजन का रहा होगा और 22 कि.मी. प्रति सेकंड की गति से टकराने से 14 हजार सेल्सियस तापमान पैदा होने से वह गल गया होगा। इस झील का उल्लेख 'आईने अकबरी' के साथ ही कई पुराणों में भी है। वर्ष 1823 में ब्रिटिश अधिकारी जे.ई. अलेक्जेंडर ने इसे देखा और इसके बारे में दुनिया को बताया।

इसके किनारे 1250 साल पुराने मंदिर बने हैं, जिनमें कई का हाल के वर्षों में जीर्णोद्धार किया गया है। कभी महाराष्ट्र, गुजरात और राजस्थान एक रहे होंगे। ये समुद्र तटीय भी हैं। आज इनका जो भौगोलिक स्वरूप दिखता है, हो सकता है, उस समय वह कुछ भिन्न हो।

श्रीराम ने बाण चाहे जहाँ फेंका हो, वह उत्तर की ओर ही फेंका गया और उसने धरती पर विनाश की स्थिति ला दी, इसमें कोई संदेह नहीं। यह भी हो सकता है कि इतनी दूर जाते-जाते उसकी संहारक क्षमता कुछ कम हो गई हो, इसलिए उसने अधिक विनाश नहीं किया और कुछ वनस्पतियाँ रह गई हों, जो मानव के लिए बहुत उपयोगी हुई हों। जैसे 1945 में जापान के नागासाकी और हिरोशिमा पर अमेरिका द्वारा परमाणु बम गिराने के बाद

भी 173 पेड़–पौधे बच गए थे और वे अब भी बढ़ रहे हैं। इनमें एक कैंफर (कपूर) का पौधा भी था। सब कुछ नष्ट हो जाने के बाद जब वहाँ हरियाली पनपने लगी तो लोगों में जीवन का संचार हुआ कि जब यहाँ वनस्पतियाँ उग रही हैं तो मानव भी रह सकता है। कुछ इसी तरह का संकेत वाल्मीकि ने भी दिया था।

तुलसीदास के रामचरितमानस का सुंदरकांड इसी के बाद पूर्ण हो जाता है और आगे लंकाकांड शुरू होता है। जबकि वाल्मीकि का सुंदरकांड काफी पहले हनुमानजी के श्रीराम को सीताजी का कुशलक्षेम देने के साथ ही पूरा होता है।

□

वाल्मीकि की वर्णन कला

वाल्मीकि और तुलसी का काव्य शौष्ठव अपनी-अपनी तरह विशिष्ट है। किसी में कुछ विशेषता है तो किसी में कुछ। वाल्मीकि कुछ बातों को विस्तार से बताने में अपनी काव्यकला का प्रदर्शन करते हैं तो तुलसी का कवि अनेक स्थानों पर सर्वोत्कृष्ट रूप में दिखता है। लोक और समाज के वर्णन में तो उनका कोई प्रतिद्वंद्वी नहीं दिखता। वाल्मीकि ने जिस तरह से महेंद्रगिरि की वनस्पतियों और जीवों का वर्णन किया, लंका के वैभव और धन संपदा, वहाँ के वास्तु को जिस गहराई से देखा और लिखा है, वह अपने में अतुलनीय है। तुलसी उन सबका वर्णन करते समय अधिक विस्तार नहीं करते, बस संकेत से बताते हुए आगे निकल जाते हैं। वाल्मीकि ने हनुमान के छलाँग लगाने के ठीक पहले की स्थितियों का जो वर्णन किया है, उसे कोई अति सूक्ष्म अन्वेषक ही लिख सकता है। जैसे हनुमान ने छलाँग लगाने के पहले अपने मन और शक्ति को कैसे केंद्रित किया। कैसे वहाँ की घास पर धीरे-धीरे टहलकर अपने मन को एकाग्र करते हैं। कैसे सभी देवताओं को प्रणाम करने के बाद अपने पिता को प्रणाम कर अपने शरीर का विस्तार किया और पर्वत को अपनी दोनों भुजाओं और पैरों से दबाया। जिस शक्ति से उन्होंने अपने को पर्वत पर जमाया (दबाया), उससे उनके ऊर्जा केंद्रण के प्रयास का पता चलता है। उनके दाब से पर्वत पर उगे वृक्षों की डालियाँ इतनी तेजी से हिलीं कि उनके फूल झड़ गए, जिनसे पर्वत आच्छादित हो उठा। पर्वत में रहने वाले जीव-जंतु चिल्लाने लगे, शिलाएँ टूटकर गिरने लगीं, लगता है कि वाल्मीकि के सामने ही

हनुमान छलाँग लगाने की तैयारी कर रहे हैं और वह चकित हो सब कौतूहल से देख रहे हैं और सूक्ष्म-से-सूक्ष्म चीज को बताते चल रहे हैं। वर्णन का वैभव तो वाल्मीकि के पास है। हनुमान के दाब से महेंद्र पर्वत की हलचल का अद्भुत वर्णन वह करते हैं। यह इसलिए है कि एक तो वह वनवासी थे, उन्होंने अपने आसपास की प्रकृति को खूब ध्यान से देखा और समझा था, दूसरे हम वाल्मीकि रामायण की मानें तो उन्हें ब्रह्मा से वरदान मिला था कि नारद द्वारा सुनाई गई संक्षिप्त रामकथा को वह विस्तार से लिखें और इसके ज्ञात-अज्ञात तथ्यों को जानने के लिए जब वह ध्यान लगाएँगे तो उन्हें सब कुछ स्पष्ट दिखेगा। अर्थात् वह सब कुछ अपनी आँख के सामने घटता हुआ देख सकेंगे। वह सिर्फ रचनाकार ही नहीं, दृष्टा भी थे। वह जो कुछ देख रहे थे, उसे लिखते जा रहे थे। वर्णन की सूक्ष्मता के पीछे यही कारण है। तुलसी ने रामकथा देखी नहीं, गुरु से सुनी, बार-बार सुनी। इसलिए उन्हें जो बताया गया, उस तरह लिखा, जिसमें उनका अध्ययन और जीवन व्यापार के अनुभव, यायावरी के समय देखा और उनके द्वारा जिया गया समाज भी शामिल था। वह उस समय की स्थितियों का विरोध करने के लिए एक समर्पित वर्ग तैयार करना चाहते थे। इसी से उनमें समर्पण और भक्ति-विश्वास की पराकाष्ठा है। इसे आसानी से पाया जा सकता है और इसमें वह सफल भी रहे। उनके मानस ने न केवल उस समय बल्कि आज भी समाज को एक सूत्र में बाँधने में सफलता पाई। इसी से आज रामचरितमानस भारत और अन्यत्र भी सर्वस्वीकृत एवं सम्मान्य ग्रंथ है। किसी कवि की कोई भी कृति इतनी लोकप्रिय नहीं हुई, जितनी रामचरितमानस हुई। यह उतनी ही समादृत भी हुई।

हनुमान के छलाँग लगाने के पहले वाल्मीकि का वर्णन देखिए—उस समय हनुमानजी अग्नि के समान जान पड़ते थे। उन्होंने अपने शरीर को हिलाया और रोयें झाड़े—रोमाणि चकम्पे चानलोपम्। उन्होंने मेघ के समाज गर्जना की। वह उछलना ही चाहते थे और उन्होंने अपनी रोओं से भरी पूँछ को आकाश में फेंका, जैसे गरुड़ किसी सर्प को फेंकते हैं। उन्होंने अपनी विशाल परिघ के समान भुजाओं को पर्वत पर जमाया और अंगों को सिकोड़कर कटि

प्रवेश में समेट लिया। साथ ही उन्होंने दोनों पैरों को भी समेट लिया। इसके बाद उन्होंने अपनी दोनों भुजाओं और गरदन को भी सिकोड़ लिया तथा अपने लंबे मार्ग पर दृष्टि डालने के बाद प्राणों को ह्रदय में रोका। इस दृश्य को पढ़ने के साथ पाठक को उसे देखने का सुख भी मिलता है। आपने यदि किसी बड़े वानर को कूदने के पहले की स्थिति में देखा हो तो भलीभाँति दृश्य को ह्रदयंगम कर सकते हैं। बिल्कुल वही दृश्य वाल्मीकि भी दिखाते हैं।

प्राणों को ह्रदय में रोकना एक यौगिक क्रिया भी है। प्राणों को ह्रदय में रोकने का अर्थ हुआ कि पूरी शक्ति ह्रदय में आना और उसके स्पंदन को सीमित कर देना। योग में एक खेचरी (ख माने आकाश और चर माने चलना अर्थात् आकाश में चलना) मुद्रा होती है। इसमें सिद्ध योगी अपनी जिह्वा से तालु द्वार को बंद करता है, ह्रदय में ध्यान केंद्रित कर ऊर्जा को वहीं संकेंद्रित कर देता है और उड्डयनी बँध लगाता है। (इसमें पेट को सिकोड़कर लगभग रीढ़ से चिपका लिया जाता है। यह योग की एक क्रिया है। उड्डयनी का अर्थ हुआ उड़ना।) इससे शरीर अति हल्का हो जाता है, उसका आकार चाहे जितना बड़ा हो और योगी हवा में उड़ सकता है। वह अपनी इच्छा के अनुसार उड़ने की गति कम या अधिक कर सकता है। हनुमान भी यही कर रहे हैं। इससे उनके इतने लंबे मार्ग में छलाँग लगाने से ऊर्जा का क्षय नहीं होगा और शरीर की अन्य क्रियाएँ रुक जाएँगी। इसी से हनुमान अपनी छलाँग के बीच में कहीं रुकना नहीं चाहते, वह न तो मैनाक का आग्रह मानकर विश्राम करते हैं और न ही सुरसा को अधिक समय देना चाहते हैं। सिंहनी को भी वह चलते-चलते ही मारते हैं। वह अपनी ऊर्जा को बचाए रखना चाहते हैं।

लेकिन विस्तार में जाने के लोभ में वाल्मीकि का वर्णन कहीं-कहीं मर्यादा को लाँघता भी दिखता है। वह लंका में सुंदरियों का वर्णन करते समय कतई संकोच नहीं करते, बल्कि इतना बारीक वर्णन करते हैं कि वहाँ भी लगता है कि वह सब देख रहे हैं। यह सब वह हनुमान की आँखों से दिखाते हैं। एक बार तो हनुमानजी को लगा कि वह दूसरे की स्त्रियों को अर्ध नग्न

अवस्था में देखकर पाप कर रहे हैं, लेकिन वह फिर कहते हैं कि वह सीता का पता लगाने में यह सब देखने के लिए विवश हैं और चूँकि देखने के बाद भी उनके मन में काम भाव नहीं आता, इसलिए वह पापाचार के दोषी नहीं हैं। इसी तरह अशोक वाटिका में सीता की स्थिति बताते समय भी वह उनके सौंदर्य वर्णन में मर्यादा में नहीं बँधते। वह जहाँ भी सीता का वर्णन करते हैं या संदर्भ देते हैं, उन सब जगह वह उनके शारीरिक सौंदर्य के मानकों को बताते हैं। तुलसीदास श्रीराम के भक्त हैं। वह सीता को बार-बार माता का संबोधन देते हैं और एक पुत्र के भाव से ही देखते हैं। सुंदरकांड क्या, पूरे रामचरितमानस में वह कहीं भी सीता के सौंदर्य का ऐसा वर्णन नहीं करते, जिससे मर्यादा का उल्लंघन हो। उनके वर्णन में माँ और पुत्र का भाव हमेशा परिलक्षित होता है। अरण्यकांड में वसंत के उल्लेख के समय एकाध जगह प्राकृतिक तत्त्वों से तुलना है, भी तो मर्यादा में रहकर।

तुलसीदास ने सीता के स्वयंवर के समय उनके सौंदर्य का वर्णन किया है लेकिन उनकी मर्यादा को देखिए—

सिय सोभा नहिं जाइ बखानी। जगदंबिका रूप गुन खानी॥
उपमा सकल मोहि लघु लागीं। प्राकृत नारि रंग अनुरागी॥
सिय बरनिअ तेइ उपमा देई। कुकबि कहाई अजसु को लेई॥

× × × ×

चली संग लै सखीं सयानी। गावत गीत मनोहर बानी॥
सोह नवल तन सुंदर सारी। जगत जननि अतुलित छबि भारी॥
भूषन सकल सुदेस बनाए। अंग अंग रचि सखिन्ह बनाए॥
रंग भूमि जब सिय पगु धारी। देखि रूप मोहे नर नारी॥

पूरे मानस में बस यही सीताजी का सौंदर्य वर्णन है। तुलसी को सब उपमा जूठी लगती हैं। वह अपनी माँ के सौंदर्य को बहुत शालीनता से बताते हैं और कोई उपमा उनको तुलना करने योग्य नहीं मिलती। वह किसी उपमा से उनकी तुलना कर अपजस के भागीदार नहीं बनना चाहते।

एक अंतर और दोनों कवियों में लगा। मानस में भावों का दोहराव तो कहीं-कहीं दिखता है, लेकिन वाक्यों का, चौपाइयों का दोहराव नहीं के बराबर है। पूरे सुंदरकांड में दो चौपाइयों में एक अर्धाली का ही दोहराव दिखता है। वह अर्धाली है—देखि परम बिरहाकुल सीता। इसे सुंदरकांड में दो बार लिखा गया। पहली बार जब अशोक वाटिका में सीता को रावण धमकाकर जाता है और हनुमान मुद्रिका गिराते हैं—

देखि परम बिरहाकुल सीता। सो छन कपिहि कलप सम बीता॥

दूसरी जगह जब सीता का हनुमान पर विश्वास होता है और वह अपने मन का दुख व्यक्त करती हैं कि क्यों श्रीराम ने उन्हें भुला दिया है, तब हनुमानजी ने दुखी देखकर उनसे कहते हैं।

देखि परम बिरहाकुल सीता। बोला कपि मृदु बचन बिनीता॥

वाल्मीकि में ऐसे दोहराव कई हैं। अशोक वाटिका का विध्वंस करने के बाद जब हनुमान उसके प्रवेश द्वार पर आते हैं और रावण किंकर राक्षसों को भेजता है तो उन्हें देखकर हनुमान अपना परिचय देते हैं—

जयत्यतिबलो रामो लक्ष्मणश्च महाबलः।
राजा जयति सुग्रीवो राघवेणाभिपालितः॥
दासोहं कोसलेंद्रस्य रामस्याक्लिष्टकर्मणः।
हनूमान् शत्रुसैन्यानां निहंता मारुतात्मजः॥
न रावणसहस्त्रं मे युद्धे प्रतिबलं भवेत्।
शिलाभिश्च प्रहरतः पादपैश्च सहस्त्रशः।
अर्दयित्वा पुरी लङ्कामभिवाद्य च मैथिलीम्।
समृद्धार्थो गमिष्यामि मिषतां सर्वरक्षसाम्॥

(वा., सुं., 42, 33-36)

यही चार श्लोक वह अगले सर्ग में पूरे-के-पूरे दोबारा लिखते हैं कि सिर्फ पहले शब्द जयत्यतिबलो की जगह अस्त्रविज्जयतां रामो कर देते हैं।

इसी तरह जब रावण सीता हरण के पहले मारीच के पास कपट मृग बनकर मदद करने के लिए कहता है तो मारीच उसे समझाता है और श्रीराम का बल बताता है। यह भी कहता है कि सही राय देने वाले कम मिलते हैं। वाल्मीकि लिखते हैं—

सुलभाः पुरुषा राजन् सततं प्रियवादिनः।
अप्रियश्च पथ्यस्य वक्ता श्रोता च दुर्लभः।

(वाल्मीकि, अरण्य., 37, 2)

आगे युद्धकांड में विभीषण रावण को समझाते हुए यही बात कहते हैं। युद्धकांड के 16वें सर्ग का 21वाँ श्लोक हूबहू यही है। यह भी हो सकता है कि वाल्मीकि ने इन्हें दोबारा न लिखा हो और मूल ग्रंथ की प्रति करने वालों ने इसे अच्छा श्लोक समझकर दोहरा दिया हो। प्रतिलिपिकारों का ही एक दोष और सामने आता है। कभी-कभी वे अपने मन से श्लोक रचकर ग्रंथ में शामिल कर देते हैं, जो उस समय तो नहीं, लेकिन आगे चलकर चर्चा में आ जाता है। जैसे वाल्मीकि के अनुसार युद्ध में इंद्रजित् ने श्रीराम और लक्ष्मण को बाणों से बींध डाला और नागपाश से बाँध दिया, जिससे दोनों भाई संज्ञाशून्य होकर रणक्षेत्र में पड़े रहे। रावण के आदेश से राक्षसियाँ सीता को पुष्पक विमान से रणक्षेत्र में लाती हैं, वह श्रीराम और लक्ष्मण को संज्ञाशून्य देखकर मृत समझ लेती हैं और विलाप करने लगती हैं। इस पर त्रिजटा उन्हें समझाती है कि ये मृत नहीं हैं मात्र संज्ञाशून्य हैं। उनके जाने पर श्रीराम संज्ञा में आते हैं और लक्ष्मण की दशा देखकर उन्हें मृत समझकर दुखी होते हैं। वह कहते हैं कि लक्ष्मण एक ही वेग से पाँच सौ बाणों की वर्षा करने में दक्ष थे। वह धनुर्विद्या में कार्तवीर्य अर्जुन से भी बढ़कर थे।

विससर्जैकवेगेन पंचबाणशतानि यः।
इष्वस्त्रेष्वधिकस्तस्मात् कार्तवीर्याच्च लक्ष्मणः॥

(वा., युद्ध., 49, 20)

यह कैसी बात हुई। अर्जुन तो कृष्ण के समय थे, जो रामावतार के बाद के हैं तो फिर लक्ष्मण की अर्जुन से तुलना कैसे की जा रही है। अर्जुन मानव हैं, जबकि लक्ष्मण को शेषावतार कहा गया है। इस दृष्टि से भी तुलना उचित नहीं लगती। हो सकता है कि यह भी प्रतिलिपिकार ने प्रमादवश लिख दिया है। इस तरह के दोष ग्रंथ के प्रतिलिपिकारों के ही हो सकते हैं, वाल्मीकि के नहीं। लेकिन आज उनके संपादन के समय तो इन बातों का ध्यान रखा जाना चाहिए था।

इसी तरह जब हनुमान लंका ध्वंस करके लौटते हैं तो पहले जांबवान को सीता की स्थिति और लंकादहन आदि का विवरण देते हैं। इसके बाद जब वह श्रीराम के पास जाते हैं तो फिर यही विवरण पुनः दोहराते हैं। इससे तथ्य तो नहीं बदलते, बस ग्रंथ का आकार बढ़ जाता है। प्रायः सभी प्राचीन ग्रंथों के साथ क्षेपक की समस्या आती है।

□

श्रीराम के सखा

पूरी रामकथा में श्रीराम के तीन मित्र हमें मिलते हैं। ये तीनों अलग-अलग स्थलों पर सामने आते हैं। उनका मैत्री भाव भी अलग है। वे सभी श्रीराम के प्रति समर्पित हैं, लेकिन उनके अलग कारण हैं और स्थितियाँ भी। सबसे पहले जब भगवान् वन जाते हैं, सुमंत्र उन्हें रथ पर बैठाकर कोशल की सीमा के बाहर तक ले जाते हैं। कई छोटी-मोटी नदियाँ पार कर वह श्रृंगवेरपुर में गंगा के तट पर पहुँचते हैं। गंगा को पार करना है। उनके आगमन की सूचना पर नगर, गाँव, पुर के लोग आते हैं। जब इसकी खबर उस क्षेत्र के राजा निषादराज गुह (गुह्य) को मिलती है तो वह भी आते हैं। तुलसीदास गुह के अपने बंधु-बांधवों के साथ आने की बात करते हैं, लेकिन वाल्मीकि बताते हैं कि निषाद अपने वृद्ध मंत्रियों और सचिवों सहित आते हैं। तुलसीदास गुह के समर्पण और श्रीराम के प्रति अनुराग की बात तो करते हैं, लेकिन अधिक जानकारी नहीं देते, जब कि वाल्मीकि कहते हैं कि गुह श्रीराम के सखा हैं।

तत्र राजा गुहो नाम रामस्यात्मसमः सखा।
निषादजात्यो बलवान् स्थपतिश्चेति विश्रुतः॥

(वा, अयोध्या, 50, 33)

निषादराज गुह श्रीराम के सखा थे और उन्हें प्राणों से प्यारे थे। निषादकुल में जन्मा गुह अत्यंत शक्तिवान और सैनिक दृष्टि से अत्यंत बलवान था। अर्थात् निषादराज गुह उनका नया मित्र नहीं था बल्कि पहले से ही दोनों में मैत्री थी। क्योंकि जब श्रीराम ने उसे आते देखा तो लक्ष्मण के

साथ उसके स्वागत में आगे बढ़े। गुह ने कहा कि आपके लिए जैसे अयोध्या राज्य है, उसी तरह यह राज्य भी है। बताइए, मैं क्या सेवा करूँ। यहाँ वह गुह के राज्य का नाम नहीं बताते, लेकिन वर्णन से ऐसा लगता है कि वह आसपास के क्षेत्र के राजा थे। उनके पास सेना थी। श्रीराम गुह को भुजाओं में भर लेते हैं और उसका कुशल-क्षेम पूछते हैं। यहाँ श्रीराम का निषादराज से उनका स्नेह और सखाभाव स्पष्ट होता है, जहाँ दोनों बराबर हैं। न कोई छोटा, न बड़ा। बस गुह अपने को छोटा मानकर उनके स्वागत और सेवा के लिए उपस्थित होता है और भोजन तथा पेय आदि प्रस्तुत करता है। श्रीराम उससे बस अपने घोड़ों के लिए चारा आदि ही लेते हैं और कहते हैं कि मुझे चूँकि तापस वेश में वन में रहना है, इसलिए मैं किसी का दिया अन्नादि ग्रहण नहीं कर सकता।

वाल्मीकि के इस वर्णन से स्पष्ट होता है कि गुह का मैत्री भाव निस्स्वार्थ है। वह श्रीराम का सखा है। सखा कहते ही उसे हैं, जो साथ रहे, यश का विस्तार करे—सह समानं ख्यायते। उसे श्रीराम से कुछ नहीं चाहिए। चूँकि वह उसके सखा हैं और उसके राज्य से जा रहे हैं तो वह उनके स्वागत और सुविधा प्रदान करने के लिए आगे आता है। न श्रीराम को उससे कुछ चाहिए और न गुह को। वास्तविक मैत्री तो यही है। समान भाव हो और निस्स्वार्थ संबंध हों। गुह का प्रवेश रामकथा में थोड़े समय के लिए होता है। वाल्मीकि उसे शीघ्र विदा कर देते हैं। लेकिन तुलसी का गुह कुछ अधिक दिन श्रीराम के साथ रहता है। वह गंगा पार कराने के बाद भी कुछ दिन उनके साथ चलता है। जब श्रीराम रात में सोते हैं तो लक्ष्मण उनकी रखवाली में बाहर बैठते हैं। साथ में गुह भी रहता है, तरकश बाँधे और धनुष पर बाण चढ़ाए हुए। लक्ष्मण गुह से भक्ति व ज्ञान की अन्य बातें करते हैं और बाद में यमुना पार करने के बाद श्रीराम उसे लौटने के लिए कहते हैं। वह श्रीराम की सहायता के लिए उनके साथ रहना चाहता है। जब श्रीराम उसे लौटने के लिए कहते हैं तो उसको धक्का लगता है।

तब प्रभु गुहहि कहेउ घर जाहू। सुनत सूख मुख भा उर डाहू॥
दीन बचन गुह कहकर जोरी। बिनय सुनहु रघुकुलमनि मोरी॥
नाथ साथ रहि पंथु देखाई। करि दिन चारि चरन सेवकाई॥
जेहि बन जाइ रहब रघुराई। परनकुटी मैं करबि सुहाई॥
तब मोहि कहं जसि देब रजाई। सोइ करहिऊं रघुबीर दोहाई॥
सहज सनेह राम लखि तासू। संग लीन्ह गुह हृदय हुलासू॥

श्रीराम सीता, लक्ष्मण और गुह के साथ एक ही नाव से गंगा पार करते हैं। यह भी दोनों की मित्रता का प्रमाण है। वह परिवार के सदस्य की तरह साथ रहता है।

उतरि ठाढ भये सुरसरि रेता। सीय राम गुह लखन समेता॥

गुह उनके साथ आगे बढते हैं—सखा अनुज सिय सहित वन गवनु कीन्ह रघुनाथ।

वह भरद्वाज ऋषि के आश्रम में भी श्रीराम के साथ है।

सीय लखन जन सहित सुहाए। अति रुचि राम मूल फल खाए॥

आगे भी तुलसीदास लिखते हैं—

राम कीन्ह बिश्राम निसि प्रात प्रयाग नहाइ।
चले सहित सिय लखन जन मुदित मुनिहि सिरु नाइ॥

यहाँ जन गुह का ही संकेत कर रहा है, अर्थात् वह वहाँ भी श्रीराम के साथ थे। आगे चलकर यमुना पार करने पर जब एक युवा तापस भगवान् से मिलता है तो वहाँ भी गुह हैं और वह उसे दंडवत् करते हैं।

कीन्ह निषाद दंडवत तेही। मिलेउ मुदित लखि राम सनेही॥

इसके बाद श्रीराम गुह को तरह-तरह से समझाकर घर भेजते हैं—

तब रघुबीर अनेक बिधि सखहि सिखावन दीन्ह।
राम रजायसु सीस धरि भवन गवनु तेइं कीन्ह॥

यहाँ एक और बात ध्यान देने की है। वाल्मीकि बताते हैं कि जब श्रीराम गंगा पार करने के लिए लक्ष्मण से नाव की व्यवस्था करने के लिए कहते हैं तो वह गुह और सुमंत्र से यह बात कहते हैं। इस पर गुह अपने लोगों से अच्छी नाव की व्यवस्था करवाते हैं, जो मजबूत हो, जिसमें डाँड़ लगा हो, कर्णधार बैठा हो और देखने में सुंदर हो। ऐसी नाव आते ही गुह उसमें श्रीराम का सामान आदि लादते हैं और नाव पर चढ़ने के पहले श्रीराम गुह को अपने राज्य की रक्षा करने की सलाह देकर उससे विदा लेते हैं। इस तरह की सलाह तो कोई मित्र ही मित्र को दे सकता है। यही श्रीराम ने किया। इसके बाद वह गंगा पार करते हैं। और यहीं से गुह वापस चला जाता है।

अप्रमत्तो बले कोशे दुर्गे जनपदे तथा।
भवेथा गुह राज्यं हि दुरारक्षतमं मतम्॥
ततस्तं समनुज्ञाप्य गुहमिक्ष्वाकुनन्दनः।
जगाम तूर्णमव्यग्रः सभार्यः सहलक्ष्मणः॥

(वा., अयोध्या. 52-72, 73)

यहाँ यह भी ध्यान देने की बात है कि वाल्मीकि और तुलसी की गंगा पार करने की रामकथा में थोड़ा अंतर है। वाल्मीकि गुह से नाव मँगाने की जानकारी देते हैं। नाव बड़ी है, मजबूत है और उसके साथ एक अच्छा केवट है, जो भगवान् को गंगा पार कराता है। अध्यात्म रामायण में है कि गुह ही खुद अपने जाति भाइयों सहित नाव खेकर सबको गंगा पार कराते हैं—गुहस्तान्वाहयामास ज्ञातिभिः सहितः स्वयम्। श्रीराम, सीता और लक्ष्मण के साथ गुह भी उसी नाव से गंगा पार करता है। एक मित्र ही है, जो परिवार के साथ आत्मभाव से रह सकता है। इससे भी दोनों के बीच मैत्री की गहराई का पता चलता है। तुलसी के राम गुह से नहीं, उसके एक केवट से नाव लाने के लिए कहते हैं। रामचरितमानस में यह प्रसंग अपने में अद्भुत है। केवट प्रसंग से पूरे घटनाक्रम में एक अनोखा लालित्य, भक्तिभाव और मानव स्वभाव का दर्शन होता है। यह प्रसंग तुलसी का अपना है। वह इससे बहुत कुछ संदेश देते हैं।

गंगातट पर श्रीराम के पहुँचने तक उनके अहिल्या उद्धार की बात चारों ओर फैल गई थी। केवट के कानों तक भी यह पहुँची थी। वह समझा कि श्रीराम जिसे पैर से छू देते हैं, वह पत्थर आदि महिला हो जाता है। जब उससे नाव लाने के लिए भगवान् कहते हैं तो वह इस बात पर अड़ जाता है कि बिना पाँव पखारे वह उन्हें नाव में नहीं बैठाएगा, भले ही कुछ हो जाए और लक्ष्मण क्रोध में आकर उसे तीर से मार दें। यदि बिना पाँव धोए वह उन्हें नाव में बैठाता है और नाव भी महिला हो गई तो उसकी जीविका ही चली जाएगी। केवट का नाम नहीं पता चलता, लेकिन बस उसका भाव पता चलता है। वह कितना सौभाग्यशाली है कि उसे श्रीराम को गंगा पार कराने का अवसर मिल रहा है। वह मुदित है, प्रफुल्ल है। उसे मनोवांक्षित चीज मिल रही है। जिसका दर्शन सबको दुर्लभ है, वह उसके सामने गंगा पार कराने का अनुनय कर रहा है। वह गंगा पार कराने की उतराई भी नहीं लेता। उसे उधार पर रखता है। लौटते समय जो देंगे, वह ले लेगा। लेकिन प्रभु इस मार्ग से तो लौटे ही नहीं। वह तो पुष्पक विमान से लौटे। उन पर केवट की उधारी रह ही गई। वह शायद अकेला व्यक्ति होगा विश्व में, जिसके कर्जदार श्रीराम हैं। (ऋण तो हनुमान का भी रह गया था और श्रीराम मानते भी हैं कि उनसे उऋण नहीं हो पाएँगे—सुनु सुत तोहि उरिन मैं नाहीं। देखहुं करि बिचार मन माहीं॥) यह सौभाग्य सबको कहाँ मिलता है। लेकिन प्रभु ने उसे दिया क्या—

बहुत कीन्ह प्रभु लखन सियं नहिं कछु केवट लेइ।
बिदा कीन्ह करुनायतन भगति बिमल बरु देइ॥

केवट ने वह पाया, जो कम लोगों को ही मिलता है। श्रीराम की भक्ति। तुलसीदास यही बार-बार माँगते हैं। हनुमान यही भक्ति पाते हैं। लेकिन उन्हें यह माँगना पड़ता है।

नाथ भगति अति सुखदायनी। देहु कृपा करि अनपायनी॥
सुनि प्रभु परम सरल कपि बानी। एवमस्तु तब कहेउ भवानी॥

और केवट बिना माँगे पा जाता है। वह तो सखाभाव से भी ऊपर की स्थिति में है। वह उस चीज को पा गया जो देव, दनुज, मानव किसी के लिए भी दुर्लभ है। ऐसे केवट के भाग्य से किसे ईर्ष्या नहीं होगी।

श्रीराम के दूसरे सखा हैं सुग्रीव। दोनों के बीच मैत्री के पीछे अपने-अपने हित हैं। श्रीराम और सुग्रीव एक ही स्थिति में हैं। दोनों के पास राजपाट नहीं है, पत्नियाँ छिन गई हैं। दोनों वनवास कर रहे हैं—श्रीराम पिता की आज्ञा मानकर तो सुग्रीव भाई बाली के भय से। उनका मिलन भी संदेह और भय की स्थिति में होता है। जब श्रीराम लक्ष्मण के साथ सीता को खोजते हुए किष्किंधा पहुँचते हैं तो ऋष्यमूक पर्वत पर रहता हुआ सुग्रीव उन्हें देखता है। श्रीराम नीचे हैं, सुग्रीव पर्वत शिखर पर जहाँ से वह सबको देख सकता है। वह शिखर से आसपास को आसानी से देख सकता था, इसी से किसी कंदरा में न छिपकर शिखर पर रहता था। उसके साथ हनुमान और अन्य सचिव हैं। वह सशंकित है कि ये कौन हैं। कहीं बाली ने उसे मारने के लिए तो नहीं भेजा है। हनुमान से उनके बारे में पता लगाने के लिए कहता है।

अति सभीत कह सुनु हनुमाना। पुरुष जुगल बल रूप निधाना॥
धरि बटु रूप देखु तैं जाई। कहेसु जानि जियं सयन बुझाई॥
पठए बालि होहिं मन मैला। भागौं तुरत तजौं यह सैला॥

कितना कमजोर है सुग्रीव यहाँ। वह अपने प्राण बचाने के लिए यहाँ रह रहा है, जहाँ बाली श्राप के कारण नहीं आता, फिर भी डर रहा है। लेकिन वाक्विद् हनुमान श्रीराम से परिचय जानकर उन्हें सुग्रीव से मित्रता की सलाह देते हैं।

तेहि सन नाथ मयत्री कीजै। दीन जानि तेहि अभय करीजै॥
सो सीता कर खोज कराइहि। जहं तहं मरकट कोटि पठाइहि॥

श्रीराम और सुग्रीव के बीच अग्नि की साक्षी में मैत्री होती है। सुग्रीव को विश्वास होता तो साक्षी की जरूरत नहीं पड़ती। जब श्रीराम को पता चलता है कि वह अपने बड़े भाई के भय से यहाँ रह रहा है तो वह उसे आश्वस्त करते

हैं कि वह बाली का वध करेंगे और उसकी पत्नी और राजपाट लौटाएँगे।

सुनु सुग्रीव मारिहउं बालिहि एकहिं बान।
सखा सोच त्यागहु बल मोरें। सब बिधि घटब काज मैं तोरे॥

लेकिन सुग्रीव को विश्वास नहीं होता। वह श्रीराम की शक्ति की थाह लेना चाहता है और कहता है—

कह सुग्रीव सुनहु रघुबीरा। बालि महाबल अति रनधीरा॥
दुंदुभि अस्थिताल देखराए। बिनु प्रयास रघुनाथ ढहाए॥

तुलसीदास तो इतना ही कहकर रह जाते हैं, जब कि वाल्मीकि इसे विस्तार से बताते हैं।

वह कहते हैं कि अग्नि की प्रदक्षिणा करने के बाद सुग्रीव ने श्रीराम से कहा—आज से आप मेरे प्रिय मित्र हैं। आज से हम लोगों का दुःख और सुख एक है। और साल पत्तों की सघन डाल तोड़कर उसे बिछाकर उस पर श्रीराम के साथ सुग्रीव बैठ जाता है।

त्वं वयस्योअसि हृद्यो मे ह्येकं दुःखं सुखं च नौ।
सुग्रीवो राघवं वाक्यमित्युवाच प्रहृष्टवत्॥
ततः सुपर्णबहुलां भङ्क्त्वा शाखां सुपुष्पिताम्।
सालस्यातीर्यं सुग्रीवो निषसाद सराघवः॥

(वा., किष्किंधा., 5, 17-18)

यहाँ सुग्रीव की ठसक देखनी चाहिए। कहाँ अयोध्या नरेश दशरथ पुत्र राम, कहाँ वानरराज बाली का पराजित और सर्वस्व गँवाने वाला सुग्रीव, लेकिन वह बैठता है श्रीराम के बगल में। इसके बाद भी वाल्मीकि कई बार बताते हैं कि सुग्रीव श्रीराम के बगल में बैठता है एक ही आसन पर। ध्यान देने की बात है कि जब निषादराज गुह श्रीराम से मिलता है और भगवान् राम रात में शयन करते हैं तो गुह लक्ष्मण के साथ कुछ दूर बैठा उनकी रक्षा में तत्पर है। उसकी न कोई अपेक्षा है न लालच। वह सिर्फ सख्य भाव में श्रीराम के

दर्शन और उनकी सहायता के लिए आया है। उसका सख्य भाव सबसे अलग है। लेकिन सुग्रीव का अपना दर्द और भय बिना कहे रहा नहीं जाता। वह मैत्री होते ही कहता है कि उसके भाई ने उसकी पत्नी छीन ली है और उसे राज से निकाल दिया है। उसी के भय से वह वन में इस पर्वत पर निवास कर रहा है। यहाँ श्रीराम उसे बाली को मारने का आश्वासन देते हैं। सुग्रीव श्रीराम को सीता के आभूषण और वस्त्र देता है, जो रावण द्वारा हरे जाने के समय पर्वत पर वानरों को देख उन्होंने गिरा दिए थे।

श्रीराम के आश्वासन के बाद भी सुग्रीव को यह विश्वास नहीं होता कि वह बाली को मार ही पाएँगे। वह उनकी और परीक्षा लेना चाहता है। तुलसीदासजी दुंदुभि अस्थि ताल गिराने की बात कहते हैं, लेकिन वाल्मीकि बताते हैं कि सुग्रीव तरह-तरह से बार-बार श्रीराम की शक्ति की थाह पाना चाहता है। वह बाली की ताकत का बहुत बखान करता है और देखना चाहता है कि श्रीराम सचमुच उसे मार पाएँगे कि नहीं। उसने कहा कि मैंने आपको मित्र के रूप में पाया है। अतः मुझे अब निर्भय हो जाना चाहिए, लेकिन मैंने बाली का बल देखा है और आपको अभी तक किसी युद्ध में नहीं देखा।

किं तु तस्य बलज्ञोअहं दुर्भ्रातुर्बलशालिनः।
अप्रत्यक्षं तु मे वीर्यं समरे तव राघवः॥

(वा., किष्किंधा., 11, 79)

इस पर श्रीराम कहते हैं कि युद्ध के समय मैं प्रत्यक्ष इसका विश्वास करा दूँगा—प्रत्ययं समरे श्लाघ्यमहमुत्पादयामि ते।

लेकिन वह धैर्य नहीं रख पाता। इसके पहले वह कहता है कि यदि आप दुंदुभि की अस्थियों को एक ही पैर से दो सौ धनुष दूर फेंक देंगे या सात साल के वृक्षों में से किसी एक वृक्ष को एक ही बाण से बींध देंगे तो मुझे विश्वास हो जाएगा कि आप बाली को मार सकेंगे। क्योंकि बाली ने इन साल के सात वृक्षों को कई बार एक-एक कर बींध डाला था। इस पर श्रीराम ने सोचा कि इसे अपना बल दिखा ही दिया जाए। उन्होंने दुंदुभि की अस्थियों को पैर के

एक अँगूठे पर टाँग लिया और दस योजन दूर फेंक दिया। सुग्रीव को अब भी विश्वास नहीं होता। वह कहता है कि मेरे भाई ने युद्ध में थका होने के बाद दुंदुभि को इतनी दूर फेंका था। तब दुंदुभि में मांस और मज्जा भी था, जिससे यह भारी था। अब तो यह अस्थि मात्र रहने से हल्का हो गया है। आप यदि साल के वृक्षों में एक को भी छेद दें तो मैं विश्वास कर लूँ। इस पर श्रीराम ने जो बाण छोड़ा, वह सातों वृक्षों को एक साथ छेदने के बाद पाताल में चला गया और वहाँ से निकलकर पुनः उनके तरकस में आ गया। यह देखकर सुग्रीव विस्मय से उनके चरणों में गिर गया और कहा कि आप तो समर में इंद्र सहित देवताओं का भी वध कर सकते हैं, बाली को मारना कौन सी बड़ी बात है।

सेन्द्रानपि सुरान् सर्वास्त्वं बाणैः पुरुषर्षभ।
समर्थ समरे हंतु किं पुनर्वालिनं प्रभो॥

(वा., किष्किंधा., 12, 8)

यह सब देखने के बाद ही सुग्रीव आश्वस्त होता है। मैत्री में श्रीराम की इतनी परीक्षा कोई नहीं लेता। यह इसलिए भी, क्योंकि सुग्रीव वानर था और चंचल मन उसका स्वभाव था। उसने बाली का बल और पराक्रम देखा था। बाली अभी तक अविजित रहा है। इसलिए भी उसके मन में संशय है कि क्या कोई ऐसा है, जो उसे मार सकता है। श्रीराम की शक्ति देखकर उसे विश्वास हो जाता है कि बाली मारा जाएगा और उसकी पत्नी तथा राज वापस मिल जाएगा। इन सबमें कहीं भी मैत्री भाव नहीं है। है तो बस राज्य और पत्नी पाने की लालसा। बाली के मारे जाने के बाद जब उसे किष्किंधा का राज मिलता है तो वह श्रीराम से किए गए वादे को भूल जाता है, तब श्रीराम को उसे डरा-धमकाकर याद दिलाना पड़ता है। हाँ, इसके बाद वह लगातार उनके साथ प्रधान सेनापति के रूप में पूरी भूमिका निभाता है और लंका के रण में अपने बल का भरपूर प्रदर्शन करता है।

श्रीराम के तीसरे मित्र विभीषण हैं। वह भी अपने भाई रावण के सताए हुए हैं। रावण ने उनका कुछ छीना नहीं सिर्फ उनकी सलाह नहीं मानी कि

वह सीता को लौटा दे और श्रीराम की शरण में चला जाए। इस पर रावण उसे मारने की धमकी देता है और चरण-प्रहार भी करता है। वह श्रीराम की शरण में आते हैं। एक तरह से राजनीतिक शरण थी यह। लेकिन तुलसीदास विभीषण को राम का भक्त बताते हैं। उनके विचार सबसे अलग हैं। उनके मकान में भगवान् का मंदिर बना है। सोकर उठने पर राम-राम का उच्चारण करते हैं। भवन में रामायुध अंकित है और तुलसी के कई पौधे लगे हैं। यह सब देखकर हनुमान उन्हें सज्जन व्यक्ति समझ लेते हैं। लेकिन यह भी सोचते हैं कि लंका में सज्जन व्यक्ति कैसे रहता होगा।

लङ्का निसिचर निकर निवासा। इहां कहाँ सज्जन कर बासा॥

वाल्मीकि के पास यह प्रसंग नहीं मिलता, लेकिन विभीषण की साधुता और सद्विचार कई बार सामने आते हैं। वह बार-बार रावण से सीता को लौटाने की बात करते हैं। लेकिन मदांध रावण हर बार उन्हें दुत्कारता है। विभीषण समझ जाते हैं कि रावण और लंका का नाश अब सामने है। इसलिए रावण के अपमान करने पर वह लंका त्यागकर श्रीराम के पास आ जाते हैं। कुंभकर्ण को भी रावण का सीता हरण अच्छा नहीं लगा। उसने भी उसे बहुत धिक्कारा और कहा कि तुमने बहुत गलत किया, लेकिन वह भाई का साथ नहीं छोड़ता और आश्वस्त करता है कि तुम निश्चिंत रहना, मैं राम का वध कर दूँगा। रावण कुंभकर्ण के बल को जानता था। जब उसने रावण को धिक्कारा तो वह कुपित तो हुआ, लेकिन कुछ कहा नहीं, जबकि विभीषण को बहुत डाँटता है और इंद्रजित् भी विभीषण का उपहास करता है कि छोटे चाचा डरपोक हैं। वह अपने बल को बताता है कि किस तरह उसने इंद्र को जीता और ऐरावत के दोनों दाँत उखाड़ लिये। इस पर विभीषण कहते हैं कि तुम बच्चे हो। तुम्हारी बुद्धि कच्ची है। कर्तव्य-अकर्तव्य का निश्चय नहीं कर पाते हो, इसलिए अपने ही विनाश की बात कर रहे हो। वाल्मीकि इन प्रसंगों को बहुत विस्तार से बताते हैं। वाल्मीकि कहते हैं कि रावण विभीषण को कुल-कलंक तक कहता है और प्राण लेने की धमकी देता है।

योअन्यस्त्वेवंविध ब्रूयाद् वाक्यमेतन्निशाचर।
अस्मिन मुहूर्ते न भवेत् त्वां तु धिक् कुलपांसन॥
(वा., युद्ध., 15, 16)

दोनों के बीच हुआ वार्त्तालाप सदाचार और नीति का अच्छा अध्याय है। विभीषण बार-बार रावण को पिता तुल्य, अग्रज और अपने को उनका हितैषी कहते हैं अंत तक उसे समझाने की कोशिश करते हैं। और अंत में उससे क्षमा माँगकर लंका के कल्याण की कामना करते हुए चार लोगों के साथ लंका का त्याग करते हैं।

विभीषण का श्रीराम के पास आना अप्रत्याशित घटना थी। जब उन्होंने लंका छोड़ी तो उनके पास कोई योजना नहीं थी कि कहाँ जाएँगे। वह तो इस भय से भागे थे कि कहीं रावण उन्हें मार न दे, क्योंकि उसने ऐसी ही धमकी दी थी। वह जाते भी कहाँ। सर्वत्र रावण का राज था। जहाँ नहीं था, वहाँ उसके राक्षसों का आतंक था। श्रीराम की सेना समुद्र के उस पार तक आ ही चुकी थी। वह उनके बल और पौरुष की कहानी कई राक्षसों के वध के रूप में जान ही चुके थे। तो उन्होंने सोचा कि श्रीराम की शरण में ही चला जाए। युद्ध में रावण तो जीतेगा नहीं; उसके वध के बाद यदि कोई नहीं बचेगा तो लंका का राज तो उसे ही मिलना था। अध्यात्म रामायण के युद्धकांड में दूसरे सर्ग के अंतिम श्लोक में यह संकेत है—

हनिष्यति त्वां रामस्तु सपुत्रबलवाहनम्।
हन्यमानं न शक्नोमि द्रष्टुं रामेण रावण।
त्वां राक्षसकुलं कृत्स्नं ततो गच्छामि राघवम्।

राज्य-प्राप्ति का मनोरथ उनके मन में था। यह एक प्रसंग से और पता चलता है। वाल्मीकि बताते हैं—जब इंद्रजित् के प्रहारों से श्रीराम और लक्ष्मण दोनों मरणासन्न हो जाते हैं और वानर सेना में खलबली मच जाती है तो विभीषण कहते हैं—

ययोर्वीर्यमुपाश्रित्य प्रतिष्ठा कांक्षिता मया।
ताविमौ देहनाशाय प्रसुप्तौ पुरुषर्षभौ॥
जीवन्नद्य विपन्नोअस्मि नष्टराज्यमनोरथः।
प्राप्तप्रतिज्ञश्च रिपुः सकामो रावणः कृतः॥
(वा., यु., 50, 18–19)

अर्थात् जिनके बल से मैंने लंका के राज्य पर प्रतिष्ठित होने की अभिलाषा की थी, वे ही दोनों भाई देह–त्याग के लिए सोए हुए हैं। आज मैं जीते जी मर गया। मेरा राज्य विषयक मनोरथ नष्ट हो गया।

इससे पता चलता है कि श्रीराम के शरणागत होने के पीछे यह भी मंशा थी। उन्हें यह शोक नहीं है कि श्रीराम और लक्ष्मण मरणासन्न हैं, उनके मित्र का अंत निकट है, अब सीता का क्या होगा, अन्य वानर वीरों का क्या होगा। उन्हें चिंता है कि उनके राज्य का मनोरथ पूरा नहीं होगा। वह अपने पूरे परिवार को लंका में ही छोड़कर इसीलिए आए थे कि राज्य पाने पर वहीं जाना ही है। रावण कम–से–कम उनके परिवार को तो नहीं मारेगा। इसलिए वे सब युद्धक्षेत्र में नहीं लंका में ही सुरक्षित हैं। वाल्मीकि और अध्यात्म रामायण में उनकी पत्नी का नाम तो एकाध जगह आता है, लेकिन उनके बच्चों के बारे में स्पष्ट जानकारी नहीं है। उनकी एक बेटी का नाम जरूर कला आता है, जिसके माध्यम से उनकी पत्नी सीता तक संदेश पहुँचाती है।

श्रीराम को आभास नहीं था कि शत्रु का भाई भी उनसे मिल सकता है। विभीषण किस भाव से वहाँ पहुँचे थे, यह कोई नहीं जानता था। सुग्रीव विभीषण को रावण का जासूस समझते हैं। एक जासूस शुक उसी समय पकड़ा गया था। यह भी संयोग ही था कि शुक और विभीषण लगभग एक साथ श्रीराम के सैन्य शिविर में पहुँचे थे। इसलिए संदेह होना स्वाभाविक था।

जानि न जाय निसाचर माया। कामरूप केहि कारन आया॥
भेद हमार लेन सठ आवा। राखिअ बाँधि मोहि अस भावा॥

वाल्मीकि और तुलसी के पास विभीषण के श्रीराम के पास जाने का प्रसंग लगभग एक सा है। वह विभीषण को अभयदान देते हैं और उनका राजतिलक कर लंका का राजा बना देते हैं और लंकेश का संबोधन भी करते हैं। लंकेश तो अभी तक रावण ही था। विभीषण भी श्रीराम की कृपा से लंकेश बन तो जाते हैं, लेकिन यह अभी बस प्रतीकात्मक ही है। वाल्मीकि के अनुसार श्रीराम कहीं भी विभीषण को सखा संबोधन नहीं करते हैं, लेकिन तुलसी कई बार सखा कहते हैं।

कहु लंकेश सहित परिवारा। कुसल कुठाहर बास तुम्हारा।
खल मंडली बसहु दिन राती। सखा धरम निबहइ केहि भांती॥
सुनहु सखा निज कहउं सुभाऊ। जान भुसुंडि संभु गिरिजाऊ॥
जदपि सखा तब इच्छा नाहीं। मोर दरसु अमोघ जग माहीं॥

विभीषण का अभिषेक तो वाल्मीकि भी कराते हैं, लेकिन यहाँ श्रीराम उनकी कुछ परीक्षा लेना चाहते हैं। वह कहते हैं कि तुम रावण का बलाबल बताओ। वास्तव में श्रीराम को हनुमान लंका की सैन्यशक्ति के बारे में बता चुके हैं, लेकिन रावण और उसके भाइयों-बेटों का बल उन्हें नहीं ज्ञात था। श्रीराम यह जानकारी विभीषण से लेना चाहते हैं। वह इससे यह भी परीक्षा ले लेते हैं कि विभीषण क्या अंदर की बातें बताते हैं कि नहीं। यह राजनीतिक चातुर्य है। विभीषण बताते हैं कि लंका में कितनी सेना है और वह रावण, इंद्रजित्, कुंभकर्ण, प्रहस्त की शक्ति तथा उनके द्वारा विजित युद्धों की जानकारी भी देते हैं। यह भी बताते हैं कि रावण ब्रह्मा के वरदान से मनुष्य को छोड़ किसी के द्वारा नहीं मारा जा सकता। यह जानने के बाद श्रीराम विभीषण को आश्वस्त करते हैं कि वह रावण को उसके बंधु-बांधवों सहित मारकर मैं तुम्हें लंका का राजा बनाएँगे। कहते हैं कि रावण का वध किए बिना मैं अयोध्या नहीं जाऊँगा।

अहं हत्वा दशग्रीवं सप्रहस्तं सकहात्मजम्।
राजानं त्वां करिष्यामि सत्यमेतच्छृणोतु मे॥

अहत्वा रावणं संख्ये सपुत्रजनबान्धवम्।
अयोध्या न प्रवेच्छामि त्रिभिस्तैर्भ्रातृभि शपे॥

(वा., युद्ध., 19-19, 21)

इतना आश्वासन पाने के बाद विभीषण कहते हैं कि मैं राक्षसों के संहार और लंका पर आक्रमण करके उसे जीतने में आपकी सहायता करूँगा और प्राणों की बाजी लगाकर युद्ध के लिए रावण की सेना में प्रवेश करूँगा। विभीषण के ऐसा कहने पर श्रीराम ने उन्हें हृदय से लगा लिया और लक्ष्मण से समुद्र से जल लाकर विभीषण का लंका नरेश के रूप में अभिषेक करने के लिए कहा।

इति ब्रुवाणं रामस्तु परिष्वज्य विभीषणम्।
अब्रवील्लक्ष्मणं प्रीतः समुद्राज्जलमानय॥
तेन चेमं महाप्राज्ञमर्षिं च विभीषणम्।
राजानं रक्षसां क्षिप्रं प्रसन्ने मयि मानद॥

(वा., युद्ध., 18-24, 25)

ध्यान देने की बात है कि श्रीराम विभीषण का अभिषेक स्वयं न कर लक्ष्मण से कराते हैं, जबकि तुलसीदास के अनुसार वह स्वयं अभिषेक करते हैं।

असि कहि राम तिलक तेहि सारा। सुमन वृष्टि नभ भई अपारा॥

अध्यात्म में श्रीराम स्वयं न कर लक्ष्मण और अन्य सचिवों से अभिषेक करवाते हैं।

अब इन तीनों मित्रों की श्रीराम के जीवन में भूमिका देखें। निषादराज गुह तो बस जितने समय गंगा और यमुना पार कराने के बाद भरद्वाज ऋषि से मिलने तक उनके साथ रहे, उतनी ही भूमिका में दिखते हैं, लेकिन सुग्रीव और विभीषण अंत तक उनके साथ रहते हैं। सुग्रीव तो लंका में युद्ध के समय मुख्य सेनापति की भूमिका में ही रहते हैं और वाकायदा युद्ध संचालन रहते

हैं। युद्ध करते हैं। युद्ध के समय विभीषण भी साथ रहते हैं। वह कई बार गुप्त बातें बताते हैं जो श्रीराम की विजय को सुनिश्चित करती हैं, जैसे मेघनाद की मायावी पूजा और रावण को अजेय करने वाले यज्ञ का विध्वंस श्रीराम विभीषण की सलाह पर ही करते हैं। रावण जब युद्धक्षेत्र में विभीषण को देखता है तो उस पर शक्ति का प्रहार करता है। श्रीराम विभीषण को बचाने के लिए उन्हें पीछे कर शक्ति खुद पर ले लेते हैं।

आवति देख सक्ति अति घोरा। प्रनतारित भंजन पन मोरा॥
तुरत विभीषन पाछें मेला। सन्मुख राम सहेउ सो सेला॥

जब तक रावण मर नहीं जाता तब तक विभीषण बहुत उपयोगी हैं। वह उसके कई राज जानते हैं। वे सब बताकर श्रीराम की मदद कर रहे हैं। इसी से श्रीराम शक्ति को खुद पर ले लेते हैं। शक्ति प्रहार करते देख विभीषण अपने भाई से युद्ध भी करते हैं। उस पर गदा का प्रहार करते हैं। लंका से चलते समय वह गदा लेकर आए थे और गदा युद्ध में निष्णात थे। वह रावण से इसलिए नहीं लड़ते कि बड़े वीर थे। वह तो उसके डर से लंका छोड़कर भाग आए थे। अब उनके साथ श्रीराम हैं जो उनका राजतिलक तक कर चुके हैं। विभीषण युद्ध में उनकी शक्ति भी देख रहे हैं। इसी से उनमें रावण से युद्ध करने की शक्ति आ जाती है। तुलसीदास कहते भी हैं—

उमा विभीषनु रावनहि सन्मुख चितव कि काउ।
सो अब भिरत काल ज्यों श्री रघुबीर प्रभाउ॥

रावण के अंत में विभीषण का बड़ा योगदान है। जब युद्ध में रावण के सिर और भुजा काटने पर बढ़ने लगती है और श्रीराम थक जाते हैं तो विभीषण की ओर देखते हैं अर्थात् विभीषण से मदद चाहते हैं। विभीषण बताते हैं कि इसके नाभि में अमृत है। बिना उसके सूखे यह मर नहीं सकता।

नाभिकुंड पियूष बस याकें। नाथ जियत रावनु बल ताकें॥

यह रहस्य श्रीराम भी नहीं जानते थे। यह जानते ही—सायक एक नाभि सर सोखा।

यहाँ प्रश्न उठता है कि यदि विभीषण न बताते तो क्या रावण नहीं मारा जाता। हर कार्य का कारण होता है। निश्चित ही रावण की मौत के कारण में सीता हरण तो था ही, विभीषण का भेद बताना भी था। वह अपने भाई की मृत्यु के बड़े कारणों में एक है। इसी से विभीषण को कभी सम्मान से नहीं देखा गया। भाई की हत्या कराने का दोष तो सुग्रीव पर भी है, लेकिन उसका कोई भेद वह श्रीराम को नहीं बताते। वह सिर्फ बाली की शक्ति बताते हैं और श्रीराम की शक्ति देखना चाहते हैं। लेकिन दोनों पर भाई की हत्या कराने का दोष है। हत्या करना और हत्या में सहयोग करना दोनों बराबर के अपराध हैं। आज की दंड संहिता भी यही मानती है। हत्या के लिए ललकारना और हत्या के षड्यंत्र में शामिल होने पर समान दंड मिलता है। प्रत्यक्ष सहभागी न होने के कारण सुग्रीव बस थोड़ी सी लोकनिंदा से बच जाते हैं और विभीषण आज तक लोकनिंदा के पात्र बने हुए हैं। भारतीय परंपरा में किसी ने अपने बच्चे का नाम विभीषण नहीं रखा, सुग्रीव नाम तो बहुत मिल जाते हैं। लोक स्वीकरण का किसी भी पुराकथा में एक महत्त्वपूर्ण योगदान होता है। लोक ने विभीषण को नहीं स्वीकारा तो, नहीं स्वीकारा। श्रीराम ने जिसे स्वीकारा, उसे लोक ने कुलहंता होने के कारण अस्वीकार कर दिया। पूरे देश में शायद धनुषकोटि में एक मात्र मंदिर है—कोदंड राम मंदिर, जिसमें विभीषण की प्रतिमा है। वह भी यह बताने के लिए कि यहीं श्रीराम ने युद्ध के पहले उनका राजतिलक किया था।

सुग्रीव को तो पहले ही राजपाट मिल गया है, पत्नी भी मिल गई है। विभीषण का तो सबकुछ लंका में ही है। उनका परिवार वहीं पर है। उन्हें तो बस प्रतीक रूप में राजतिलक किया गया है। असली राज तो तब मिलेगा, जब रावण मारा जाए और श्रीराम की विजय हो। इसी से वह सभी रहस्य बताते हैं। उन्हें बहुत कुछ पाने की उम्मीद अभी तक बनी है।

वास्तव में देखा जाए तो श्रीराम की सुग्रीव और विभीषण से मैत्री एक कूटनीतिक कदम था। उनकी पत्नी का महाबलशाली राक्षस ने अपहरण किया

है, जिससे उनके कुल पर दाग लग गया। वह उसे धोना चाहते हैं। वह मानव रूप में हैं और लीला कर रहे हैं। वह अकेले हैं। साथ में बस भाई लक्ष्मण हैं। उन्हें सैन्य बल की जरूरत है। ऐसा जन-बल, जो सीता का पता लगाए और उन्हें मुक्त कराने में सहायक हो। उन्हें सुग्रीव सबसे उचित पात्र दिखते हैं। उनके पास करोड़ों वानरों का बल है तो पूरे भौगोलिक परिवेश से परिचित हैं। वह सुग्रीव की अपना राज पाने की अभिलााषा जान चुके हैं और युद्ध भी देख चुके हैं बाली से, जिससे उनकी शक्ति की थाह भी मिल गई है। शारीरिक बल में वह बाली से बस थोड़े ही कम हैं। सुग्रीव से मैत्री के पीछे यही कारण है। यह याद रखने की बात है कि सुग्रीव श्रीराम के भक्त नहीं, मित्र और सहायक ही हैं। विभीषण को अभी तक कुछ नहीं मिला है। जो मिला है, वह प्रतीक रूप में। रावण के रहते वह कभी लंका के राज की कल्पना भी नहीं कर सकते थे। वह लंका में सुखी थे, लेकिन सीता का हरण उन्हें अच्छा नहीं लगा। उन तक श्रीराम की शक्ति की जानकारी पहुँच चुकी थी। वह श्रीराम से प्रभावित थे और उनमें श्रीराम के प्रति भक्तिभाव पैदा हो गया था, इसी से बार-बार रावण को सीता को लौटाने और श्रीराम की शरण में जाने की बात करते थे, जिससे लंका का नाश न हो और सभी सुरक्षित रहें। लेकिन जब उन्होंने हनुमान का बल देखा, लंका को जलते देखा, अक्षय कुमार और कई वीरों को मरते देखा तो लगा कि अब लंका का विनाश तय है। यहीं उनके मन में लंका के राज का अंकुर जगा होगा, लेकिन वह किसी से नहीं कहते। जब रावण जान लेने की धमकी देता है और लात मारकर उन्हें भगा देता है तो राज पाने की मंशा और अंकुरित हुई। वह श्रीराम से प्रत्यक्ष तो नहीं कहते, लेकिन यह जरूर कहते हैं कि मैं तो लंका में राज कर रहा था, उसे छोड़कर आपकी शरण में आया हूँ। वह राजनीतिज्ञ थे। अपनी बात संकेत से कह रहे थे। राजा तो रावण ही था, लेकिन उसके भाई होने के कारण वह राजपाट में भी बहुत प्रभावी थे। उनके मंत्री तक अलग थे, जिन्हें लेकर वह श्रीराम के पास आए थे। जो राजपाट में हिस्सेदार हो, उसे इसकी अभिलाषा न हो, ऐसा तो हो ही नहीं सकता। श्रीराम भी जानते थे कि वह रावण के भाई हैं और राजकुल का व्यक्ति होने के कारण

वह उसके कई रहस्य जानते होंगे और युद्ध में मददगार होंगे। विभीषण उनकी शरण में भी आए थे। श्रीराम शरणागत की रक्षा हर हाल में करने के लिए प्रतिबद्ध हैं, क्योंकि यही उनके कुल की रीति है, लेकिन यदि शरणागत उनकी मदद भी करे तो क्या हर्ज है। शायद यही सोच उन्होंने विभीषण को शरण दिया और उनकी मदद भी ली। जब विभीषण श्रीराम के पास आए तो सबने उन्हें रावण का गुप्तचर समझा, लेकिन श्रीराम की कूटनीति ने उनमें और कुछ देखा। परिणाम सबके सामने है।

सिर्फ निषादराज गुह को छोड़ सुग्रीव और विभीषण दोनों ने श्रीराम से मैत्री अपने लाभ के लिए ही की थी और यही कारण है कि सखा के रूप में निषादराज श्रीराम के हृदय में कहीं अधिक स्थान पाते हैं। लंका विजय के बाद अयोध्या लौटते समय जब निषादराज को पता चलता है तो वह प्रभु के पास दौड़ते हुए आते हैं और सीताजी के साथ श्रीराम को देखते हुए जमीन पर गिर पड़ते हैं (दंडवत् करते हैं) प्रभु उन्हें उठाकर हृदय से लगाते हैं। इतने प्रेम से कि जैसे वह भरत को हृदय लगा रहे हैं। राजतिलक के बाद जब सभी सखाओं का सम्मान कर उनसे अपने-अपने देश जाने को कहते हैं तो सबसे अंत में निषाद राज से मिलते हैं।

अब गृह जाहु सखा सब भजेहु मोहि दृढ़ नेम।
सदा सर्बगत सर्बहित जानि करेहु अति प्रेम॥

ऐसा आदेश पाकर सभी अपने-अपने नगर को जाते हैं।

थोड़ा विषयांतर होगा, लेकिन यहीं अंगद का प्रकरण बताना समीचीन होगा। जब भगवान् सबको वस्त्र आदि देकर विदा करते हैं तो अंगद उपहार लेने के लिए आगे नहीं बढ़ते। अंगद अयोध्या से जाना नहीं चाहते। उन्हें तो बाली ने श्रीराम का हाथ पकड़ाया है तो वह क्यों जाएँ। वह तो भगवान् के साथ ही रहना चाहते हैं।

अंगद बैठ रहा नहिं डोला। प्रीति देख प्रभु ताहि न बोला॥

सबसे अंत में अंगद कहते हैं—

मरती बार नाथ मोहि बाली। गयऊ तुम्हारे कोंछे डाली॥
मोरें तुम प्रभु गुर पितु माता। जाऊ कहाँ तजि पद जल जाता॥

वह भगवान् के घर का सबसे छोटा काम—नीच टहल—भी करने के लिए तैयार है, लेकिन भगवान् को छोड़कर जाना नहीं चाहता। श्रीराम उन्हें अपनी माला पहनाकर बहुत प्रकार समझाकर विदा करते हैं। भगवान् जब भाइयों सहित सबको विदा करते हैं तो अंगद बार-बार पीछे मुड़कर देखते हैं—फिरि फिरि चितव राम की ओरा। इतने से भी उनका मन नहीं भरता। जब हनुमानजी सुग्रीव से सहमति लेकर कुछ दिन रुकने की अनुमति माँगते हैं तो अंगद उनसे कहते हैं—हनुमान, भगवान् को मेरी बार-बार याद दिलाते रहना—*बार बार रघुनायकहि सुरति करायहु मोरि।*

जब सब चले गए तो बस निषाद राज ही बचे। उनको भी आभूषण और वस्त्रादि देकर जब प्रभु विदा करते हैं तो साथ ही यह भी कहते हैं—

तुम्ह मम सखा भरत सम भ्राता। सदा रहेहु पुर आवत जाता॥

भगवान् सबको विदा करते हैं और अपने घर जाने को कहते हैं, लेकिन किसी को यह नहीं कहते कि आते-जाते रहना। यह सिर्फ निषादराज से कहते हैं। यह उनके अपनत्व का ही प्रतीक है। निश्चित ही निषादराज के प्रति उनके हृदय में अधिक स्नेह था। वह विदा होने वाला उनका आखिरी और विशिष्ट सखा है। यह सखत्व किसी को भी नहीं प्राप्त होता है—न विभीषण को, न सुग्रीव को।

□

मधुबन में मधुपान

वाल्मीकीय सहित सभी रामायण में वर्णन है कि सीता का पता लगाकर लौटने पर अंगद के साथ के वानरों ने उनकी अनुमति से मधुवन में मधुपान किया और फल खाए। यहाँ बताया गया है कि यह वन सुग्रीव के अधिकार में था और उसमें जनसामान्य का प्रवेश वर्जित था। सुग्रीव के मामा दधिमुख पर उसकी सुरक्षा का भार था। उनके मना करने का वानरों पर कोई असर नहीं हुआ। उलटा उन्हें वानरों की प्रताड़ना का शिकार होना पड़ा। तुलसी बाबा ने भी इस प्रकरण का वर्णन किया है, लेकिन वह इसे दो चौपाइयों में ही पूरा बता देते हैं।

तब मधुबन भीतर सब आए। अंगद संमत मधुफल खाए॥
रखवारे जब बरजन लागे। मुष्टि प्रहार हनत सब भागे॥

लेकिन वाल्मीकि दो तीन सर्गों में मधुवन की घटना लिखते हैं। वह लिखते हैं कि अंगद की सम्मति पाकर सभी वानर मधुवन के फल और मधु खाने लगे।

ततस्ते वानरा हृष्टा दृष्ट्वा मधुवनं महत्।
कुमारमभ्ययाचन्त मधूनि मधुपिंगलाः॥
ततः कुमारस्तान् वृद्धाजाम्बवतप्रमुखान् कपीन्।
अनुमान्य ददौ तेषां निसर्गं मधुभक्षणे॥

(वा., सुंदर., 61, 11-12)

यहाँ अनेक जगहों पर मधु के साथ सेवन, पान, पिबन्ति और भक्षण शब्द का प्रयोग किया गया है, अर्थात् वानरों ने मधु पीया, खाया और चाटा भी। यह भी बताया गया है कि मधु खाने से वे मदमत्त हो गए और उत्पात मचाने लगे। मदमत्त होने पर उनके लिए मधुमताश्च, मदात्, मदोत्कटा और मत्तो जैसे विशेषण प्रयोग किए गए हैं—बभूवुश्च मदोत्कटाः। जब वानर उत्पात करने लगे तो वनरक्षकों से उनका टकराव हुआ तो सबने इसकी शिकायत हनुमान और जांबवान आदि से की। हनुमान ने भी उन्हें मधु पीने-खाने की अनुमति दे दी। अंगद की अनुमति तो मिल ही गई थी। उन्होंने और प्रोत्साहित किया। वानर झुंड-के-झुंड पेड़ पर चढ़ जाते और मधु के छत्ते उतारकर पीने-खाने लगे। उन्होंने भरपेट मधु खाया तो इसका असर तो होना ही था। पेट में मधु के किण्वन से जो पदार्थ बना होगा, उसने उन्हें मदमत्त कर दिया और वे उत्पात मचाने लगे। फल खाने और मधु पीने तक ही बात होती तो कोई क्षति नहीं थी। लेकिन वानरों ने पूरा वन ही उजाड़ दिया और भरपूर तोड़-फोड़ की। मधुवन के संरक्षक दधिमुख को भी नहीं छोड़ा। वानरों ने उन्हें भी पीटा, जबकि वह सुग्रीव के मामा थे। वह जब सुग्रीव से अंगद और हनुमान की शिकायत करने गए तो सुग्रीव इसका संदेश समझ गए और श्रीराम से बोले कि लगता है, सीताजी का पता चल गया है अन्यथा वानर मधुवन में यह सब करने की हिम्मत नहीं करते।

वानर कई दिनों से सीता की खोज में निकले थे और थके हुए थे। ठीक से फलादि भी नहीं खाए थे। उन्हें पहली बार भरपेट फल और मधु खाने को मिला था तो उन्होंने कोई कोताही नहीं की। सुग्रीव ने जो काम उन्हें सौंपा था, उसकी सफलता उन्हें और उत्साहित कर रही थी और सभी यह समझ रहे थे कि यदि थोड़ी ऊँच-नीच हो भी जाती है तो उन्हें क्षमा कर दिया जाएगा। अंगद और हनुमानजी की सहमति मिल ही गई थी।

कंब रामायण में भी मधुबन में मधु पीकर मत्त होने और दधिमुख को मारने-पीटने की घटना का वर्णन है, लेकिन सबसे रोचक वर्णन युद्धकांड में

अध्याय सात में सेतुबंधन पटल में है, जिसमें पुल बनाने के लिए वानर पर्वत शिखर लाने जाते हैं, उसका मधु पीकर मत्त होकर सो जाते हैं और जगने पर फिर दौड़कर शिखर लेकर चलते हैं। इन पर्वतों पर लगा मधु समुद्र में बहता है, जिसे पीकर मछलियाँ ऐसी मत्त होकर उछल रही हैं, जैसे वे वानर हों।

मधु का सेवन क्यों। थोड़ा विचार मधु और मधुसेवन के लाभ पर भी। आयुर्वेद मधु को अमृत कहता है। तत्काल ऊर्जा के लिए इससे अच्छा कोई रसायन नहीं है। थके और क्लांत वानरों को इससे अच्छा खाद्य और क्या हो सकता था।

मधु के कई अर्थ हैं। मुख्य अर्थ तो मीठा, शहद, मधुर, पराग आदि है। इसके साथ जब कोई प्रत्यय लगता है तो अर्थ बदल जाता है, जैसे—मधुमास, मधुशाला, मधुकर, मधुकरी आदि। मधु के साथ क जुड़ गया तो मधूक शब्द बना, जिसका अर्थ महुआ का फूल हो गया। जयशंकर प्रसाद ने उषा को मधुबाला, प्रात:कालीन लाली को मधुशाला और नदी को मधुलेखा भी लिखा है, जबकि मधुशाला का सामान्य अर्थ लोग मदिरालय से लगाते हैं और मधुबाला का अर्थ मदिरा पिलाने वाली होता है। तीन मीठे पदार्थों को मिलाकर मधुत्रयी होती, जिसमें मधु, शक्कर और घी शामिल होता है। मधुवन, मधुसूदन, मधुमेह जैसे शब्दों का अर्थ तो सभी जानते ही हैं। इस तरह देखें तो मधु का अधिक स्वीकार्य अर्थ मीठे या शहद से ही है। लेकिन अमर कोशकार ने मधु के पाँच स्पष्ट अर्थ लिखे हैं—मधुश्चैत्रे च दैत्ये च मद्ये पुष्परसे मधु, अर्थात्—चैत्रमास, दैत्य, मद्य, पुष्परस, शहद। यहाँ मधु नामक दैत्य का भी नाम आ जाता है—मधु कैटभ।

वैदिक काल से ही मधु एक अच्छा और सात्त्विक पेय माना गया है। इसलिए हमारे आर्ष ग्रंथों में जहाँ भी मधु का प्रयोग किया गया है, वहाँ इसका अर्थ शहद ही है। ऐतरेय ब्राह्मण में रोहित और इंद्र के वार्त्तालाप में 'चरन्वै मधु विन्दन्ति चरन्स्वादुमुदम्बरम्' कहा गया है। यहाँ भी इसका भाव शहद से ही है।

शहद तत्काल ऊर्जा देने वाला पदार्थ है। इसमें ग्लूकोज और फ्रुक्टोज दोनों होते हैं। इसके अतिरिक्त इसमें कई विटामिन्स, अमीनो एसिड और मिनरल्स भी पाए जाते हैं। इसमें एंटी फंगल और एंटी बैक्टीरियल गुण होते हैं। यह कई आयुर्वेदिक दवाओं के साथ अनुपान के रूप में ली जाती है। पाचन ठीक करने और वजन कम करने के लिए भी लोग इसका उपयोग करते हैं। दूध के साथ इसका सेवन वजन बढ़ाता है।

मधु से बना एक पेय पधुपर्क प्राचीन काल में देवपूजन और पूज्य अतिथि के स्वागत में उन्हें पिलाया जाता था। आज भी विवाह में वर को मधुपर्क खिलाया जाता है, भले ही वह प्रतीक मात्र हो। मधुपर्क गोदधि, शहद और गोधृत मिलाकर बनाया जाता था। गोदधि जितनी हो, उसका आधा शहद, उसका आधा गोघृत मिलाया जाता था। तीनों वस्तुओं को मिलाने के मंत्र होते हैं और तीनों को मिलाकर उसको कलछी से चलाने का मंत्र भी होता है। पारस्कर गृह्यसूत्र में छह लोगों का स्वागत मधुपर्क से करने का विधान बताया गया है। आचार्य, ऋत्विक, जामाता, राजा, अतिप्रिय और स्नातक छात्र। इसको अर्पित करते समय तीन बार मधुपर्कः मधुपर्कः मधुपर्कः कहा जाता है। वैदिक पद्धति से विवाह के समय ऐसा किया जाता है। इसे तीन बार अँगूठे और अनामिका से मिलाकर आचमन करने के बाद पीने की विधि भी बताई गई। यह पेय थकान दूर करने वाला, तत्काल शक्ति देने वाला और मन को प्रसन्न करने वाला होता है। उत्तर भारत के कुछ प्रांतों में अब भी मधुपर्क से अतिथि का स्वागत किया जाता है। श्रीखंड भी इसी का एक स्वरूप है। वह भी थकान दूर करने और तत्काल ऊर्जा देने में सक्षम है। कालांतर में इसकी जगह दही मिश्रित खाँड़ के शर्बत ने ले ली और अब तो चाय आदि ही पेय के रूप में प्रस्तुत होते हैं।

मधुवन में मधु सेवन से वानर मदात्त हो गए तो क्या मधु से नशा भी हो सकता है। स्वास्थ्यप्रद किसी भी चीज का सीमा से अधिक सेवन नुकसानदेह भी हो सकता है। अधिक मधु पीने से पेट में हुई रासायनिक क्रियाओं के

परिणामस्वरूप यह भी संभव है। लेकिन कुछ क्षेत्रों के मधु में नशा भी होता है, विशेष तौर से वनों और पर्वतीय क्षेत्रों में मिलने वाले शहद में। हिमालयीय क्षेत्र में पाई जाने वाली हिमालयन क्लिफ नामक मधुमक्खी जो शहद तैयार करती है, उसमें शराब की तरह नशा होता है। हो सकता है, अन्य कुछ क्षेत्रों में मिलने वाले शहद में भी ऐसा गुण होता हो। हालाँकि यह शहद इतनी सुगमता से नहीं मिलता। यह देखने में लाल रंग का होता है। किष्किंधा में वन और पर्वतीय क्षेत्र थे। हो सकता है, वहाँ भी इस तरह का मधु मिलता हो, जिसने वानरों को मदात्त कर दिया।

□

लंका में दो दूत

रामकथा अनेक चरित्रों का अलौकिक संगम है। एक से एक पात्र हैं, जो अपने में अनुपम उदाहरण हैं और वे अपने आचरण तथा कार्य से मानव को कोई-न-कोई सीख देते हैं। इसी से यह ग्रंथ इतना सम्मानित है। भगवान् श्रीराम की तो कथा ही है, यह, जिसमें कदम-कदम पर उनके आदर्श हमारे समक्ष आते हैं, लेकिन इसमें कई ऐसे पात्र भी हैं, जो अपने चरित से कुछ न कुछ संदेश देते ही हैं, बस उनके आचरण की विवेकपूर्ण विवेचना करनी होगी। लेकिन इसमें दो दूतों का प्रसंग सर्वाधिक महत्त्वपूर्ण है। दोनों अतुलनीय हैं। दोनों भगवान् के दूत हैं और अपने काम में पारंगत। उनके कार्य ऐसे हैं जिन्हें और कोई दूसरा नहीं कर सकता था। यदि करता भी तो कैसा करता, यह नहीं कहा जा सकता। दोनों एक ही स्थान पर दूत बनाकर भेजे गए थे, लेकिन दोनों की भूमिका अलग-अलग थी। ये हैं श्री मारुतिसुत हनुमान और बालीसुत अंगद। हनुमानजी को सीता का पता लगाना था, लेकिन वह रावण से मिलने और उसकी शक्ति का आकलन करने की भी कोशिश करते हैं और इसमें सफल होते हैं। वह दूत नहीं थे, लेकिन काम किया उससे बढ़कर। उन्होंने रावण को बता दिया कि जिन सीताजी का तुमने अपहरण किया है, उनके पास कैसे-कैसे लोग हैं। अंगद को रावण से ही मिलना था। वह उससे मिलते हैं, श्रीराम का बल बताते हुए समर्पण का सुझाव देते हैं और अपने बल का भी संकेत दे देते हैं। यहाँ रावण से इन दोनों नायकों का वार्त्तालाप बहुत ध्यान देने योग्य है। दोनों की बातचीत में उनके पद, स्वभाव

और संस्कार का स्पष्ट दर्शन होता है। दोनों अपनी भूमिका बहुत उचित तरीके से निभाते हैं और अपने लक्ष्य में सफल भी होते हैं।

दोनों में एक साम्य यह है कि दोनों लंका दूत बनाकर भेजे जाते हैं। हनुमान सीता का पता लगाने के लिए और अंगद रावण को समझाने के लिए कि वह युद्ध न कर सीता को लौटा दे। दोनों किष्किंधा नरेश सुग्रीव के सहचर हैं। हनुमान उनके सचिव और अंगद युवराज हैं। वानरों का जो दल किष्किंधा के दक्षिण सीताजी का पता लगाने के लिए भेजा गया था, उसके मुखिया अंगद थे—पठई कर सबही कर नायक—वाल्मीकि इस दल के वीरों का नाम बताते हैं कि इसमें जांबवान और हनुमान जैसे अनुभवी एवं महावीर थे तो सुहोत्र, शरारि, शरगुल्म, गज, गवय, गवाक्ष, सुषेण, वृषभ, मैंद और द्विविद जैसे योद्धा भी। सुग्रीव सबको दक्षिण दिशा का भूगोल भी बताते हैं और यह भी, कहाँ तक जाना है और किस सीमा के आगे नहीं।

संपाती से लंका और रावण के बारे में जानने के बाद वहाँ तक पहुँचा कैसे जाए, इस पर सभी ने गंभीर मंत्रणा की और अपने-अपने बल को बताया, लेकिन किसी ने नहीं कहा कि वह लंका जाकर वहाँ से सूचना ला सकता है, तब जांबवान ने हनुमानजी को उनके बल की याद दिलाई—

कवन सो काज कठिन जग माहीं। जो नहिं होइ तात तुम पाहीं॥
रामकाज लगि तव अवतारा। सुनतहिं भयऊ पर्वताकारा॥

वाल्मीकि कहते हैं—

उत्तिष्ठ हरिशार्दूल लङ्घयस्व महार्णव।
परा हि सर्वभूतानां हनुमन् या गतिस्तव॥

(वा., कि., 66, 36)

और इसके बाद हनुमानजी समुद्र लंघन कर लंका पहुँचते हैं। सीताजी का पता लगाने के लिए वह पूरी लंका छान मारते हैं, अंत में वह अशोक वाटिका में मिलती हैं—दुखी, कृशकाय और मलिन। तुलसी इसमें विभीषण

का योगदान भी जोड़ देते हैं और उन्हीं की सूचना से हनुमानजी अशोक वाटिका में जाते हैं—जुगुति विभीषण सकल सुनाई। चलेऊ पवनसुत विदा कराई। अध्यात्म में लंकिनी सीता का पता बताती दिखती है। सीताजी को प्रभु राम का संदेश और राम नाम अंकित मुद्रिका देने के बाद वह सीताजी की अनुमति से अशोक वाटिका में फल खाते हैं और विध्वंस करते हैं। वह यह भी देखना चाहते हैं कि रावण की कितनी तैयारी है तथा उसके पास कैसे वीर एवं आयुध हैं। अशोक वाटिका के विध्वंस के बाद अक्षय कुमार की हत्या और इंद्रजित् से युद्ध और ब्रह्म बंधन में बँधने के बाद वह रावण के दरबार में पहुँचते हैं। वाल्मीकि तो कई अन्य राक्षसों के वध की बात नाम देते हुए भी लिखते हैं, जिसे तुलसी बाबा ने सीमित कर दिया है।

जब हनुमानजी रावण के समक्ष प्रस्तुत किए जाते हैं तो वह तनिक भी भयभीत नहीं होते 'जिमि अहिगन महुं गरुड़ अशंका' की भाँति अविचलित रहते हैं। उनमें बुद्धि और बल दोनों है। यही देखकर सीता ने अशोक वाटिका में उन्हें फल खाने की अनुमति दी थी—देखि बुद्धि बल निपुन कपि कहेउ जानकी जाहु। उनके बौद्धिक कौशल को श्रीराम ने तो पहली मुलाकात में ही जान लिया था। यह प्रसंग वाल्मीकि ने बहुत ही सुंदर तरीके से वर्णन किया है। जब ब्राह्मण वेश में उन्होंने श्रीराम और लक्ष्मण से उनका परिचय पूछा तो बहुत ही विनम्रता से और उनकी प्रशंसा करते हुए। तुलसी तो कहते हैं कि उन्होंने सुग्रीव के निर्देश पर विप्र का रूप धारण किया, लेकिन वाल्मीकि के अनुसार यह काम उन्होंने अपने मन से किया, यह सोचकर कि यदि मैं वानर रूप में जाऊँगा तो कोई विश्वास नहीं करेगा—

कपिरूपं परित्यज्य हनुमान् मारुतात्मजः।
भिक्षुरूपं ततो भेजे शठबुद्धितया कपिः॥

(वा., कि., 3, 2)

श्रीराम से मिलते ही वह उनकी और लक्ष्मणजी की प्रशंसा करते हैं। उनके गुणों का बखान करते हैं। तुलसी बाबा तो उनके प्रश्न चार चौपाइयों

और एक दोहे में समाप्त कर देते हैं, लेकिन वाल्मीकि ने इसे 22 श्लोकों में बताया है। इतनी देर तक श्रीराम उन्हें सिर्फ देखते और सुनते हैं। हनुमानजी की बात समाप्त होने के बाद श्रीराम ने लक्ष्मण जी से जो कुछ कहा, वह ध्यान देने योग्य है। वह कहते हैं—

'जिसे ऋग्वेद की शिक्षा नहीं मिली, जिसने अजुर्वेद का अभ्यास नहीं किया तथा जो सामवेद का विद्वान् नहीं है, वह इस प्रकार सुंदर भाषा में बात नहीं कर सकता। निश्चय ही इन्होंने समूचे व्याकरण का कई बार स्वाध्याय किया है, क्योंकि कई बातें बोल जाने पर भी इनके मुँह से अशुद्धि नहीं निकली। संभाषण के दौरान मुँह, नेत्र, ललाट, भौंह आदि अंगों में कोई दोष नहीं निकला। इन्होंने थोड़े में स्पष्टता से अपना अभिप्राय कहा। लक्ष्मण जिस राजा के पास इनके समान दूत न हो, उसके कार्यों की सिद्धि कैसे हो सकती है। जिस राजा के पास ऐसे उत्तम गुणों से युक्त कार्यसाधक दूत हों, उसके सभी कार्य दूतों की बातचीत से ही सिद्ध हो जाते हैं।

हनुमानजी ने यह भी बता दिया कि वह वास्तव में कौन हैं और इस रूप में क्यों आए हैं। यह सब देखकर पहली ही भेंट में श्रीराम उन पर रीझ गए और दूत बनाने का विचार मन में कर लिया। इतने वीरों के रहते मुद्रिका देकर सीता को समझाने की बात सिर्फ उन्हीं से कही, क्योंकि वह जानते थे कि हनुमान ही यह काम सफलतापूर्वक कर सकते हैं।

श्रीराम का इतना विश्वास पाने वाले हनुमान जब रावण के समक्ष आते हैं तो पूरी तरह खरे उतरते हैं। वह रावण से बातचीत में अति संयम रखते हैं। वह सुग्रीव के सचिव हैं तो रावण को उचित सलाह भी देते हैं, वह मर्यादा का भी ध्यान रखते हैं और उसे सम्मानजनक संबोधन देते हैं। रावण उन्हें दुर्बाद बोलता है, सठ कहता है, लेकिन वह उसे प्रभु और स्वामी संबोधन देते ही हैं और हाथ जोड़कर बिनती भी करते हैं। उनका धैर्य हमेशा बना रहता है। रावण बहुत उल्टा-सीधा कहता है, क्योंकि अक्षय कुमार की हत्या की बात रह-रहकर याद आती है, लेकिन वह उसकी भाषा में जवाब नहीं देते। वह धैर्य

से उसका सवाल सुनते हैं और उचित उत्तर देते हैं। यहाँ मानस का यह प्रसंग ध्यान देने लायक है। हनुमान बार-बार रावण को श्रीराम की शरण में आने के लिए कहते हैं और यह आश्वस्त करते हैं कि शरण में जाने पर तुम्हारे सभी अपराध भूलकर प्रभु तुम्हारा कल्याण करेंगे।

बिनती करउं जोरि कर रावन। सुनहु मान तज मोर सिखावन॥

× × × ×

प्रनतपाल रघुनायक करुना सिंधु खरारि।
गए सरन प्रभु राखिहैं तव अपराध बिसारि॥

× × × ×

राम चरन पंकज उर धरहू। लंका अचल राज तुम करहू॥

हनुमान रावण को ही नहीं, सीता को भी खूब समझाते हैं, क्योंकि श्रीराम ने उन्हें यह काम भी सौंपा था। मुद्रिका देते समय कहते हैं—बहु प्रकार सीतहि समुझाएहु। हनुमानजी भी बार-बार सीता को समझाते हैं। अशोक वाटिका में पहली बार मिलने पर और लंका दहन के बाद चूड़ामणि लेकर चलते समय भी—'कह कपि हृदय धीर धरु माता', 'जननी हृदय धीर धरु, कछुक दिवस जननी धरि धीरा' और—

जनकसुतहि समुझाइ कर बहु बिधि धीरज दीन्ह।
चरन कमल सिरु नाई कपि गवनु राम पहिं कीन्ह॥

हनुमान के संवाद सीता और रावण दोनों से होते हैं। सीता उनके श्रीराम की पत्नी हैं, रघुवंश की ज्येष्ठ बहू हैं, हनुमान के लिए माँ हैं। वह उनसे जो बात करते हैं, उसमें उनकी विनम्रता, विनय, आग्रह आदि बहुत ही स्पष्ट हैं। वह उन्हें भाँति-भाँति से आश्वस्त करते हैं। साहस बँधाते हैं, श्रीराम की शक्ति को बताते हैं, जिससे उनके हिम्मत बँधे और श्रीराम के आने तक वह घबराएँ नहीं। इसी से तो वाल्मीकि उन्हें वाक्यज्ञो, वाक्यकुशल, वाक्विदः कहते हैं,

लेकिन सबसे महत्त्वपूर्ण बात है कि हनुमान को कहीं भी किंचित् भी अहंकार नहीं होता है। वह तो अपने को बहुत ही छोटा कहते हैं। अपने बारे में जो वह कहते हैं, जरा उस पर ध्यान दिया जाए तो उनकी विनम्रता का पता चलता है।

कहहु कवन मैं परम कुलीना। कपि चंचल सबहीं बिधि हीना॥
प्रात लेइ जो नाम हमारा। जेहि दिन ताहि न मिलै अहारा॥

अस मैं अधम सखा सुनु—

सुनु माता साखामृग नहिं बल बुद्धि बिसाल।
साखामृग कै बड़ मनुसाई। साखा तें साखा पर जाई॥
सो सब तव प्रताप रघुराई। नाथ न कछू मोरि प्रभुताई॥

सबसे महत्त्वपूर्ण बात यह है कि हनुमानजी बहुत विचारशील हैं। वह बिना विचारे कुछ नहीं करते। चाहे मानस हो या वाल्मीकि कृत रामायण, वह बार-बार विचार करते दिखते हैं। मानस में लंका जाने और वहाँ अपनी भूमिका निभाते समय वह कई बार विचार करते हैं कि कैसे काम को सफलता से किया जाए। पहली बार वह जब लंका में प्रवेश करते हैं तब विचार करते हैं—पुर रखवारे देखि बहु कपि मन कीन्ह बिचार। लंका की सुदृढ़ सुरक्षा व्यवस्था देख उन्होंने विचार किया कि—अति लघुरूप धरौं निसि नगर करौं पइसार। इसी तरह जब वह अशोक वाटिका में सीता को देखकर दुखी होते हैं कि क्या करूँ—तरु पल्लव महुं रहा लुकाई। करइ विचार करौं का भाई। रावण उनके सामने माता सीता को धमकाता है, प्रलोभन देता है और एक महीने में बात न मानने पर मारने की धमकी देता है और हनुमानजी असहाय से हैं। वह विचार करते हैं कि इस समय चुप रहकर रावण की हरकत देखना ही उचित है। इसके बाद जब त्रिजटा सभी राक्षसियों को अपना सपना बताकर सोने चली जाती है तो फिर विचार करते हैं कि यही समय उपयुक्त है सीताजी के पास जाने का और मुद्रिका सीताजी के आगे गिरा देते हैं—कपि कर हृदयं बिचार दीन्हि मुद्रिका डारि तब।

वह सिर्फ विचार ही नहीं करते तर्क-वितर्क भी करते हैं। जब उन्होंने विभीषण का रामायुध अंकित गृह और नवतुलसिका देखी तो सोचा—अरे! यह लंका में कौन रहता है। राक्षसों के बीच भला मनुष्य कैसे आ गया!

लंका निसिचर निकर निवासा। इहां कहाँ सज्जन कर बासा॥
मन महुं तरक करै कपि लागा। तेही समय विभीषण जागा॥

वाल्मीकि के हनुमान देवत्व भले न प्राप्त कर सके हों, लेकिन तुलसी की तरह ही विचारशील दिखाई देते हैं। वहाँ वह तीन बार नहीं, अनेक बार विचार करते मिलते हैं। यह विचारशीलता ही उन्हें विशिष्ट बनाती है। इसी से तो वह 'ज्ञान गुण सागर' और 'कुमति निवार सुमति से संगी' हैं और इसी से सीताजी से उन्हें 'अजर अमर गुननिधि सुत होहू' का आशीर्वाद मिला, जो किसी अन्य को नहीं मिला। वाल्मीकि बताते हैं कि जब वह सीता से मिलने जाते हैं तो मन में सोचते हैं कि मैं कैसे पहचानूँगा कि सीता कौन है और जब उनसे मिलूँगा तो किस भाषा में बात करूँगा। मैं अपनी वानरी भाषा में बात करूँगा तो वह समझ नहीं पाएँगी और यदि ब्राह्मणों की भाषा संस्कृत में बात करूँगा तो भी संदेह होगा कि छोटे आकार का वानर संस्कृत कैसे जानता है। वह यह सोच सकती हैं कि राक्षस रावण ही वानर वेश में तो नहीं है। अतः उन्होंने अयोध्या के आसपास बोली जाने वाली लोकभाषा (अवधी) में बात करने का निर्णय किया, जिससे सीता के मन में कोई संदेह न पैदा हो। वह यह भी विचार करते हैं कि संस्कृत में बात करने पर वह यदि रावण समझकर डरकर चिल्लाने लगीं तो शोर होगा और राक्षस पहुँच सकते हैं। उनसे युद्ध करना होगा। युद्ध में मैं मारा भी जा सकता हूँ। यदि जीत भी गया तो लौटकर जा पाऊँगा कि नहीं, इसमें भी संदेह है। रावण मुझे पकड़कर काल कोठरी में भी डाल सकता है, जब श्रीराम को सीता की सूचना नहीं मिल पाएगी और मैं दूत का कार्य करने में विफल माना जाऊँगा। वह विचार करते हैं कि अविवेकी और असावधान दूत अपने स्वामी के बने बनाए काम भी बिगाड़ देता है। किस प्रकार काम न बिगड़े, मुझसे कोई असावधानी न हो, समुद्र लाँघना व्यर्थ

न जाने पाए, सीताजी मेरी बात सुन लें और घबराएँ नहीं, यह विचार करने के बाद हनुमानजी मधुर भाषा में अयोध्या के आसपास की बोली में श्रीराम का गुणगान करने लगे। एक बिंदु पर इतना गहन विचार कर काम सिर्फ हनुमानजी ही कर सकते हैं। इसी से तो सीताजी ने उन्हें अपना गुननिधि सुत बनाया और अजर-अमर होने का वरदान दिया। माँ ने जब उन्हें अपना पुत्र मान ही लिया तो भला श्रीराम को पुत्र बनाने में कितना समय लगता। पुत्र भी ऐसा, जिसने पिता को अपने काम से कर्जदार बना दिया हो। इसी से तो सीता का पता लगाकर लौटने पर वह कहते हैं—

सुनु सुत तोहि उरिन मैं नाहीं। देखउं करि विचार मन माहीं॥

माँ सीता और प्रभु श्रीराम के ये पुत्र आज जन-जन के मन में बसे हैं। विपत्ति पड़ने पर सब उनकी शरण में जाते हैं।

अब जरा अंगद के बारे विचार किया जाए। अंगद सुग्रीव के पुत्र जैसे हैं और युवराज हैं। इसी से दक्षिण दिशा में सीता के अनुसंधान के लिए जो कपि दल सुग्रीव ने भेजा है, उसके नायक बनाए गए हैं, जबकि बुद्धि, बल और ज्ञान में उनसे अधिक प्रतिभाशाली हनुमान, जांबवान, नल, नील, द्विविद आदि भी हैं, लेकिन जिस दल में युवराज हों तो स्वाभाविक रूप से वही उसके नायक होंगे। लेकिन मन में अंगद सुग्रीव के प्रति हमेशा सशंकित ही रहते हैं। सीता अनुसंधान न होने पर जब सभी निराश बैठे थे तो सबसे अधिक चिंता उन्हें ही इस बात की थी कि खाली हाथ जाने पर सुग्रीव प्राण ले लेंगे। वे यह नहीं सोचेंगे कि मैं उनके दिवंगत भाई का एकमात्र पुत्र और उनका भी पुत्र हूँ। जब सीताजी का पता नहीं लग रहा था तो वह सबसे अधिक चिंतित थे। उस दल के प्रमुख थे और सारी जिम्मेदारी उसी पर आनी थी। सभी प्रमुखों को सुग्रीव ने चेताया भी था—

अवधि मेटि जो बिनु सुधि पाएं। आवइ बनिहि सो मोहि मराएं॥

जो बिना पता लगाए लौटेगा, उसे मैं मार डालूँगा। तीन दल तो बिना पता लगाए ही लौटे ही न। पता तो दक्षिण गए दल ने ही सीता का लगाया था।

लेकिन जब तक पता नहीं चला, अंगद चिंतित थे। जो अपने राज और पत्नी के लिए भाई की हत्या करा सकता है, उसके लिए भतीजे से भला स्नेह कैसे हो सकता है। उस काल की प्रथा के अनुसार जैसे बाली ने सुग्रीव की पत्नी रूमा को अपनी पत्नी बना लिया था, उसी तरह सुग्रीव ने भी अब तारा को अपनी पत्नी बना लिया था। इसी से मरते समय बाली अंगद के प्रति अपनी चिंता श्रीराम से भी व्यक्त करता है। वह श्रीराम से विनय करता है कि सुग्रीव को तो आपने अपना दास बना ही लिया है—सो सुग्रीव दास तव अहई—तो इसे भी अपना दास बनाइए और इसकी बाँह पकड़िए और बाँह गहे की लाज रखिएगा। ऐसा भी नहीं कि यह आपके लिए बोझ होगा। यह मेरे ही समान बलवान है और आपके लिए उपयोगी होगा। अंगद को यह याद है कि बाली ने उसे श्रीराम को सौंपा है, लेकिन फिर भी सुग्रीव से उसे भय लगता है।

लेकिन जब तक सीता का पता नहीं चला अंगद चिंतित थे।

कह अंगद लोचन भरि बारी। दुहूँ प्रकार भइ मृत्यु हमारी॥
इहां न सुधि सीता कै पाई। वहाँ गए मारिहि कपिराई॥
पिता बधे पर मारत मोही। राखा राम निहोर न ओही॥

वाल्मीकि भी अंगद की भावना को बहुत भावुक भाषा में व्यक्त करते हैं। इसी भय से अंगद घर नहीं जाना चाहते थे। भगवान् श्रीराम भी यह समझते थे कि बाली के बाद अंगद पर संकट आ सकता है। उन्होंने बाँह गही और निभाई भी। इसी से सुग्रीव का राज्याभिषेक के साथ ही लक्ष्मण से उन्हें युवराज बनाने के लिए भी कह दिया। वह चाहते तो सिर्फ सुग्रीव का ही राजतिलक करवा देते। लेकिन वह अंगद के संकट को समझ रहे थे, इसी से युवराज बनाकर उसे अभय किया। लेकिन फिर भी वह डर रहे हैं। डर का मनोविज्ञान यह है कि एक बार वह मन में बैठ गया तो जल्दी निकलता नहीं।

जब सीता का पता लग गया, हनुमानजी ने लंका जला दी, समुद्र पर पुल बन गया, सारी सेना ने लंका में सुबेल पर्वत पर डेरा डाल लिया तो भी श्रीराम ने समझौते का एक और प्रयास किया। अंगद को दूत बनाकर भेजा।

वह किसी को भी भेज सकते थे, लेकिन अंगद को भेजकर उनके महत्त्व को बताना चाहते थे। यहाँ भी वह बाँह गहे की लाज ही रख रहे हैं। श्रीराम ने उनसे कहा कि रावण से कहना कि यदि वह सीता को लौटा देगा तो मैं वापस चला जाऊँगा। वह कहते हैं—

बालितनय बुधि बल गुन धामा। लंका जाहु तात मम कामा॥
बहुत बुझाई तुम्हहि का कहऊं। परम चतुर मैं जानत अहऊं॥
काजु हमार तासु हित होई। रिपु सन करेहु बतकही सोई॥

इतना सुनकर तो अंगद की बाछें खिल गईं। प्रभु ने उन पर इतना विश्वास किया—

स्वयंसिद्ध सब काज नाथ मोहि आदरु दियउ।
अस विचारि युवराज तन पुलकित हरषित हियउ॥

जब सीता का पता लगाने के लिए लंका जाना था तो अंगद के मन में संशय था—जिय संसय कछु फिरती बारा। दो बातें थीं। पहले तो वह दल के नेता थे। अमूमन कठिन तथा जोखिम भरे काम के लिए नायक को नहीं भेजा जाता, क्योंकि कुछ अप्रिय हो गया तो आगे कौन नेतृत्व करेगा, यह समस्या आ सकती है। दूसरे अंगद के मन में संदेह का कारण भी था। कथा है कि अंगद और रावण का बेटा अक्षय कुमार एक ही गुरुकुल में पढ़ते थे। अंगद को लगता था कि यह तो उस व्यक्ति का बेटा है, जिसे उसके पिता ने अपनी काँख में महीनों दबाए रखा। वह आते-जाते आज के स्कूलों के दबंग लड़कों की तरह अक्षय कुमार को चपत लगा देते। बार-बार ऐसा होने पर उसने गुरु से शिकायत की। गुरुजी का संकट यह था कि उन्हें रावण का राजाश्रय मिलता था। उसका डर अलग से था। वह उसके बेटे को पिटता नहीं देख सकते थे। उन्होंने अंगद को श्राप दिया कि यदि तुमने अब उसे मारा तो तुम्हारा मस्तक फट जाएगा। उन्होंने सोचा कि यदि मैं लंका गया और कहीं अक्षय कुमार मिल गया। उससे युद्ध हो गया तो श्राप के परिणामस्वरूप उनका मस्तक फट जाएगा और लौटना कठिन हो जाएगा। इसी संशय से वह जाने से कतरा रहे

थे। जब हनुमानजी ने अशोक वाटिका को तहस-नहस कर दिया और रावण को यह सूचना मिली तो उसने सबसे पहले अक्षय कुमार को ही भेजा। वह अंगद के श्राप के बारे में जानता था और यह भी कि बाली के बाद सुग्रीव के वानरों में अंगद ही सबसे अधिक शक्तिशाली है। तब तक वह हनुमानजी और सुग्रीव के संबंध में नहीं जानता था। उसने सोचा कि यदि अक्षय और अंगद में युद्ध हुआ तो अंगद तो मारा ही जाएगा। इससे वह बाली के हाथों अपने अपमान का बदला भी ले लेगा और अशोक वाटिका नष्ट करने वाले वानर का अंत भी हो जाएगा, लेकिन वहाँ तो हनुमानजी थे जिन्हें सीताजी ने अजर-अमर होने का आशीर्वाद दे दिया था। जब अक्षय कुमार मारा गया तो रावण ने सोचा कि यह तो कोई और वानर लगता है। इसी से उसने मेघनाद को भेजा। उसके पास और वीर थे, जिन्हें भेज सकता था। (हालाँकि वाल्मीकि कई अन्य सेनापतियों के भी भेजने की बात करते हैं और मेघनाद सबसे अंत में आता है।) रावण उसे यह भी कहता है कि पुत्र उस वानर को तुम मारना नहीं, बाँधकर लाना, जरा देखूँ तो कौन वानर है (जो अंगद से भी अधिक वीर है और अक्षय को मार सकता है।)

लेकिन जब लंकादहन के बाद श्रीराम ने उन्हें दूत बनाकर भेजा तो वह इसलिए पुलकित थे कि अब तो अक्षय कुमार मारा ही गया है और रावण के दूसरे किसी पुत्र या सेनानायक से उन्हें कोई भय नहीं है। साथ ही सबसे बड़ी बात यह कि प्रभु का आशीर्वाद मिल गया है—प्रभु प्रताप उर सहज असंका। इसीलिए जब वह लंका में प्रवेश करते हैं और रावण का दूसरा बेटा उन्हें मिल जाता है, जिसे वह पैर पकड़कर जमीन पर पटक देते हैं। वाल्मीकि और तुलसी की कथा में अंगद की भूमिका वर्णन में कुछ भिन्नता है। वाल्मीकि ने 33 श्लोकों में अंगद का जाना और आना बताया है। वह रावण से मिलने और श्रीराम का संदेश देने के बाद अंगद के पकड़े जाने (अपने को खुद पकड़ा देने—ग्राहयामास तारेयः स्वयमात्मानमात्मान—यु, 41, 85) पर बताते हैं कि कैसे वह अपने को पकड़े राक्षसों को लिए-दिए उछलते हैं और महल की चोटी पर पहुँचकर पैर पटकते हुए टहलने लगते हैं। उनके पदताल से आक्रांत

महल का शिखर टूटकर बिखर गया और वह सिंहनाद करते हुए आकाश मार्ग से श्रीराम की ओर उड़ चले। तुलसी रावण-अंगद संवाद को विस्तार से बताने के साथ ही उनके कुछ करतब भी बताते हैं।

वाल्मीकि बताते हैं कि जब अंगद रावण के समक्ष जाते हैं तो अपना परिचय देते हैं—

दूतो हं कोसलेन्द्रस्य रामस्याक्लिष्टकर्मण:।
बालिपुत्रोअंगदो नाम यदि ते श्रोत्रमागत:॥

(वाल्मीकि यु., 41, 77)

मैं रामदूत और बालिपुत्र हूँ, जिनका नाम शायद तुमने सुना हो। इससे वह रावण को संकेत में अपने पिता के साथ ही अपने बारे में इशारे से बहुत कुछ बता देना चाहते हैं। इसके बाद वह श्रीराम का संदेश सुनाते हैं कि सीता को आदरपूर्वक लौटा दो, नहीं तो मेरे हाथों मारे जाओगे और लंका का सारा ऐश्वर्य विभीषण को मिलेगा।

तुलसीदास इस वार्त्तालाप को लंबा करके बताते हैं और रावण के यह पूछने पर कि 'कह दसकंठ कवन तैं बंदर' प्रश्न पूरा हुआ नहीं कि जवाब हाजिर 'मैं रघुबीर दूत दसकंधर'। वह लगातार बोलते हैं और आठ चौपाइयों तथा एक दोहे में वह बताते हैं—मैं कौन हूँ और क्यों आया हूँ। रावण को ऐसा वानर पहले कभी नहीं मिला था, जो एक लाइन के सवाल का जवाब दस लाइनों में दे और इसमें भी अपना तथा अपने पिता का नाम न बताए। रावण फिर पूछता है—

रे कपिपोत बोलु संभारी। मूढ़ न जानेहि मोहि सुरारी॥
कहु निज नाम जनक कर भाई। केहि नाते मानिए मिताई॥

अंगद के यह कहने 'मम जनकहि तोहि रही मिताई' पर उसका यह सवाल था। रावण और अंगद की पूरी बातचीत मानस में बहुत ही रोचक तरीके से वर्णित है। वह हनुमानजी की तरह संयत होकर नहीं बोलते, बल्कि

उनमें बालिपुत्र और युवराज होने का दर्प भी है। वह रावण के सवाल का जैसे को तैसा की तरह जवाब देते हैं। उनके जवाब में व्यंग्य है, रावण के प्रति असम्मान है, साथ ही धमकी भी। वह उसे सठ, मूढ़, खल, मतिमंद कहते हैं; मेढक, सियार तथा मृतक बताते हैं। तेरी, तोरी, तोंहि जैसे संबोधन भी देते हैं। तुलसी लिखते हैं—

बक्र उक्ति धनु वचन सर हृदय दहेउ रिपु कीस।
प्रतिउत्तर सड़सिन्ह मनहुं काढ़त भट दससीस॥

जब रावण हनुमान को कपि और श्रीराम को नर कहता है तो अंगद का क्रोध नियंत्रण के बाहर हो जाता है। देखें—

राम मनुज कस रे सठ बंगा। धन्वी काम नदी पुनि गंगा॥
पसु सुरधेनु कल्पतरु रूखा। अन्न दान अरु रस पीयूषा॥
बैनतेय खग अहि सहसानन। चिंतामनि पुन उपल दसानन॥
सुनु मतिमंद लोक बैकुंठा। लाभ की रघुपति भगति अकुंठा॥

× × × ×

सेन सहित तव मान मथि बन उजारि पुर जारि।
कस रे सठ हनुमान कपि गयउ सो तव सुत मारि॥

रावण बार-बार अपने बल का बखान करता है और अंगद उसकी ही भाषा में जवाब देते हैं, लेकिन जब वह श्रीराम की निंदा करता है—

अगुन अमान जानि तेहि दीन्ह पिता बनवास।
सो दुख अरु जुबती बिरह पुनि निसि दिन मम त्रास॥

तो अंगद आपे से बाहर हो जाते हैं—

कटकटान कपिकुंजर भारी। दुहु भुजदंड तमकि महि मारी॥

इसका असर क्या हुआ—धरती हिल गई और सभासद अपने आसन से गिर गए। रावण भी लड़खड़ा गया और उसके दसों सिर के मुकुट जमीन पर

गिर पड़े। कुछ तो उसने उठाकर सिर पर रखे, लेकिन कुछ अंगद ने उठाकर उस दिशा में फेंके, जहाँ प्रभु राम अपने सहयोगियों के साथ बैठे विचार कर रहे थे। सोने के मुकुट जब श्रीराम की सेना की ओर चले तो उनकी चमक देख वानरों में भय पैदा हो गया कि अरे दिन में उल्कापात कैसे होने लगा या कहीं रावण ने ही कुलिस तो नहीं चलाया है। प्रभु राम सब समझ रहे थे और बोले, नहीं-नहीं, ये किरीट दसकंधर केरे। आवत बालितनय के प्रेरे। और हनुमानजी लपककर उसे पकड़ लेते हैं।

उधर रावण और अंगद में वाक्युद्ध हो ही रहा है। अंगद रावण के श्रीराम को मनुष्य कहने पर कुपित हैं। वह उसका मुँह तोड़ने, लंका को समुद्र में डुबोने, रावण की दसों जीभ उपारने (उखाड़ने) की धमकी देते हैं और कहते हैं, अरे बीस आँखों के अंधे और कुमति जड़ रावण, जिसने बाली को एक ही बाण में मार दिया, वह मनुष्य हैं? मुझे प्रभु ने कहा नहीं है, नहीं तो मैं तुझे ऐसा पाठ पढ़ाता कि कई जन्म याद रखता। लंका समुद्र में गूलर के फल की तरह (सुरक्षित) है और उसमें तुम्हारे जैसे जंतु अशंक रहते हैं। मैं तो वानर हूँ, जिन्हें फल खाना अच्छा लगता है (मैं लंका को खा जाता, अर्थात् नष्ट कर देता) लेकिन भगवान् का आदेश नहीं है। उन्हें यह भी याद है कि श्रीराम ने भेजते समय यह भी कहा था कि 'काजु हमार तासु हित होई। रिपु सन करेहु बतकही सोई'। श्रीराम अभी तक रावण का अहित नहीं चाहते। वह सिर्फ सीता को चाहते हैं। यही सोचकर अंगद ने कहा था—

दशन गहहु तृन कंठ कुठारी। परिजन सहित संग निज नारी॥
सादर जनकसुता करि आगे। एहि बिधि चलहु सकल भय त्यागे॥

लेकिन रावण को अपने बल का अहंकार था। उसने भला जब हनुमान, विभीषण, माल्यवान और मंदोदरी की सीता को लौटाने की बात नहीं मानी तो भला अंगद की कैसे मानता। तो अंत में उन्होंने अपने चरण को स्थापित कर पूरी सभा को चुनौती दे डाली—

जौं मम चरन सकसि सठ टारी। फिरहिं रामु सीता मैं हारी॥

और भूमि न छांड़त कपि चरन। यह कथा इतनी प्रसिद्ध है कि 'अंगद के पाँव' का मुहावरा आज तक जन-जन की स्मृति में है।

हम पूरे प्रकरण में हनुमान को धीर-गंभीर, विचारशील और शत्रुहंता के रूप में देखते हैं। वह कड़ी-से-कड़ी बात नम्र होकर कहते हैं, जबकि अंगद कदम-कदम पर आक्रोशित और क्रोधित दिखते हैं तथा रावण को कहीं भी अपमानित करने को मौका नहीं चूकते। वह ऐसे शब्दों का प्रयोग करते हैं, जो रावण के सामने किसी और के कहने का साहस नहीं हो सकता। अपार शक्ति के साथ ही गंभीरता, विचार, विनयशीलता, विवेक, धैर्य और रामभक्ति ही ऐसे गुण हैं, जो हनुमान को हनुमान बनाते हैं। इसी से वह पूज्य हुए। सबके संकटमोचक हुए।

□

दो महत्त्वपूर्ण स्त्री पात्र

सुंदरकांड में दो स्त्रियों की महत्त्वपूर्ण भूमिका सामने आती है। ये सुरसा, सिंहिका और लंकिनी से अलग हैं। ये तीनों तो हनुमानजी के अभियान में बाधक बनकर आती हैं। वे उनके मार्ग में या तो विघ्न डालती हैं या उनके बल और पराक्रम की परीक्षा लेती हैं। लेकिन यहाँ जिन दो स्त्रियों का उल्लेख किया जा रहा है, वे इनसे अलग हैं। वे हैं तो राक्षस कुल की, लेकिन परम वैष्णवी हैं और रावण के कृत्य से सहमत नहीं हैं। इनमें पहली है त्रिजटा और दूसरी है मंदोदरी। त्रिजटा पूरी रामकथा में सिर्फ दो बार सामने आती है। पहला परिचय उनसे प्रमदावन में होता है। जब रावण सीता को प्रलोभन और धमकी देकर कुपित हो लौटता है और राक्षसियों को उन्हें प्रताड़ित करने के लिए कहता है तो पहली बार त्रिजटा सामने आती है। वह सीता को धमका रही राक्षसियों को डाँटती है। लगता है कि वह राक्षसियों की नायक थी। उसकी टोली की ड्यूटी रात की थी। वह सबको तैनात कर सोने चली गई थी, क्योंकि रावण के जाने के बाद वह जरा देर से पहुँचती है। जब राक्षसियाँ रावण के जाने के बाद उसकी आज्ञा पर सीता को डरा-धमका रही थीं, वह अशोक वृक्ष के पास पहुँचती है। राक्षसियों को वह जिस अधिकार से डाँटती है, वह कोई नायक ही कर सकता है—

आत्मानं खादतानार्या न सीतां भक्षयिष्थ।
जनकस्य सुतामिष्ठां स्नुषां दशरथस्य च॥

(वा., सुं., 27, 5)

राक्षसियाँ सीता को धमकाते हुए उन्हें खा जाने के लिए कह रही थीं, इस पर त्रिजटा ने कहा कि तुम अपने आप को खा जाओ, राजा जनक की बेटी और राजा दशरथ की पुत्रवधू को नहीं खा पाओगी।

वाल्मीकि त्रिजटा को बूढ़ी राक्षसी बताते हैं, जो तत्काल सोकर उठी थी। अध्यात्म में भी त्रिजटा को वृद्धा बताया गया है। कुछ विद्वान् उसे विभीषण की बेटी कहते हैं, लेकिन कहीं इसका प्रमाण नहीं मिलता। विभीषण की आयु इतनी नहीं थी कि उनकी कोई वृद्धा बेटी हो। इससे वह विभीषण की बेटी तो नहीं थी, लेकिन गोस्वामी तुलसीदास उसे 'रामचरन रति निपुन बिबेका' बताते हैं। वह राक्षसी थी, लेकिन श्रीराम की भक्त थी। व्याख्याकार तुलसी की इसी लाइन से उसके नाम की उत्पत्ति बताते हैं। वह रामचरन में रति रखने वाली, व्यवहार-कुशल और विवेकवान थी, इसी से तीन गुणों के कारण उसका नाम त्रिजटा पड़ा था। वह श्रीराम के प्रति भक्तिभाव रखने वाली थी। वह रामभक्त थी विभीषण की तरह ही। लगता है, इसी से विद्वान् उसे विभीषण की बेटी मान लेते हैं। श्रीराम के प्रति अनुराग के कारण ही उसका सीता से भी अनुराग हो गया था। इसी से जब उसने देखा कि राक्षसियाँ सीता को धमका रही हैं तो उसने रात के आखिरी प्रहर में देखा गया सपना सबको बताकर सीता की सेवा कर अपना कल्याण करने के लिए कहा—सीतहि सेइ करहु हित अपना। सीता को डराओ-धमकाओ नहीं, उनकी सेवा करो, जिससे तुम्हारा हित हो।

उसने जो सपना देखा, उसमें वानर द्वारा लंका दहन, राक्षसों का वध और रावण का कुल सहित मरण होने के संकेत थे। विभीषण के लंका का राजा होने का भी संकेत था। इसी से उसने कहा कि रावण मारा जाएगा और विभीषण राजा होंगे तो यदि तुम लोग सीता को प्रताड़ित करोगी तो तुम लोगों का भी हित नहीं होगा और दंडित की जाओगी, इसलिए सीता की सेवा करके अपना कल्याण करो।

अब तक पूरी लंका में एक राक्षसी पहली बार मिली थी, जिसको सीता ने अपनी सुरक्षा करने वाले के रूप में पाया और इसी से उसे वह मातु कहकर

संबोधित करती हैं। वाल्मीकि त्रिजटा के सपने को तो विस्तार से बताते हैं और इससे यह भी पता चलता है कि सपने में क्या देखने का फल क्या होता है। लेकिन वह सीता और त्रिजटा के बीच माँ-बेटी जैसा संवाद नहीं कराते, जबकि तुलसीदास ने दोनों के बीच ऐसा ही कराया है। सीता का यह कहना—मातु बिपति संगिनि तैं मोरी—हे माँ, आप विपत्ति में मेरी सहायक हैं। वह उससे लकड़ी बटोरकर चिता बनाने और उसमें आग लगाने के लिए भी कहती हैं, जिससे वह उसमें जलकर मर जाएँ और कौन रावण की शूल के समान लगने वाली बातें सुने। अपने को माँ का संबोधन सुनकर त्रिजटा को लगता है कि श्रीराम की पत्नी उन्हें माँ कह रही है, जबकि वह राक्षस कुल में पैदा हुई है। इससे वह उनका पैर पकड़कर समझाती है—सुनत बचन पद गहि समुझाएसि—(आप मुझे माँ न कहें, माँ कहे जाने पर उनका पैर पकड़ रही है, अर्थात् इस संबंध को नहीं स्वीकार कर रही। अपने आराध्य की पत्नी की माँ होना वह कैसे स्वीकार कर सकती है।) उसने सीता से कहा कि रात में आग कहाँ से मिलेगी। उसने श्रीराम के बल और यश को बताकर भी समझाया कि आप धैर्य रखो, सब ठीक हो जाएगा। प्रभु राम के बल और यश को बताने का यही अर्थ है कि वह आपको सुरक्षित यहाँ से ले जाएँगे। और वह अपने घर चली जाती है। वास्तव में त्रिजटा तो श्रीराम के प्रति भक्तिभाव रखती ही थी, सुबह देखे गए सपने ने उसके मन में यह बात और पुष्ट कर दी कि अब रावण का अंत आने वाला है।

तुलसीदास और वाल्मीकि त्रिजटा को एक बार और सामने लाते हैं, राम-रावण युद्ध के समय। दोनों के अवसर अलग-अलग हैं। वाल्मीकि बताते हैं कि युद्ध में एक बार जब इंद्रजित् नागमय बाणों से श्रीराम और लक्ष्मण को बाँधकर अचेत कर देता है तो उन्हें मृत मानकर वह लंका जाकर रावण को शत्रुवध का वृत्तांत बताता है। इस पर रावण उसका अभिनंदन करता है और राक्षसियों को आदेश देता है कि सीता को लाकर दिखा दो कि उनके पति और देवर मारे गए। अशोक वाटिका से त्रिजटा ही सीता को अन्य राक्षसियों के साथ युद्धभूमि में लाती है। सीता श्रीराम और लक्ष्मण को बंधन में देखकर निर्जीव मान

लेती हैं और विलाप करने लगती हैं। रावण यही चाहता था कि सीता देख लें कि उनके पति और देवर मारे गए, जिससे वह रावण के समक्ष आत्मसर्पण कर दें।

वाल्मीकि ने युद्धकांड के 48वें सर्ग में 21 श्लोकों में सीता को विलाप करते हुए दिखाया है। वह कहती हैं कि सामुद्रिक लक्षणों के ज्ञाता विद्वानों ने मुझे पुत्रवती और सधवा बताया था। आज श्रीराम के मारे जाने से सब लक्षणज्ञानी पुरुष असत्यवादी हो गए। सभी तरह के मंगलसूचक कथन असत्य हो गए। मेरे शरीर में सभी सौभाग्य लक्षण हैं और मैं किसी भी अमंगल लक्षण को नहीं देख पाती, तथापि मेरे सभी शुभ लक्षण निष्फल हो गए। यहाँ वह शरीर के उन लक्षणों को भी बताती हैं, जो शुभ और सौभाग्य देने वाले होते हैं। वह यह भी कहती है कि दोनों भाई वारुण, आग्नेय, ऐंद्र, वायव्य और ब्रह्मशिर आदि अस्त्रों को भी जानते थे। उन्होंने इनका प्रयोग क्यों नहीं किया। लगता है, इंद्रजित् ने माया से अदृश्य रहकर इन्हें मार डाला।

सीता के विलाप पर त्रिजटा उन्हें समझाती है कि ये दोनों वीर मारे नहीं गए हैं, इसलिए हे! देवि विषाद न करो। ये जीवित हैं। वह उनके जीवित रहने का लक्षण और संकेत भी बताती है। ये दोनों मरे नहीं हैं, क्योंकि युद्ध में स्वामी के मारे जाने से योद्धाओं के मुँह क्रोध और हर्ष से भरे नहीं रहते, लेकिन यहाँ दोनों बातें हैं। हम पुष्पक विमान से आए हैं। यह दिव्य विमान है। यदि ये दोनों मारे गए होते तो तुम्हें विधवा मानकर यह तुम्हें धारण नहीं करता, सेना में किसी तरह की घबराहट नहीं है। वह दोनों राजकुमारों की रक्षा कर रही है। इनके शरीर से तेज खत्म नहीं हुआ है, इनके मुँह की शोभा बनी हुई है, जबकि मृत व्यक्ति के चेहरे विकृत हो जाते हैं। इन सभी लक्षणों से स्पष्ट है कि दोनों वीर मारे नहीं गए हैं। त्रिजटा ने यहाँ भी सीता को हिम्मत बँधाई तो सीता ने कहा—ऐसा ही हो। और वह जिस पुष्पक विमान से युद्धक्षेत्र में गई थीं, उसी से वापस लौट गईं। पूरी रामकथा में बस यही दो घटनाएँ ऐसी हैं, जहाँ त्रिजटा का उल्लेख आता है।

तुलसी बाबा ने मानस में युद्धक्षेत्र में सीता और त्रिजटा के जाने की बात नहीं लिखी, लेकिन रावण के साथ पहले दिन के युद्ध में जब श्रीराम उसके सिर

और बाँह को काटते हैं तो वे फिर उग आते हैं, जिससे सभी परेशान होते हैं। भयंकर युद्ध होता है। रावण के बेहोश होने पर उसका सारथी युद्धक्षेत्र से लेकर उसे चला जाता है। रात में अशोक वाटिका में त्रिजटा जाकर सीता को युद्ध का हाल बताती है। सीताजी यह सुनकर चिंतित होती हैं। वह त्रिजटा से पूछती हैं—रावण कैसे मारा जाएगा? वह यहाँ भी त्रिजटा को माँ कहकर संबोधित करती हैं। त्रिजटा बताती है कि रावण हृदय में तीर लगने से मरेगा। श्रीराम हृदय में बाण नहीं मार रहे हैं, क्योंकि उसके हृदय में हमेशा आप रहती हैं, आपके हृदय में श्रीराम निवास करते हैं और श्रीराम के उदर में पूरा ब्रह्मांड है। यदि वह उसके हृदय में बाण मार देंगे तो पूरा ब्रह्मांड नष्ट हो जाएगा। लेकिन रावण मरेगा। जब श्रीराम के बाणों से बार-बार सिर कटने से वह विकल होगा तो उसके हृदय से आप निकल जाएँगी। इसी समय श्रीराम उसके हृदय में बाण मारकर उसका अंत करेंगे।

सुंदरकांड की दूसरी स्त्री मंदोदरी है। मंदोदरी लंका की महारानी है। वह मय दानव की पुत्री है। मय काफी प्रभावी दानव था, जिसकी चर्चा कई बार आती है। मंदोदरी मय और हेमा नामक अप्सरा से उत्पन्न हुई थी। मेघनाद, अक्षय कुमार और अतिकाय उसके पुत्र थे। गोस्वामीजी मंदोदरी की प्रशंसा में बालकांड में कहते हैं—मयतनया मंदोदरि नामा। परम सुंदरी नारि ललामा। वह परम सुंदरी होने के साथ ही विवेकवान, नीतिज्ञ और विदुषी थी। वह पंचकन्याओं में एक है। पंचकन्याएँ वे हैं, जो विवाह होने, संतान उत्पन्न होने के बाद भी कुँआरी मानी जाती हैं। इनके नाम हैं—अहल्या, द्रौपदी, तारा, सीता और मंदोदरी। इनको स्मरण करने से पाप नष्ट हो जाते हैं। कुछ श्लोकों में कुंती का नाम सीता की जगह आया है।

पूरी रामकथा में पाँच अवसर ऐसे आए हैं, जब मंदोदरी रावण को समझाने का प्रयास करती है। वह जानती है कि सीता सामान्य स्त्री नहीं है। रावण ने उनका हरण कर गलत किया है, इसलिए वह उन्हें वापस कर राम से समझौता करने की सलाह देती है। रावण ने कभी उसकी बात नहीं मानी, लेकिन वह

उसकी अवज्ञा भी नहीं करता। वह उसका आदर करता है और उसकी बात को पूरा सुनने के बाद हँसकर टाल देता है। सीता को लौटाने की और श्रीराम को भगवान् कहने पर जो रावण विभीषण को लात मारकर भगा देता है, वही रावण मंदोदरी की बात भले ही नहीं मानता, किंतु उनका अनादर नहीं करता। इसके पीछे कारण भी है। वह मयासुर की बेटी है। मय दानवों में श्रेष्ठ हैं। उन्होंने ही लंका का पुनर्निर्माण कर रावण को बसने के लिए दी थी। वह दानवों के विश्वकर्मा भी थे। उनके प्रताप से रावण भी आतंकित रहता था। इसी से उसने कभी मंदोदरी का अनादर नहीं किया। जबकि मंदोदरी विभीषण से भी कड़ी बात रावण को कहती है।

सबसे पहले मंदोदरी उस समय सामने आती है, जब हनुमानजी अशोक वृक्ष पर छिपे हैं और रावण सुबह के समय मंदोदरी और अन्य रानियों के साथ सीता को समझाने और प्रलोभन देने आता है, लेकिन जब सीता उसे कड़ी भाषा में जवाब देती हैं तथा श्रीराम के बाणों की याद दिलाती हैं, उन्हें सूर्य और रावण को जुगनू कहती हैं, अधम निर्लज्ज कहती हैं तो वह कुपित हो जाता है। जब वह कहता है कि यदि तुम मेरी बात नहीं मानोगी तो मैं चंद्रहास से तुम्हारा सिर काट दूँगा। इस पर सीता कहती हैं कि चंद्रहास से सिर कटा लेना अच्छा है, लेकिन तेरा वचन मानना संभव नहीं। इस पर रावण उन्हें मारने दौड़ता है, लेकिन मंदोदरी उसका हाथ पकड़कर रोक देती है।

सुनत बचन पुनि मारन धावा। मयतनया कहि नीति बुझावा॥

अध्यात्म रामायण में भी इसी तरह मंदोदरी कहती है—

मंदोदरी निवार्यहिं पतिं पतिहिते रताः।
त्यजैनां मानुषीं दीनां दुःखिता कृपणां कृशाम्॥

(अ., सुं., 2, 38)

मंदोदरी रावण के स्वभाव और कृत्य को जानते हुए भी पतिहितरता हैं। वह हमेशा पति का कल्याण चाहती है। वह अकारण नहीं रोकती रावण को। वह जानती है कि यदि सीता का अंशमात्र भी अहित हुआ तो रावण का श्रीराम

सर्वनाश कर देंगे। इसी से वह रावण के मन में अरुचि पैदा करने के लिए कहती है कि इस बेचारी दीन हीन, दुखी, कमजोर और कातर मानवी को छोड़ दीजिए। आपका तो देव, गंधर्व, नागादिकों की मदमत्तनयना रमणियाँ वरण करने के लिए तैयार हैं।

मंदोदरी नीतिज्ञ है, तभी तो वह नीतिरस पागी बात कहती है कि स्त्रीवध महापाप होता है। इसका प्रायश्चित् करने पर भी पापमुक्त नहीं हुआ जाता। मनुस्मृति कहती है—

बालघ्नांश्च कृतघ्नांश्च, विशुद्धानपि धर्मतः।
शरणागतहन्तॄंश्च नारीघ्नांश्च संवसेत॥

बालक का वध करने वाले, कृतघ्न, शरणागत और नारी का वध करने वाले का संग न करें, भले ही वे धर्मपूर्वक प्रायश्चित् करके शुद्ध हो गए हों।

साथ ही वह यह भी जानती है कि पति जिस रास्ते पर चल रहा है, वह उसके लिए कल्याणकारी नहीं है। इसी से वह उसे बार-बार सीता से दूर रहने, उन्हें श्रीराम को लौटाने के लिए कहती है। जब हनुमान ने उनके बेटे अक्षय कुमार को मार लंका को जलाकर राख कर डाला तो वह और सशंक हो गई।

दूतिन सन सुन पुरजन बानी। मंदोदरी अधिक अकुलानी॥

पूरी लंका में सन्नाटा है। सबकुछ राख हो गया है। महल, घर, वीथियाँ, अट्टालिकाएँ सब नष्ट हो गई हैं। प्रमदावन तो तहस-नहस हो ही गया है। हनुमान के बल और कार्य ने सबके मन में भय पैदा कर दिया है। कोई कुछ बोल नहीं रहा है। बस आपस में फुसफुसाकर बात कर रहे हैं। जिसके दूत की करनी समझ में नहीं आई, यदि वह स्वयं लंका आ गया तो क्या होगा। अशोक वाटिका को नष्ट करना। अक्षय कुमार सहित अनेक सेनापतियों और उनकी सेना को नष्ट करना। इंद्रजित् को भी उन्हें पकड़ने के लिए ब्रह्मास्त्र का प्रयोग करना पड़ा। यह सब सामान्य बल वाले के लिए संभव नहीं है। लेकिन जो आया वह तो सुग्रीव का सामान्य हरकारा था—सो सुग्रीव केर लघु धावन (अंगद के अनुसार)। जब उसके स्वामी आएँगे, तब लंका का तो नामोनिशान नहीं बचेगा।

मंदोदरी महारानी थी। उनका भी अपना गुप्तचर विभाग था। उनके दूतों ने आम लोगों में व्याप्त भय से उनको अवगत कराया। उनमें अकुलाहट हो जाती है। थोड़ी-बहुत नहीं, अधिक। आदमी अकुलाता कब है, जब उसके मन की नहीं होती। वह देखता है कि वह चाहता है कुछ और हो रहा है कुछ। जिसमें उसका अहित ही है। वह विवश हो जाता है। लगता है कि कुछ भी उसके वश में नहीं है तो अकुलाहट होती है। मंदोदरी का भी यही हाल है। तुलसी बाबा लिखते हैं कि वह अपने मन की अकुलाहट एकांत में रावण का पैर पकड़कर उसे नीतिगत बातें समझाती हुए व्यक्त करती है और सीता को लौटा देने की बात कहती है। वह याद दिलाती है कि जिसके दूत की करनी याद कर राक्षसों की पत्नियों का भय से गर्भपात हो जाता है, उसकी पत्नी को अपने सचिव के साथ आदर सहित लौटा दीजिए। सीता लंका के लिए सीत (जाड़े) की रात के समान कष्टकर है। बिना सीता को लौटाए आपका कल्याण शिव और ब्रह्मा भी नहीं कर सकते, जिनकी आप पर बहुत कृपा रहती है। अशोक वाटिका प्रकरण के बाद यह दूसरी बार है, जब वह रावण को समझाती है।

लेकिन अहंकारी रावण की समझ में नहीं आता। वह हँसकर कहता है कि औरतें स्वभाव से ही भीरु होती हैं और मंगलमय काम में भी डरने लगती हैं। वानरों को आने दो, राक्षसों को भोजन ही मिलेगा। जिसके त्रास से पूरा लोक काँपता है, उसकी पत्नी डर रही है, यह आश्चर्य की बात है। वह हँसता हुआ मंदोदरी को गले लगाकर सभागार में चला गया। सभी प्रमुख रामायणों में मंदोदरी अलग-अलग समय पर रावण को समझाती है। श्रीरामचरितमानस में यह पहली बार है, जब वह उसे सीता को लौटाने के लिए कहती है। वह कई तरह की बातें समझाकर ऐसा करने के लिए कहती है, पति से अनुनय करने के साथ ही उसे भय भी दिखाती रहती है और अंत में 'राम बान अहिगन सरिस निकर निसाचर भेक' भी कहती है, अर्थात् राम के बाण सर्प की तरह हैं, जो राक्षसों को मेढक की तरह खा जाएँगे। लेकिन रावण है कि मानता नहीं। वह इसका प्रत्युत्तर देता है—

जौं आवइ मरकट कटकाई। जिअहिं बिचारे निसिचर खाई॥

वह अहंकार में डूबा है। मंदोदरी की बात को हँसकर टाल देता है। वह उसकी बात सुनता तो है, लेकिन ध्यान नहीं देता। वह मंदोदरी को गले लगाता है और सभा में चला जाता है। इसपर मंदोदरी को लगता है कि रावण पर ईश्वर ही नाराज है, तभी उसे सही बात समझ में नहीं आती—भयउ कंत पर बिधि बिपरीता। इससे उसकी चिंता और बढ़ जाती है।

राम कथा के दो महाबली—रावण और बाली, दोनों अहंकारी हैं। दोनों को उनकी पत्नियाँ समझाती हैं। लेकिन दोनों उनकी बातें नहीं मानते—नारि सिखावन करसि न काना। और परिणाम सबके सामने है।

सागर की सलाह पर नल-नील समुद्र पर पुल बाँध देते हैं। राम सेना लंका के तट पर पहुँच जाती है। वानरों का उत्पात शुरू हो जाता है। जिस राक्षस को पकड़ लेते हैं, दाँतों से उसके नाक-कान काट लेते हैं और श्रीराम की जयकार कराने के बाद उन्हें छोड़ते हैं। रावण को पता चलता है कि समुद्र पर तो पुल बन गया। उसे आश्चर्य होता है। दसों सिरों से वह आश्चर्य व्यक्त करता है। मंदोदरी भी यह सब सुनती हैं। वह तीसरी बार फिर रावण को समझाती है। वह जबरन रावण का हाथ पकड़कर अपने महल में लाती है और बहुत ही विनीत भाव से वह रावण को समझाती हैं।

चरन नाइ सिर अंचल रोपा। सुनहु बचन पिय परिहरि कोपा॥

वह रावण के चरण तो पकड़ती ही हैं, आँचल फैलाकर रावण से अपने अहिवात (सुहाग) की भीख माँगती हुई कहती हैं—

नाथ बयरु कीजे ताही सों। बुधिबल सकिय जीति जाही सों॥
तुम्हहिं रघुपति अंतर कैसा। खलु खद्योत दिनकरहिं जैसा॥

वह तरह-तरह से बताती है कि श्रीराम सामान्य मनुष्य नहीं हैं। वह विष्णु के अवतार हैं, जिन्होंने अलग-अलग अवतारों में मधु, कैटभ, हिरण्याक्ष और हिरण्यकशिपु को मारा, बलि को बाँधा, सहस्त्रबाहु को मारा, उन्होंने ही पृथ्वी का भार हरने के लिए अवतार लिया है। उनके हाथ में काल, कर्म और जीव

सभी हैं। उनका विरोध न करें। वह मन में समझती है कि रावण के ऊपर इसका असर नहीं पड़ रहा होगा तो आँखों में आँसू भरकर पति का पैर पकड़कर कहती है कि श्रीरघुनाथजी का भजन कीजिए, जिससे मेरा अहिवात बना रहे। यह संकेत है कि यदि आप उनसे शत्रुता करेंगे तो अन्य लोगों की तरह आपका भी अंत निश्चित है। इसलिए आप—

रामहिं सौंप जानकी नाइ कमल पद माथ।
सुत कहुं राज समर्पि बन जाइ भजिअ रघुनाथ॥

उसे अपने वैधव्य का स्मरण हो आया, जिससे उसने इतनी अनुनय-विनय की और नीति और धर्म की बातें बताईं। रावण उसकी बात नहीं मानता और अपनी ताकत का बखान करता है कि क्यों डर रही हो। मैंने वरुण, कुबेर, पवन, यमराज, सभी दिक्पालों और काल को अपनी भुजाओं के बल पर जीत लिया है। देवता, दानव और मनुष्य सभी मेरे वश में हैं। क्यों डर रही हो। तरह-तरह से समझाकर वह सभा में चला गया। मंदोदरी समझ गई कि—काल बस्य उपजा अभिमाना। इनका काल आ गया है, इसी से इस तरह अभिमान की बात कह रहे हैं। इसी तरह तारा ने भी बालि के चरण पकड़कर समझाया था—गहि कर चरन नारि समुझावा।

चौथी बार मंदोदरी रावण को तब समझाती है, जब लंका के शिखर पर रावण मनोविनोद के लिए संगीत का आनंद ले रहा था। साथ में मंदोदरी भी थी। इससे वह बताने की कोशिश भी कर रहा है कि श्रीराम के समुद्र पर पुल बाँधने और लंका के दरवाजे तक आ जाने से भी वह रंचमात्र भयभीत नहीं है।

परम प्रबल रिपु सीस पर तदपि न सोच न त्रास।

विभीषण से इसकी जानकारी मिलने पर भगवान् ने एक पाठ पढ़ाने के लिए—चाप चढ़ाई बान संधाना और जब श्रीराम के बाण—

छत्र मुकुट ताटंक तब हते एक ही बान।
सबके देखत महि परे मरमु न काहू जान॥

श्रीराम के बाण यह कौतुक कर उनके तरकश में वापस आ जाते हैं। रावण की सभा के अन्य लोग इसे असगुन मानते हैं—कंप न भूमि न मरुत बिसेषा। अस्त्र शस्त्र कछु नयन न देखा। न धरती काँपी, न आँधी आई, न कोई अस्त्र-शस्त्र किसी ने देखा, फिर रावण का छत्र, मुकुट और मंदोदरी का ताटंक (कर्णफूल) कैसे गिर गया।

लेकिन मंदोदरी समझ जाती है कि यह सब श्रीराम का कौतुक है। वह फिर आँखों में आँसू भरकर कहती है कि नाथ मेरी बात मानिए। श्रीराम से शत्रुता त्याग दीजिए। उन्हें मनुष्य मत समझिए। वह विश्वरूप भगवान् हैं। मेरी बात का विश्वास कीजिए। वह तरह-तरह से रावण को समझाती है कि श्रीराम के चरणों से प्रेम कीजिए, जिससे मेरा अहिवात अचल रहे।

रावण ने उसकी बात फिर नहीं माना और हँसा। वह स्त्रियों के अवगुण बताने लगा कि अवगुन आठ सदा उर रहिहीं। इनमें भय भी है। इसी से तुम भयभीत हो। फिर उसने कहा कि शत्रु की बड़ाई करके तुम मेरी प्रशंसा कर रही हो। मंदोदरी चिंतित है कि इतना समझाने के बाद भी रावण को समझ में क्यों नहीं आ रहा है। फिर उसे लगता है कि वह कालवश है, इसी से समझ नहीं रहा—पिअहि काल बस मति भ्रम भयऊ।

अंगद रावण के दरबार में सीताजी को लौटाने का श्रीराम का संदेश लेकर जाते हैं। रावण और अंगद में कठोर वार्त्ता होती है। अंगद अपने पाँव जमाकर उसे हटाने की शर्त लगा देते हैं। कोई नहीं हटा पाता तो अंगद रावण को भला-बुरा कहकर श्रीराम के पास लौट आते हैं, यह धमकी देते हुए कि आना रण में तुम्हें दौड़ा-दौड़ाकर नहीं मारा तो मेरा नाम अंगद नहीं।

शाम को रावण उदास हो महल में जाता है। सभा की बातें मंदोदरी तक पहुँचती हैं। वह पाँचवीं बार समझाती हैं। इस बार वह श्रीराम की शक्ति और महत्ता नहीं रावण के इसके पहले हुई पराजयों को याद दिलाती हैं, जिससे उसकी समझ में आ जाए और वह श्रीराम की शरण में चला जाए और लंका का विनाश होने से बच जाए। उसने कहा आप मन में समझिए और कुमति छोड़कर

समझदारी की बात कीजिए। श्रीराम के छोटे भाई ने एक रेखा खींच दी, आप उसे पार नहीं कर सके। आप उसे कैसे जीत सकेंगे, जिसका दूत खेल-खेल में समुद्र पार कर लंका आ जाता है और उसे जलाकर राख कर देता है। उसने तुम्हारे बेटे अक्षय कुमार को मार दिया, तब तुम्हारा बल कहाँ गया था। उनके बाण की ताकत मारीच जानता था। उसकी बात भी आपने नहीं मानी। जनक की सभा में अन्य राजाओं के साथ आप भी तो थे, जब उन्होंने शिव धनुष तोड़कर सीता का वरण किया, तब आपने उन्हें युद्ध में हराकर सीता को क्यों नहीं ले लिया। इंद्र के बेटे जयंत को भी बड़ा गुमान था। वह भी उनकी शक्ति नहीं जानता था। उसकी तो एक आँख ही फोड़कर छोड़ दिया। शूर्पणखा की गति देखने के बाद भी आपको लाज नहीं आई। विराध, खर-दूषण को जिन्होंने खेल-खेल में मार डाला, बाली को एक ही बाण से मार डाला, हे दशकंध, आप उनके महत्त्व को समझें। जिसने खेल-खेल में समुद्र पर पुल बनवा दिया, जिन्होंने आपके हित के लिए दूत भेजे, जिसने (दूत) पूरी सभा में आप सबको अपमानित कर दिया, महावीर हनुमान और अंगद जिनके सेवक हैं, उन श्रीराम को आप मनुष्य कह रहे हैं। आप काल के वश में हैं, इसलिए आपको सुबुद्धि नहीं हो रही। काल किसी को डंडा लेकर नहीं मारता, वह उसका धर्म, बल, बुद्धि और विचार नष्ट कर देता है। जिसकी मृत्यु निकट आ जाती है, उसकी बुद्धि आपकी तरह ही नष्ट हो जाती है। आपके दो बेटे (अक्षय कुमार को हनुमान ने और एक दूसरे को अंगद ने) मारे गए। नगर जलकर राख हो गया। अब भी मान जाइए और रघुनाथजी की शरण में चले जाइए। मंदोदरी की ये विष बुझी बातें सुनकर रावण कुछ नहीं बोला और सभा में चला गया। कोई पत्नी अपने पति से कहे कि आप काल के वश में हैं, इसी से आपकी बुद्धि नष्ट हो गई है, इससे कड़ी बात भला और क्या हो सकती है। यह सीधे यह कहना है कि आप मरने वाले हैं। इतनी कड़ी बात पर भी रावण को चेत नहीं हुआ।

इसके बाद रामकथा में मंदोदरी रावण वध के बाद विलाप करते समय सामने आती है। रावण के सिर और भुजाओं को श्रीराम के बाण मंदोदरी के समक्ष रखकर फिर प्रभु के पास चले गए। मंदोदरी अचेत हो जाती है। चेतना

लौटने पर वह विलाप करती है कि आपने मेरी बात नहीं मानी। आपने पूरे विश्व को जीत लिया था। आपके पराक्रम को सब जानते हैं, लेकिन श्रीराम का विरोध करने पर आपका यह हाल हुआ। आप काल के वश में थे, इसी से श्रीराम को मनुष्य मान रहे थे। फिर भी उनकी कृपा देखिए, उन्होंने आपको वह गति दी, जो बड़े-बड़े योगियों को भी नहीं प्राप्त होती।

अध्यात्म रामायण में मंदोदरी सिर्फ दो बार ही रावण को समझाती है। पहली बार अशोक वाटिका में, दूसरी बार रावण के यज्ञ के विध्वंस होने पर। रावण तब मंदोदरी को समझाता है कि देवी आप शोक न करें। मैं युद्ध में या तो भाई सहित राम को मारकर आऊँगा, या फिर उनके बाण मुझे छिन्न-भिन्न कर देंगे। मेरे न रहने पर तुम एक काम करना, सीता को मारकर अग्नि में प्रवेश कर जाना। यहाँ मंदोदरी उसे श्रीराम के महत्त्व को बताती है। यहाँ भी वही सब बातें हैं, जो तुलसीदास के मानस में हैं। मंदोदरी विष्णु के सात अवतारों के बारे में बताती हैं और कहती है कि उन्हीं श्रीविष्णु ने रघुवंश मणि के रूप में जन्म लिया है—

स एक साम्प्रतं जातो रघुवंशे परात्परः।
भवदर्थे रघुश्रेष्ठो मानुषत्वमुपागतः॥

(अ., यु., 10, 52)

वाल्मीकि ने मंदोदरी को सिर्फ एक बार सामने प्रस्तुत किया, वह भी अशोक वाटिका में रावण की अन्य रानियों के साथ। वहाँ उसकी भूमिका तुलसी की मंदोदरी की तरह ही है। बाद में वह तब सामने आती है, जब रावण का वध हो जाता है। रावण की सभी रानियाँ विलाप कर रही हैं और पटरानी होने के कारण मंदोदरी का विलाप वाल्मीकि विस्तार से बताते हैं। वह रावण के प्रताप और शौर्य की बात करते हुए यह भी कहती है कि आप को एक मानव ने मार दिया, जबकि इंद्र भी आपके सामने खड़े होने में भय खाते थे। निश्चय ही श्रीराम (मानव नहीं) महान् योगी और सनातन परमात्मा हैं। इनका आदि, मध्य और अंत नहीं है। ये महान् से भी महान्, अज्ञानांधकार से परे तथा सबको धारण

करने वाले परमेश्वर हैं। जो अपने हाथ में शंख, चक्र और गदा धारण करते हैं। जिनके वक्षस्थल पर श्री वत्स का चिह्न है। श्री लक्ष्मीजी जिनका साथ कभी नहीं छोड़तीं। उन्होंने ही समस्त लोकों का हित करने के लिए मनुष्य रूप में आकर आपका वध किया है, क्योंकि आप देवताओं के शत्रु और समस्त संसार के लिए भयंकर थे। जब उन्होंने जनस्थान में आपके भाई खर को मारा था तभी मैं समझ गई थी कि श्रीराम साधारण मनुष्य नहीं हैं। जिस लंका में देवताओं का प्रवेश भी कठिन था, उसमें हनुमानजी बलपूर्वक घुस आए थे, तभी मेरा मन अनिष्ट से आशंकित हो गया था।

वह यह भी कहती है कि मैंने बारंबार आपको रघुनाथजी से वैर-विरोध न करने के लिए कहा था, लेकिन आपने मेरी बात नहीं मानी। उसी का आज यह फल मिला है।

क्रियतामविरोधश्च राघवेणेति यन्मया।
उच्चमानो न गृह्णासि तस्येयं व्युष्टिरागता॥

(वा., यु., 111, 18)

वह सीता के अपहरण को कलंक और पाप की बात बताते हुए रावण के अन्य कृत्यों को भी याद करती है। वह सीता के हरण को पाप कहती है और यह भी कि पापकर्म का फल समय आने पर अवश्य मिलता है—अवश्यमेव लभते फलं पापस्य कर्मणः। वह कहती है कि दानवराज मेरे पिता, राक्षसराज रावण मेरे पति और इंद्र को जीतने वाला मेरा पुत्र है—यह सोचकर मैं अत्यंत गर्व से भरी रहती थी। आप तो मृत्यु की भी मृत्यु थे, फिर स्वयं ही मृत्यु के अधीन कैसे हो गए? आपका शरीर बाणों से इतना बिंधा है, जैसे साही के शरीर पर काँटे होते हैं, जिससे मैं आपका आलिंगन भी नहीं कर पा रही हूँ।

यहाँ ध्यान देने की बात है कि मंदोदरी कहती है कि उसने बार-बार श्रीराम से वैर न करने के लिए कहा, लेकिन रावण ने उसकी बात नहीं मानी। इससे उसे भय हो गया भावी अमंगल का। वह यह भी कहती है कि मायामृग के बहाने श्रीराम और लक्ष्मण को हटाकर सीता को चुराकर लाने की कायरता

आपने की। इसके पहले आपने कभी कायरता नहीं की थी, लेकिन सीता का अपहरण निश्चित ही कायरता थी। यह आपके विनाश का सूचक था। काम और क्रोध से उत्पन्न आसक्ति दोष ने आपका ऐश्वर्य नष्ट कर दिया, जिससे जड़मूल नाश करने वाला यह महान् अनर्थ हुआ। वह यह भी कहती है कि जब रावण सीताजी का अपहरण कर लाया था तो देवर विभीषण ने भी कहा था कि अब प्रधान-प्रधान राक्षसों के विनाश का समय आ गया है। उनकी बात सच निकली, लेकिन पत्नी होने के नाते पति की मृत्यु का शोक तो मंदादरी को है ही। रावण के साथ उसका वैभव भी नष्ट हो गया। वह कहती भी है कि मैं बार-बार अपने लिए शोक करती हूँ।

कंब रामायण में मंदोदरी अधिक सामने नहीं आती। अशोक वाटिका में भी जब रावण और सीता के बीच वार्त्तालाप होता है तो उसका कहीं संदर्भ नहीं है। रावण के साथ उसकी रानियाँ तो हैं, लेकिन मंदोदरी का उल्लेख नहीं होता और मानस तथा वाल्मीकि रामायण की तरह सीता को मारने के लिए उद्यत रावण को समझाने का प्रसंग भी नहीं है। रावण सीता की बातों से नाराज होकर दो महीने बाद मारने की बात तो करता, अपनी तलवार को देखता हुआ धमकी का संकेत करता है, लेकिन मारने नहीं दौड़ता, इसलिए कंबन ने मंदोदरी को सामने लाने की आवश्यकता नहीं अनुभव की।

रावण-वध के बाद कंब रामायण में भी मंदोदरी का कुछ उसी तरह विलाप है, जैसा अध्यात्म और वाल्मीकि में है, लेकिन संक्षिप्त में ही। वह कहती है कि तुम्हारे वरप्रभावरूपी तरंगायमान अपार क्षीरसागर को सीता रूपी जामन (दही जमाने के लिए दूध में डाला जाने वाला खट्टा पदार्थ) ने विकृत कर नष्ट कर दिया। वह श्रीराम के बाणों से बिंधे रावण के शरीर को देखकर कहती है कि क्या मनुष्य में इतनी शक्ति होती है। क्या पाप का यही परिणाम होता है। स्त्रियों की भूषण बनी हुई अनुपम सुंदरता, उनका पातिव्रत्य, ऊँचे कंधे वाले रावण की कामना, शूर्पणखा की कटी हुई नासिका, चक्रवर्ती दशरथ की आज्ञा से व्रत धारण कर (श्रीराम का) भीषण अरण्य में आगमन—ये सब अंत में देवेंद्र के तप:फल के रूप में परिणत हो गए।

मंदोदरी के ये विचार उसके नीतिज्ञ, शास्त्रज्ञ और समझदार होने के प्रमाण हैं, लेकिन वह रावण को समझाने में सफल नहीं होती। क्यों, इसका उत्तर अध्यात्म रामायण के युद्धकांड के 10वें सर्ग के आखिरी पाँच-छह श्लोकों में है। उसी में यह भी बताया गया है कि रावण अपनी विजय के लिए दैत्य गुरु शुक्राचार्य के निर्देश पर यज्ञ कर रहा है। उससे उठता धुआँ देखकर विभीषण कहते हैं कि यदि वह यज्ञ में सफल हो जाता है तो अमर हो जाएगा, इसलिए यज्ञ का विध्वंस जरूरी है। श्रीराम हनुमान और अंगद के नेतृत्व में वानर वीरों को भेजते हैं। रावण कहाँ यज्ञ कर रहा है, यह संकेत विभीषण की पत्नी सरमा करती है और वानर वीर जाकर वहाँ उत्पात करने लगते हैं। वे मंदोदरी के बाल पकड़कर घसीटते हैं तो वह रोकर रावण को मदद के लिए पुकारती है। एक बार तो वह नजरअंदाज करता है, लेकिन फिर क्रोध में आकर वानरों पर दौड़ता है। उसका यज्ञ खंडित हो जाता है। वह जान जाता है कि अब युद्ध में जीत असंभव है। मंदोदरी विलाप कर रही है। युद्ध के लिए उसे भला-बुरा कह रही है। उसे सीता को लौटाकर राजपाट विभीषण को देकर वन में जाने के लिए कह रही है। इस पर रावण कहता है—

मन्दोदरीवचः श्रुत्वा रावणो वाक्यमब्रवीत।
कथं भद्रे रणे पुत्रान् भ्रातृह्न राक्षसमण्डलम्॥
घातयित्वा राघवेण जीवामि वनगोचरः।
रामेण सह योत्स्यामि रामबाणैः सुशीघ्रगैः॥

× × × ×

जानामि राघवं विष्णुं लक्ष्मीं जानामि जानकीम्।
ज्ञात्वैव जानकी सीता मयानीता वनाद्बलात्॥
रामेण निधनं प्राप्य यास्यामीति परं पदम्।
विमुच्य त्वां तु संसाराद्गमिष्यामि सह प्रिये॥

(अ., यु., 10, 55-58)

हे भद्रे! युद्ध में रघुनाथजी से अपने पुत्र, भाइयों और राक्षस समूह का नाश कराकर मैं वनवासी होकर कैसे जीवन काट सकता हूँ। अब तो मैं राम

के साथ युद्ध करूँगा और उनके तीव्रगामी बाणों से बिंधकर उन विष्णु भगवान् के परमधाम को जाऊँगा। मैं राम को साक्षात् विष्णु और जानकी को भगवती लक्ष्मी मानता हूँ। यह जानकर ही कि उनके हाथों मर मैं उनका परमपद प्राप्त करूँगा। मैं जनकनंदिनी को बलात् तपोवन से ले आया था। हे प्रिये, अब मैं तुम्हें छोड़कर अपने अन्यान्य राक्षस वीरों के साथ संसार से कूच करूँगा। मुमुक्षगण जिस परमानंदमयी विशुद्ध गति का सेवन करते हैं, मैं उसी गति को प्राप्त करूँगा। इस तरह अपने समस्त पापों का प्रक्षालन कर मैं दुर्लभ मोक्ष प्राप्त करूँगा—और यही हुआ भी।

इससे यह स्पष्ट होता है कि रावण जानता था कि वह अमर है, किसी से मारा नहीं जाएगा। उसने ऐसे कृत्य किए हैं कि वह यदि मारा भी जाता है (वरदान के अनुसार उसे मानव या वानर ही मार सकते थे) तो मुक्ति नहीं मिलेगी। जब उसने सुना कि खर-दूषण को राम ने मार दिया है, उसी समय उसे लगा कि यह तो मानव रूप में भगवान् हैं। खर-दूषन मोहि सम बलवंता। तिन्हहि को मारइ बिनु भगवंता। अर्थात् वह श्रीराम को भगवान् स्वीकार कर चुका था और मन में यह ठान लिया था कि उन्हीं के हाथ से मरकर ही उसे मुक्ति मिलेगी। इसी प्रयोजन से उसने सीताजी का अपहरण किया। उसने कभी उनको स्पर्श तक नहीं किया, उनकी सुरक्षा का पूरा ध्यान रखा, बस दिखाने के लिए डराता-धमकाता था। वह सीता के बहाने राम को अपने पास बुलाना चाहता था और उनके हाथों प्राण त्यागना चाहता था, लेकिन कोई उसके मंतव्य को जान न जाए, इसी से वह राम-लक्ष्मण को मानव, तपसी आदि कहता था। जब भी कोई सीताजी को लौटाने की बात करता तो उसे लगता कि वह उसकी योजना में बाधक बन रहा है, वह उसे अच्छा नहीं लगता था। चाहे माल्यवान हो, विभीषण हो, मंदोदरी हो या कुंभकर्ण। अध्यात्म रामायण का यह प्रसंग पूरी राम कथा का सार लगता है।

□□□